NA ESCURIDÃO DA MENTE

Do autor:

O chalé no fim do mundo

PAUL TREMBLAY

NA ESCURIDÃO DA MENTE

Tradução
Ananda Alves

7ª edição

Rio de Janeiro | 2024

Copyright © 2015 by Paul Tremblay
Proibida a exportação para Portugal, Angola e Moçambique.

Título original: *A Head Full of Ghosts*

Capa: Sérgio Campante e Gabriela Reis
Imagem de capa: kelvinjay | Getty Images

Agradecimentos a Future of the Left pela autorização de reprodução de trecho de "An Idiot's Idea of Ireland", letra e música de Future of the Left © 2013.

Agradecimentos a Charlotte Perkins Gilman pelo trecho de *O papel de parede amarelo* © 1892.

Agradecimentos a Bad Religion pela autorização de reprodução de trecho de "My Head Is Full of Ghosts", letra e música de Bad Religion © 2013.

Texto revisado segundo o
Acordo Ortográfico da Língua Portuguesa de 1990

2024
Impresso no Brasil
Printed in Brazil

CIP-BRASIL. CATALOGAÇÃO NA PUBLICAÇÃO
SINDICATO NACIONAL DOS EDITORES DE LIVROS, RJ

T725n

Tremblay, Paul, 1971-
  Na escuridão da mente / Paul Tremblay; tradução de Ananda Alves. - 7ª ed. - Rio de Janeiro: Bertrand Brasil, 2024.
  23 cm.

Tradução de: A head full of ghosts
ISBN 978-85-286-2173-0

1. Ficção americana. I. Alves, Ananda. II. Título.

16-37467

CDD: 813
CDU: 821.111(73)-3

Todos os direitos reservados pela:
EDITORA BERTRAND BRASIL LTDA.
Rua Argentina, 171 – 3º andar – São Cristóvão
20921-380 – Rio de Janeiro – RJ
Tel.: (21) 2585-2000

Não é permitida a reprodução total ou parcial desta obra, por quaisquer meios, sem a prévia autorização por escrito da Editora.

Atendimento e venda direta ao leitor:
sac@record.com.br

Para Emma, Stewart e Shirley.

Minha memória, ela foi a primeira a andar na prancha, e o filme B passava no corredor.

— *Future of the Left, "An Idiot's Idea of Ireland"*

É tão agradável ficar neste quarto enorme e me rastejar como eu bem entender!

— *Charlotte Perkins Gilman, "O Papel de Parede Amarelo"*

Você quer saber um segredo? Vai guardá-lo com cuidado e amor? Isso não acontecerá de maneira óbvia, mas você e eu não estamos sozinhos aqui.

— *Bad Religion, "My Head is Full of Ghosts"*

Parte Um

Capítulo 1

— Isso DEVE SER tão difícil para você, Meredith.

Rachel Neville, autora de best-sellers, está usando uma roupa perfeita para o outono: chapéu azul-escuro combinando com sua delicada saia até os joelhos e um blazer de lã bege com botões tão grandes quanto cabeças de filhotinhos de gatos. Cuidadosamente, ela tenta se equilibrar no caminho desnivelado. As pedras de ardósia se soltaram, suas bordas saltam do chão e oscilam sob seus pés como dentes de leite prestes a cair. Quando criança, eu costumava amarrar pedaços de fio dental vermelho em volta de um dente frouxo e deixar o fio pendurado por dias e dias até que o dente caísse sozinho. Marjorie me chamaria de palhaça e me perseguiria ao redor da casa tentando puxar o fiapo encerado, e eu gritaria e espernearia só porque era divertido e tinha medo de que, se a deixasse puxar um dente, ela não conseguiria parar e puxaria todos eles.

Todo esse tempo realmente passou desde que vivemos aqui? Tenho apenas vinte e três, mas se alguém perguntar, respondo que tenho um-quarto-de--século-menos-dois anos de idade. Gosto de ver as pessoas lutando com as contas na cabeça.

Mantenho distância das pedras e caminho pelo negligenciado jardim da frente, que crescera descontrolado durante a primavera e o verão, agora começando a recuar por conta do frio do outono. Folhas e montinhos de ervas daninhas fazem cócegas nos meus tornozelos e se prendem nos meus tênis. Se Marjorie estivesse aqui agora, talvez me contasse uma história rápida sobre minhocas, aranhas e ratos se arrastando sob a folhagem em decomposição, saindo para pegar a jovem que inocentemente não se manteve na segurança do caminho de pedras.

Rachel entra na casa primeiro. Ela tem uma cópia da chave, e eu, não. Então fico para trás, descasco uma tira de tinta branca da porta de entrada e a coloco no bolso do meu jeans. Por que eu não deveria pegar um souvenir? É uma lembrança que muitos outros levaram, a julgar pela aparência da porta descamada e dos degraus ressecados na entrada.

Eu não me dei conta de quanto sentia falta desse lugar. Não consigo parar de me surpreender com o quão cinza ele parece agora. Será que sempre foi assim?

Eu me esgueiro para dentro e o barulho da porta soa como um sussurro às minhas costas. De pé no piso raspado de madeira de lei da entrada, fecho meus olhos para visualizar melhor essa imagem inicial do meu pródigo retorno: tetos tão altos que eu jamais conseguia alcançar nada; aquecedores de ferro fundido escondidos em muitos cantos dos cômodos, prontos para voltarem a soltar aquela fumaça violenta novamente; à frente, a sala de jantar, seguida pela cozinha, onde não devíamos jamais permanecer, e um corredor, um caminho claro até a porta dos fundos; à minha direita, a sala de estar e mais corredores, como raios em uma roda; abaixo, sob o chão, o porão, sua fundação de pedras e argamassa, e o chão frio e empoeirado que ainda consigo sentir por entre os dedos dos pés. À minha esquerda, fica o começo das escadas que parecia feita de teclas de piano, com suas molduras brancas e corrimões, o piso e patamares pretos. A escada encaracola até o segundo andar em três grupos de degraus e dois patamares. É assim: seis degraus para cima, patamar, vire à direita, depois mais cinco degraus para cima até o próximo patamar, então vire para a direita de novo e outros seis degraus até o corredor do segundo andar. Minha parte preferida sempre foi o fato de que você estava completamente virado, 360 graus, quando chegava ao segundo andar, mas, ah, como eu reclamava do sexto degrau que faltava no lance do meio.

Abri meus olhos. Tudo está velho, abandonado e, de certa forma, exatamente igual. Porém a poeira, as teias de aranha, o reboco rachado e o papel de parede descascando parecem de mentira. A passagem do tempo é como um adereço para a história, aquela que fora contada e recontada tantas vezes que perdera seu significado, mesmo para aqueles de nós que a viveram.

Rachel se senta na extremidade mais afastada de um sofá comprido na sala quase vazia. Um pano impermeável protege o estofamento do móvel daqueles que não se importam o suficiente para se sentar. Ou talvez seja Rachel a ser protegida, com o pano a impedindo de ter contato com um sofá mofado. Seu chapéu está acomodado em seu colo, um pássaro frágil que fora expulso de seu ninho.

Decido finalmente responder a pergunta implícita de Rachel, mesmo que o tempo para isso tenha passado.

— Sim, é difícil para mim. E por favor, não me chame de Meredith. Prefiro Merry.

— Desculpe-me, Merry. Talvez nossa vinda até aqui tenha sido uma má ideia. — Rachel se levanta, seu chapéu cai no chão e ela esconde suas mãos nos bolsos da jaqueta. Pergunto-me se ela também tem suas próprias lascas de tinta, tiras de papel de parede ou outros pedaços do passado desse lugar dentro de seus bolsos. — Poderíamos conduzir a entrevista em outro local, onde você ficaria mais confortável.

— Não. É sério. Tudo bem. Concordei de bom grado com isso. É só que eu estou...

— Nervosa. Entendo perfeitamente.

— Não. — Falei *não* da mesma maneira cantada e ritmada que a minha mãe. — É só isso. Estou o oposto de nervosa. Estou quase impressionada com o quão confortável me sinto. Por mais estranho que pareça, é surpreendentemente bom voltar ao lar. Não sei se isso faz sentido e, na maioria das vezes, não me comporto assim, então talvez eu esteja nervosa. Mas, de qualquer forma, por favor, sente-se e eu farei o mesmo.

Rachel se senta novamente no sofá e diz:

— Merry, eu sei que você não me conhece bem, mas prometo que pode confiar em mim. Tratarei sua história com a dignidade e cuidado que merece.

— Obrigada e acredito que o fará. De verdade — falo e me sento na outra extremidade do sofá, que é macia como um cogumelo. Fico agradecida pelo pano, agora que estou sentada. — É na história em si em que não confio por inteiro. Certamente não é *minha* história. Não pertence a mim. E será complicado navegarmos por alguns dos territórios inexplorados. — Sorrio, orgulhosa da metáfora.

— Então pense em mim como uma companheira de aventuras.

Seu sorriso, ao contrário do meu, é leve.

Pergunto:

— Então, como você conseguiu?

— Consegui o que, Merry?

— A chave da porta da frente. Você comprou a casa? Não é uma ideia terrível, afinal. É claro, fazer visitas guiadas na notória Casa Barrett não ajudou muito o dono anterior, financeiramente falando, mas não quer dizer que não possa funcionar agora. Seria uma ótima promoção para o livro. Você ou seus agentes poderiam voltar com as visitas. Você poderia apimentar as coisas com leituras e sessões de autógrafos na sala de jantar. Crie uma loja de presentes na entrada e venda souvenires engenhosos e macabros com os livros. Eu poderia ajudar a arrumar os cenários ou as encenações ao vivo em diferentes cômodos no segundo andar. Como... como é que dizia em nosso contrato mesmo? "Consultora criativa", eu poderia fornecer adereços e direção de palco... — Eu me perco no que deveria ter sido uma brincadeira leve, que continua por muito tempo. Quando finalmente paro de falar, ergo as mãos e encaixo Rachel e o sofá entre a moldura formada pelos meus polegares os outros dedos como uma diretora imaginária.

Rachel ri educadamente durante todo o tempo em que estou falando.

— Apenas para ficar claro, Merry, minha querida consultora criativa, eu não comprei a sua casa.

Estou ciente de o quão rápido estou falando, mas não consigo diminuir o ritmo.

— Isso é bom, provavelmente. Nada de explicações sobre a condição física deteriorada do lugar. E o que é que dizem sobre comprar casas e acabar comprando também os problemas de outras pessoas?

— Conforme o seu pedido muito razoável para que ninguém mais nos acompanhasse hoje, consegui convencer o agente imobiliário, muito gentil por sinal, a me emprestar a chave e ceder o tempo dentro da casa.

— Tenho certeza de que isso vai contra algumas leis imobiliárias, mas seu segredo está a salvo comigo.

— Você é boa em guardar segredos, Merry?

— Sou melhor que alguns — fiz uma pausa e então continuei —, na maioria das vezes, eles é que me guardam. — Apenas porque soava ao mesmo tempo misterioso e sucinto.

— Tudo bem se eu começar a gravar agora, Merry?

— Como assim, sem anotações? Eu a imaginei com uma caneta de prontidão e um caderninho preto que você mantém orgulhosamente escondidos em um dos bolsos do casaco. Estaria cheio de etiquetas coloridas e marcadores, sinalizando as páginas que guardam partes de pesquisas, esboços de personagens e observações aleatórias, porém comoventes, sobre amor e vida.

— Ha! Isso não faz nem um pouco meu estilo. — Rachel visivelmente relaxa, estende a mão e toca meu cotovelo. — Se eu puder dividir um segredo meu: não consigo ler meus próprios rabiscos. Acho que grande parte da minha motivação para me tornar uma escritora foi esfregar na cara de todos os professores e colegas da escola que zombavam da minha letra. — Seu sorriso é hesitante e real, e isso me fez gostar bem mais dela. Eu também gosto do fato de ela não pintar seus cabelos grisalhos, de que sua postura é correta sem ser insolente, de ela cruzar o pé esquerdo sobre o direito, de suas orelhas não serem grandes demais para o seu rosto e de que ainda não tenha feito alguma observação sobre o quão repugnante, vazia e velha a casa da minha infância se tornara.

Eu digo:

— Ah, vingança! Chamaremos sua futura autobiografia de *O Método Palmer deve morrer!* e você enviará cópias para os seus antigos professores confusos e há muito tempo aposentados, cada uma ilegivelmente autografada em vermelho, é claro.

Rachel abre seu casaco e retira seu smartphone.

Lentamente, eu me abaixo até o chão e pego seu chapéu azul. Após retirar com discrição a poeira da aba, coloco-o em minha cabeça com um floreio. É pequeno demais.

— Tchã-nã!

— Fica melhor em você do que em mim.

— Acha mesmo?

Rachel sorri novamente. Dessa vez não consigo decifrar. Seus dedos tocam e deslizam pela tela de seu telefone e um bipe ressoa pelo espaço vazio da sala de estar. É um som terrível; frio, inalterável, irreversível.

Ela diz:

— Por que você não começa me contando sobre Marjorie e como ela era antes de tudo acontecer?

Retiro seu chapéu da cabeça e o giro. A força centrífuga das rotações irá manter o chapéu no meu dedo ou enviá-lo num voo até o outro lado da sala. Se voar, imagino em que lugar da enorme casa irá parar.

Eu falo:

— Minha Marjorie...

E então faço uma pausa porque não sei como explicar para ela que minha irmã mais velha não envelheceu nada em mais de quinze anos e que nunca houvera um *antes de tudo acontecer*.

Capítulo 2

A ÚLTIMA FINALISTA

Sim, isso é somente um BLOG! (Que retrô!) Ou será A ÚLTIMA FINALISTA o melhor blog de todos os tempos!?!? Explorando tudo que é repulsivo e horripilante. Livros! Quadrinhos! Videogames! TV! Filmes! ~~Ensino médio!~~ Das histórias violentas e ensanguentadas mais clichês às mais intelectuais, pomposas e cult. Cuidado com os *spoilers*. EU VOU ACABAR COM VOCÊS!!!!!

BIO: Karen Brissette
Segunda-feira, 14 de novembro de 20_ _.

A *Possessão*, Quinze Anos Depois: Episódio 1 (Parte 1)

Sim, eu sei, é difícil de acreditar que o fiasco de *reality show* preferido de todo mundo (bem, o meu), *A Possessão*, foi ao ar originalmente há quinze anos. Caramba, quinze anos, certo? Ah, aqueles dias animados de vigilância da Agência de Segurança Nacional, *torrents*, financiamento coletivo e uma economia prestes a entrar em colapso!

Você precisará de um barco maior para a minha magnífica desconstrução da série de seis episódios. Há tanto o que dizer. Eu poderia escrever uma dissertação inteira apenas sobre o episódio-piloto. Não aguento mais! Você não aguenta mais! *Karen, pare de nos provocarrrrrrrrrr!!!!*

Insira voz de autor aqui: Antes dos meados da década de 2000, uma substituição no meio da temporada de outono/feriado significou que o programa estava sendo cancelado. Porém, com o sucesso de *Duck Dynasty* e várias outras redes a cabo mais conhecidas como "reality caipira", qualquer faixa de horário poderia ser utilizada para exibir um reality de sucesso.

(nota: esses "reality caipiras" — um termo criado pelos burgueses como se alguma vez esses programas tivessem suprido a falta de dramas ou *sitcoms* sobre o proletariado... vocês se lembram de *O Fazendeiro do Asfalto* ou *Os Gatões*? Não, nem eu)

O Discovery Channel apostou alto em *A Possessão*, embora, à primeira vista, não se encaixasse perfeitamente nos moldes caipiras. O programa era filmado (sim, estou usando a palavra *filmado* por que trato o programa como ficção, e porque era isso que era, como todos os demais *realities*, ficção. Dãã.) no subúrbio bem-nascido de Beverly, Massachusetts. Azar da família Barrett não morar convenientemente na cidade vizinha, Salém, onde, você sabe, todas as bruxas foram queimadas lá nos primórdios. Eu, por meio deste, solicito que a sequência seja feita e filmada em Salém, por favor! Brincadeira, mas eles poderiam muito bem ter realizado *A Possessão* em uma cidade que ingloriamente torturou jovens "indecentes" até a morte, certo? Mas eu estou divagando... então, sim, à primeira vista, o programa não tinha caipiras, nenhum fim de mundo, lagoas com tartarugas mordedoras, sabedoria caseira e rústica ou caras com barbas gigantescas e macacões. Os Barrett eram uma família típica do estereótipo de classe média em tempos em que esta desaparecia rapidamente. Sua condição social decadente era boa parte do apelo do programa à classe baixa e pobretões. Então vários americanos pensaram e continuam a pensar que são da classe média mesmo não sendo, e estão desesperados para acreditar nela e nos valores do capitalismo burguês.

Eis que então surgiu essa família que parecia sair de um seriado da década de 1980 (pense em *Caras & Caretas*, *Quem é o Chefe?*, *Tudo em Família*), sitiada por forças externas (reais e fictícias), e foi com John Barrett, um pai desempregado no início dos seus quarenta anos, que *A Possessão* acertou em cheio o ponto certo do proletariado. A situação financeira da família, assim como a de várias outras, estava na privada, podemos dizer. Barrett trabalhara para a fábrica de brinquedos Barter Brothers por dezenove anos, mas fora demitido depois que a Hasbro comprara a empresa e fechara a fábrica que existia em Salém havia oitenta anos. (Salém de novo! *Onde estão todas as bruxas?*) John não possuía diploma de ensino superior e trabalhara na fábrica desde os seus dezenove anos, começando nas linhas de montagem, em seguida subindo de posição na empresa, escalando aquela escada de brinquedos até que finalmente estivesse no comando da sala de correspondências. Recebera 38 semanas de acerto de contas por suas duas décadas de serventia, o qual conseguira administrar por um ano e meio de salário mínimo. Os Barrett tinham que se virar ao máximo para manter duas filhas, uma casa grande, as contas da propriedade, toda a esperança, a promessa e todo desejo que vinham com o estilo de vida da classe média.

O episódio-piloto começa com a malfadada história de John. Que escolha brilhante feita pelos autores/produtores/membros da equipe! Estrear com uma recriação das diversas e supostas possessões teria sido clichê demais e, francamente, muito bobo. Em vez disso, eles nos deram fotografias granuladas em preto e branco da antiga fábrica de John em seus dias de prosperidade; fotos dos trabalhadores felizes da vida, praticando seu ofício, fazendo brinquedos de espuma e borracha. Em seguida, cortaram para uma montagem com as imagens piscando em uma velocidade quase que subliminar: políticos de Washington, manifestantes raivosos do movimento Occupy Wall Street, comícios do movimento do Partido do Chá, tabelas e gráficos de desemprego, salas de tribunal caóticas, rostos que falavam vociferantes, pessoas chorando e deixando a fábrica dos Barter Brothers. No primeiro minuto da série, já testemunhamos a nova e bem conhecida tragédia da economia americana. O programa estabeleceu um senso de gravidade, somado a um ar de desconforto usando apenas realismo e apresentando John Barrett: o novo e castrado homem pós-milenar; um símbolo vivo do colapso patriarcal da sociedade e, caramba, ele representou muito bem, não foi?

Urgh, eu não pretendia começar esses vários posts no blog sobre A série falando sobre política. Prometo que uma hora chegarei à parte divertida e horripilante, mas você tem que me satisfazer primeiro... PORQUE A KAREN QUER ASSIM!!!

Se *A Possessão* imitaria tantos dos filmes superconservadores sobre possessão e de terror que vieram antes dela, então o faria enquanto estivesse sobre os ombros caídos do *homem da casa*. A mensagem já estava clara. Papai Barrett estava desempregado e, consequentemente, a família e a sociedade como um todo, em total decadência. A pobre mãe, Sarah Barrett (leal caixa de banco), apenas ganha uma breve apresentação no segmento de abertura. Ela, sendo a única provedora na família, não é mencionada até mais tarde no piloto quando, de improviso, menciona seu emprego durante uma das entrevistas de confessionário (viu o que eles fizeram aqui????). Sarah é praticamente um adereço no primeiro episódio quando vemos uma montagem de fotos de casamento e das duas filhas, Merry e Marjorie.

Nas fotografias, todos estão sorridentes e felizes, mas uma música nefasta toca ao fundo... (tã, tã, TÃ!)

Capítulo 3

Eu digo a Rachel que não existe um ponto de partida ou base para o que aconteceu com Marjorie e nossa família.

Se houvesse, a minha versão com oito anos de idade não estava ciente daquilo, e eu, com quase um quarto de século de idade, não conseguia encontrá-la com as supostas lentes transparentes da aceitação tardia. Pior, minhas lembranças se misturam aos meus pesadelos, com extrapolação, histórias contadas e distorcidas pelos meus avós, tias e tios, e com todas as lendas urbanas e mentiras propagadas pela mídia, cultura pop, e a transmissão quase contínua de sites/blogs/canais do YouTube dedicados ao programa (e tenho que confessar ter lido bem mais coisas online do que deveria). Então tudo isso se mistura com o que eu sabia e o que sei agora.

De certa forma, minha história pessoal, que não é propriamente minha, sendo literal e figurativamente assombrada por forças externas, é quase tão terrível quanto a que de fato aconteceu. Quase.

Permita-me citar um exemplo antes de começarmos de verdade.

Quando eu tinha quatro anos, meus pais foram a dois Encontros de Casais promovidos pela igreja nos fins de semana. Soube por diversas fontes que meu pai insistira para que fossem com a esperança de que isso os ajudaria a passar por um período conturbado em seu casamento e para redescobrir Deus em seu relacionamento e em suas vidas. Minha mãe, na época, não era mais católica ou praticante de qualquer religião, sendo muito contra a ideia, mas fora mesmo assim. O motivo de sua ida é um tema para total especulação, já que nunca o contara para mim nem para mais ninguém. O fato de eu estar falando sobre isso agora a deixaria completamente envergonhada. O primeiro fim de semana correra bem o suficiente em sua cabana em forma de "A", passeios pela floresta, seu grupo de debates e exercícios para diálogo; cada casal teria a sua vez para escrever e então dividir suas respostas sobre questões em relação ao seu casamento, com as perguntas enquadradas no contexto de alguma lição ou texto da Bíblia. Aparentemente, o segundo fim de semana não fora tão bem, com minha mãe deixando o Encontro de Casais e meu pai supostamente se levantando perante o grupo inteiro e citando um verso do Velho Testamento sobre a esposa ter que se submeter ao marido.

Agora, é possível que a história sobre o boicote da minha mãe ao fim de semana seja um exagero baseado em alguns fatos: meus pais realmente foram embora mais cedo do segundo Encontro de Casais e acabaram passando uma noite em um cassino em Connecticut; enquanto meu pai, como todos sabem, encontrara novamente a religião quando ficamos mais velhas, ele (e nós) não fora à igreja, católica ou qualquer outra, por muitos anos até a tentativa de exorcismo. Menciono esses fatos por me preocupar com precisão e contexto, e para ressaltar que é possível que o fato de ele ter citado a Bíblia não tenha acontecido mesmo que pessoas suficientes acreditassem nisso.

No entanto, não estou dizendo que não é possível que meu pai tenha citado o verso ofensivo para minha mãe, já que soa como algo que ele realmente faria. O restante daquela história em particular é fácil de imaginar: minha mãe com raiva saindo da cabana do retiro, meu pai correndo para alcançá-la, implorando por seu perdão, se desculpando em excesso e então, para compensar, levando-a para o cassino.

De qualquer modo, o que eu me lembro daqueles fins de semana de Encontro de Casais é somente que meus pais se afastaram com a promessa de que, em breve, estariam de volta. *Afastamento* era a única palavra que a minha versão com quatro anos de idade se recordava. Eu não tinha noção de distância ou tempo. Somente sabia que meus pais estavam *afastados*, o que soava estranhamente ameaçador de um jeito similar ao das fábulas de Esopo. Estava convencida de que tinham ido embora porque meus pais estavam de saco cheio de eu comer macarrão sem molho. Meu pai sempre resmungava sobre não acreditar que eu não gostava do molho enquanto ele colocava manteiga e pimenta no meu macarrão tubinho (o meu formato preferido). Enquanto estavam afastados, a irmã mais nova do meu pai, tia Erin, tomava conta de mim e Marjorie. Marjorie era tranquila, mas eu tinha muito medo e enlouquecia para manter minha rotina normal de sono. Construía uma fortaleza meticulosa de bichinhos de pelúcia ao redor da minha cabeça enquanto tia Erin cantava música atrás de música atrás de música. Não importava qual, de acordo com ela, contanto que fosse algo que eu tivesse escutado no rádio.

Tudo bem, prometo que, no geral, não comentarei todas as fontes (conflituosas ou não) da minha própria história. Aqui, na introdução, apenas quis demonstrar o quão complicado isso é e poderia se tornar.

Para ser sincera, e deixando de lado todas as influências externas, existem algumas partes das quais me lembro com tantos detalhes horríveis que temo me perder no labirinto das lembranças. Há outras que permanecem confusas e misteriosas como se fossem a mente de outra pessoa e temo que, em minha cabeça, eu tenha provavelmente misturado e comprimido as linhas do tempo e os acontecimentos.

Então, de qualquer forma, mantendo tudo isso *em* mente, vamos começar de novo.

O que não estou dizendo com tanta delicadeza nesse preâmbulo é que estou tentando ao máximo encontrar um ponto de partida.

Embora eu ache que já tenha começado, não é mesmo?

Capítulo 4

Eu tinha uma casa de brinquedo feita de papelão no centro do meu quarto. Era branca com os contornos pretos de um telhado de ardósia e havia canteiros com flores desenhados debaixo das janelas de persianas. Uma atarracada chaminé de tijolos ficava no topo, muito pequena para o Papai Noel, não que eu acreditasse nele naquela idade, mas fingia que sim para o bem dos demais.

Eu deveria colorir a casa branca de papelão, mas não o fiz. Gostava de tudo ser branco e da ideia de que as paredes azuis do meu quarto fossem meu céu aberto. Em vez de decorar o exterior, coloquei no lado de dentro um ninho de lençóis e bichos de pelúcia, cobri as paredes com desenhos de mim e da minha família em vários cenários e poses, Marjorie sendo frequentemente retratada como uma princesa guerreira.

Eu me sentava dentro da casa de papelão, com as persianas e porta bem fechadas, uma pequena luminária dobrável de leitura em mãos e um livro aberto sobre o meu colo.

Nunca me importei com os porcos e seu piquenique sem graça. Não me interessava pelo carro bobo de banana, de picles ou de cachorro-quente. As aventuras afoitas de Dingo Dog e a infindável perseguição do Oficial Flossy me irritavam além da conta. Eu somente tinha olhos para o Inseto Dourado sacana e, mesmo assim, já o havia encontrado e memorizado onde estava em cada página. Aparecia na capa, dirigindo uma escavadora amarela e, mais à frente no livro, estava na traseira do caminhão do bode Michelangelo e no banco do carona de um Fusca vermelho que se balançava no ar pendurado na ponta da corrente de um caminhão de reboque. Na maioria das vezes, ele era apenas um par de olhos amarelos me encarando por detrás de uma janela de carro. Meu pai me contou que, quando eu era muito pequena, caso não encontrasse o Inseto Dourado, eu dava um chilique. Acreditei nele, mesmo sem saber o que era um "chilique".

Eu tinha oito anos, velha demais para ler *Cars and Trucks and Things That Go,* de Richard Scarry, conforme meus pais constantemente me lembravam. O que eu estava lendo ou não fora, outrora, um tópico muito importante e fonte principal da ansiedade da família Barrett antes de tudo que aconteceu com Marjorie. Meus pais se preocupavam, apesar das garantias do meu médico, com o fato de que meu olho esquerdo não estava ficando mais forte, que não acompanhava o irmão da órbita direita, e que era por isso que eu não ia bem na escola e não demonstrava muito interesse em ler livros mais apropriados para a minha idade. Eu podia e lia tranquilamente, mas estava mais interessada nas histórias que minha irmã e eu criávamos juntas. Eu tranquilizava meus pais ao levar comigo vários "livros de capítulos", como a minha professora da segunda série os chamava, fingindo estar lendo além do meu nível. Frequentemente minhas leituras de mentirinha eram sobre essa série sem fim de livros banais de aventura, cada um com sua trama simplória indispensavelmente resumida no título e normalmente envolvendo uma fera mágica. Responder à pergunta da minha mãe *sobre o que era o livro* não era difícil.

Então, eu não estava lendo e relendo de verdade *Cars and Trucks and Things That Go.* A minha busca silenciosa e particular pelo Inseto Dourado era um ritual que eu fazia antes de Marjorie e eu escrevermos uma nova história no livro. Acrescentamos dúzias e mais dúzias de histórias, uma para quase todos os figurantes do universo de Richard Scarry, cada uma escrita nas páginas reais do livro. Certamente não me lembro de todas, mas havia uma que escrevemos sobre o gato que dirigia um carro e ele atolava em uma poça de melado. A gororoba marrom vazava de um caminhão com seu tanque que, convenientemente, possuía estampada a palavra MELADO em grandes letras pretas. No rosto do gato, desenhei um par de óculos com armações grossas e quadradas, iguais aos que eu usava, e repeti o mesmo acessório em todos os demais personagens para os quais criamos histórias. No espaço ao redor do gato e entre o caminhão de melado, com minha caligrafia pequena e cuidadosa (mas cheia de letras trocadas), transcrevi o seguinte: "Merry, a gata, estava atrasada para o trabalho na fábrica de sapatos quando ficou presa no melado grudento. Sentiu-se tão irritada que seu chapéu voou de sua cabeça! Ela ficou presa durante todo o dia e noite. Ficou agarrada no meio da estrada por dias e dias até que um grupo de formigas amigáveis apareceu e comeu todo o melado. Merry, a gata, vibrou e levou as formigas com ela para casa. Construiu uma fazenda gigante para as novas amigas com o intuito de que ficassem. Merry, a gata, conversava com elas o tempo todo, deu a cada uma um nome começado com a letra *A* e sempre as alimentava com sua comida preferida. Melado!"

As histórias no meu livro de Scarry eram curtas, estranhas e tinham finais estranhamente felizes ou reconfortantes. Marjorie era a maior fonte delas e dava o meu nome para todos os personagens de animais, é claro.

Depois de encontrar o Inseto Dourado na última cena, eu tomava o livro em meus braços, saía correndo da minha casa de papelão e do meu quarto, e passava pelo longo corredor em direção ao quarto de Marjorie. Eu corria com pés descalços e passos pesados, batendo com as solas contra o chão de madeira de lei para que ela me ouvisse chegando. Era justo deixá-la de sobreaviso.

Durante aquele outono, novos protocolos de privacidade foram estabelecidos. Marjorie começou a fechar a porta de seu quarto, o que significava "Merry, não entre ou vai ver só!". A porta geralmente ficava fechada enquanto ela fazia o dever de casa e, de manhã, quando se arrumava para a escola. Marjorie tinha quatorze anos e estava no primeiro ano. Essa nova aluna de ensino médio demorava bem mais para se aprontar do que sua versão de ensino fundamental. Monopolizava o banheiro do andar de cima, se enfurnando em seguida em seu quarto até que nossa mãe, aguardando de pé na entrada, anunciava aos gritos que nos atrasaríamos para a escola e/ou algum compromisso anônimo por causa dela e que Marjorie estava sendo arrogante e/ou egoísta demais. A parte do egoísta sempre me fez rir, porque minha mãe gritava rápido demais para acompanhar suas próprias palavras e parecia proclamar em alto e bom som que Marjorie estava sendo *pregoísta*.

Eu ficava secretamente desapontada quando minha irmã descia as escadas às pressas com suas mãos normais em vez de unhas que mais pareciam pregos.

Sendo uma tarde preguiçosa de sábado, eu não esperava encontrar a porta do quarto dela fechada. Eu respeitava a política de Marjorie em relação à porta tanto quanto qualquer irmã mais nova deveria, mas ela certamente deve ter ouvido meu muxoxo no corredor.

Fiquei de pé, quase ofegante, do lado de fora de sua porta enorme, que era a única na casa a ser original de construção. Feita de carvalho maciço, com tingimento escuro para combinar com o piso, era grossa como uma parede, feita para aguentar hordas bárbaras, chifres de carneiros e irmãs mais novas. Tão diferente da minha porta, barata, feita de serragem prensada, que meus pais me permitiram decorar e profanar como bem entendesse.

Carvalho, paspalho. Já que era sábado, eu estava no meu direito, negociado e bem-definido, de bater em sua porta, e assim o fiz. Então fiz uma concha com a mão em volta da boca e da fechadura e gritei:

— Hora da história! Você me prometeu ontem!

Sua risada aguda soou como se não acreditasse ter escapado de alguma coisa.

— O que é tão engraçado? — Franzi o rosto com força e tudo dentro de mim se acumulou nos meus dedos dos pés. A porta estava bloqueada, porque aquilo era uma brincadeira e ela não criaria uma nova história comigo. — Você prometeu! — gritei novamente.

Marjorie então disse com sua voz normal, que não parecia alterada como sua risada, que soava como se tivesse inalado gás hélio:

— Tá bom, tá bom. Você pode entrar, senhorita Merry.

Fiz uma dancinha rápida que vi no *Bob Esponja*.

— Sim! Eba!

Mudei a posição do livro para que a parte de cima ficasse sob o meu queixo e parcialmente presa ao meu peito pelos meus cotovelos. Eu não queria derrubar o livro no chão, dava azar a ele, mas precisava das duas mãos livres para girar a maçaneta. Finalmente consegui entrar, grunhindo e batendo com o ombro na porta teimosa e rígida.

Como estava certa de que eu cresceria para ser exatamente como Marjorie, entrar em seu quarto era como descobrir um mapa do meu futuro, com vida, respiração e uma geografia em constante alteração. Marjorie estava sempre mudando sua cama de lugar, bem como a cômoda, a escrivaninha, as estantes variadas e os caixotes de leite cheios dos mais recentes acessórios de sua vida. Ela mudava até a posição de seus pôsteres, calendário e decorações de astronomia nas paredes. A cada alteração, eu remodelava o interior da minha casa de papelão para combinar com a dela. Nunca a contei que fazia isso.

Naquele sábado, sua cama estava encostada em um canto e sob a única janela do cômodo. As cortinas não existiam mais e só restou um fino forro de renda branca. Seus pôsteres estavam tortos, sobrepostos e agrupados casualmente na parede que ficava de frente para sua cama. O restante das paredes estava nu. Sua cômoda e espelho estavam atulhados em outro canto, com suas estantes, mesa de cabeceira e caixotes de leite preenchendo as outras duas quinas a fim de deixar o centro do quarto completamente vazio. O quarto possuía o formato de X, sem a parte em que as linhas se cruzam.

Entrei lentamente, tomando cuidado para não pisar em nenhum fio escondido capaz de tirar Marjorie do sério e instigar suas alterações imprevisíveis de humor. Qualquer transgressão que fosse notada de minha parte poderia dar início a uma briga que terminaria comigo chorando e correndo para a minha casa de papelão ou com o método bruto de mediação do meu pai (por exemplo, ele gritando mais alto e por mais tempo). Parei de pé no meio do seu quarto em X sem centro e meu coração bateu como uma moeda solta em uma máquina de secar roupas. Eu amava cada segundo daquilo.

Marjorie estava sentada com as pernas cruzadas sobre sua cama, em frente à janela, então sua silhueta estava coberta pela luz acinzentada. Usava uma camiseta branca e sua nova calça de moletom do time de futebol. Era de um tom de laranja que nem o de Halloween, com a palavra *Panthers* estampada em preto na lateral de uma das pernas. Seu cabelo castanho-escuro estava preso em um rabo de cavalo bem apertado.

Ela tinha um livro bem grande aberto sobre seu colo. Por bem grande, não quis dizer grosso que nem um dicionário. O livro se estendia na largura de suas pernas cruzadas. As páginas eram cheias de cor, altas e largas, quase do tamanho das páginas do meu livro de Scarry que eu ainda segurava contra o peito como um escudo.

— Onde conseguiu isso? — perguntei.

Eu não tinha realmente que perguntar. Era óbvio que Marjorie estava com um livro infantil no colo, o que significava que era um dos meus.

Marjorie percebeu a confusão em minha cabeça e começou a falar a vinte mil quilômetros por hora.

— Por favor, por favor, por favor, não fique brava comigo, Merry. Eu tive a ideia dessa história incrível aparecendo do nada e sabia que não se encaixaria tão bem no seu livro. Quer dizer, nós já temos uma sobre melado no seu livro, certo? Então, tudo bem, acabei de contar parte dela, que é outra sobre melado, mas essa é *tão* diferente, Merry. Você vai ver. E, de qualquer forma, achei que talvez o livro de Scarry estivesse cheio e fosse hora de começar um novo, então fui ao seu quarto, e Merry! Encontrei o livro perfeito! Eu sei que não foi justo ter entrado lá sem pedir permissão quando sei que, se você fizesse o mesmo comigo, eu ficaria muito irritada. Perdão-perdão, pequena Merry, mas espere até ouvir e ver o que desenhei.

O rosto de Marjorie era um sorriso gigante; repleto de dentes brancos, e olhos esbugalhados.

— Quando você entrou no meu quarto?

Eu não queria começar uma briga, mas tinha que saber quando tinha acontecido. Saber onde Marjorie estava o tempo todo dentro da nossa casa era da minha conta e, se sua porta estivesse fechada, eu sempre tinha uma audição de satélite apontada para o seu quarto, ouvindo a porta caso fosse aberta.

— Eu entrei escondido enquanto você brincava na sua casa.

— Não entrou, não. Eu teria escutado.

Seu sorriso se tornou afetado.

— Merry. Foi fácil.

Arfei com a minha então exuberância canastrona, digna de uma atriz dramática, larguei meu livro e cerrei minhas mãos.

— Isso não é verdade!

— Ouvi você falando sozinha e com seus bichinhos de pelúcia, então entrei na ponta dos pés, prendendo a respiração para ficar mais leve, é claro, deslizei meus dedos pela sua estante, e em seguida até me debrucei sobre a sua casa e espiei pela chaminé. Você ainda conversava sozinha e eu era um gigante enorme e terrível, pensando se esmagava ou não a casa da camponesa. Mas fui um gigante bom. *Raur!*

Marjorie saltou para fora de sua cama e pisou com força pelo quarto, dizendo:

— Fe, fi, fo, férri, sinto o cheiro de chulé de uma menina chamada Merry.

— Você é quem tem chulé! — gritei e ri, soltando o meu próprio rugido de honra, galopando pelo quarto, passando por entre seus braços muito lentos de gigante, cutuquei suas costelas e dei um tapa em seu bumbum. Por fim, ela me pegou em seus braços e caiu comigo sobre a cama. Escapuli para as suas costas e entrelacei os braços ao redor de seu pescoço.

Ela tentou me alcançar, mas não conseguia me pegar.

— Você se contorce demais! Certo, certo, chega. Venha, Merry. É hora da história.

— Oba! — gritei, mesmo que me sentisse enganada.

Ela estava se safando rápido demais por ter entrado escondida em meu quarto e roubado um livro, e pior, me ouvido falando sozinha.

Marjorie colocou o livro de volta no colo. Era o *All Around The World*. Cada página possuía uma versão em desenho de uma cidade de verdade ou de outro país. Eu não lia ou pensava sobre aquele livro havia muito tempo. Nunca fora um dos meus favoritos.

Tentei pegá-lo, mas Marjorie o tirou das minhas mãos com força.

— Antes de ver o que desenhei, você tem que ouvir a história.

— Tudo bem. Me conta!

Eu estava toda acelerada, mal conseguindo me conter.

— Você se lembra de quando fomos ao aquário e para North End em Boston nesse verão?

É claro que eu me lembrava: primeiro, fomos ao aquário, onde Marjorie e eu pressionamos nossos rostos contra o vidro do tanque de três andares de altura e formato de tubo, esperando que um dos tubarões australianos nadasse por perto e nos assustasse. Mais tarde, quando meus pais não quiseram me dar um polvo de borracha, fiz bico e manha por toda a loja, balançando meus braços o tempo todo. Em seguida, caminhamos até North End e jantamos em algum lugar caro, com toalhas de mesa pretas e guardanapos de linho branco. No caminho para o estacionamento, encontramos aquele local que vendia sobremesas, que deveria ser o melhor da cidade. Mamãe pediu cannolis para a gente, mas eu não quis. Falei que pareciam lagartas amassadas.

Marjorie disse:

— Bem, essa história aconteceu há quase cem anos em North End. No passado, eles guardavam todo o melado em tanques gigantes de metal que tinham quinze metros de altura e vinte e oito de largura, tão grandes quanto prédios. O melado era trazido por trens, e não por caminhões como no seu livro. — Marjorie fez uma pausa para ver se eu estava ouvindo com atenção. Eu ouvia, embora quisesse perguntar o motivo de precisarem de tanto melado, já que a única vez em que eu vira aquilo fora no livro de Scarry. Não perguntei. — Estava no meio do inverno e, por mais de uma semana antes do acidente, estava muito, muito, muito frio mesmo, então aquelas nuvenzinhas que as pessoas soltam quando respiram congelavam, caíam pelo ar e estilhaçavam quando chegavam ao chão.

— Legal.

Fingi respirar um pouco daquele ar gélido.

— Mas depois de todo aquele frio, Boston recebeu um daqueles dias de inverno quentes e estranhos que às vezes acontecem. Todos em North End diziam "Meu deus, que dia lindo" e "Não é o dia mais perfeito e bonito que você já viu?". Estava quente e ensolarado o suficiente para que todo o tipo de gente deixasse seus apartamentos sem seus casacos, chapéus e luvas, assim como a menina de dez anos chamada Maria Di Stasio, que apenas usava seu suéter preferido, o que tinha buracos nos cotovelos. Brincava de amarelinha enquanto seus irmãos eram cruéis com ela, mas crueldade fazia parte de sua rotina, então Maria os ignorou.

"Havia um som retumbante que todos na cidade ouviam, mas não sabiam o que era, e os rebites que ficavam no tanque de melado se soltaram como projéteis, as laterais de metal se despregaram como papel de embrulho, e o melado doce e grudento jorrou para todos os lados. Uma onda gigante começou a varrer North End."

— Uau.

Ri de nervoso. Aquela onda gigante de melado com certeza era emocionante, mas tinha tanta coisa errada com a história. Marjorie estava usando um local e um tempo em particular, e pessoas que não tinham o meu nome. Além disso, a história já era longa demais e eu jamais seria capaz de escrever tudo aquilo no livro. Onde eu a encaixaria?

— A onda tinha um pouco mais de quatro metros de altura e arrastou a tudo e todos em seu caminho. Entortou as vigas de metal da Atlantic Avenue, tombou vagões de trem, arrebatou prédios de suas fundações. As ruas encheram de melado até a altura da cintura, cavalos e pessoas estavam atolados e, quanto mais se remexiam e lutavam para se soltar, mais presos ficavam.

— Espera, espera... — Eu fiz com que ela parasse. O que estava acontecendo com a história? Normalmente eu tinha permissão para opinar. Eu demonstraria minha insatisfação ou balançaria a cabeça e Marjorie voltaria e a mudaria até que estivesse ao meu gosto. Em vez de pedir para que recomeçasse, fiz uma pergunta. — E o que aconteceu com Maria e seus irmãos?

Marjorie baixou o tom de voz a um sussurro.

— Quando o tanque explodiu, os irmãos de Maria correram para se salvar e ela tentou também, mas era muito lenta. A sombra da onda a pegou primeiro, estourando na parte traseira de suas pernas, subindo até a barra de seu suéter favorito e, em seguida, até sua cabeça, apagando o sol, enegrecendo o dia mais bonito já visto. Então Maria foi atingida e esmagada pela onda.

— Como assim? Ela morreu? Por que está dizendo isso? Que história horrível!

Saltei para fora da cama e disparei para pegar o livro de Scarry, que estava no chão.

— Eu sei.

Marjorie parecia concordar comigo, mas seu sorriso havia voltado, assim como seus olhos arregalados. Parecia orgulhosa, como se tivesse contado a melhor história de todos os tempos.

Eu me esgueirei de volta para a cama e sentei de frente para ela.

— Por que você inventaria algo assim?

— Não inventei. É uma história real. Aconteceu. Maria e outras vinte pessoas realmente morreram em uma enchente de melado em Boston.

— Essa história não é verídica.

— É sim.

— Não é, não!

— É sim.

Repetimos aquela discussão mais umas duas vezes antes que eu cedesse.
— Certo. Quem contou isso para você?
— Ninguém.
— Você encontrou na internet, não foi? Nem tudo que se lê na internet é verdade, sabia? Minha professora diz...
— Você pode encontrar a enchente de melado na internet, está lá, eu procurei. A maior parte está, mas de qualquer forma, não foi de onde tirei.
— Foi de onde, então?
Ela deu de ombros e, em seguida, riu, parou e deu de ombros novamente.
— Eu não sei. Ontem, eu acordei e meio que sabia da história, como se fosse algo que sempre estivera em minha cabeça. Histórias são assim de vez em quando, eu acho. Até mesmo as verídicas. E sei que essa foi horrível, terrível, ruim, mas eu... eu não consigo parar de pensar sobre ela, sabe? Imagino como deve ter sido estar lá, como seria estar na situação de Maria, ver, cheirar, ouvir e sentir o que ela sentiu naquele segundo exato antes de a onda atingi-la. Desculpe-me, não sei explicar bem, mas eu só queria contar para você, Merry. Queria dividir isso com você. Tudo bem? — Sua voz estava ficando rouca como ficava quando fazia dever de casa e gritava comigo para deixá-la sozinha. — Você está de acordo com isso, senhorita Merry?
— Acho que sim.
Eu não acreditei nela e não sabia o motivo de tentar tanto me fazer acreditar que não encontrara a história na internet. Eu tinha oito anos e não era mais um bebezinho ingênuo. Quando eu era muito pequena, ela me contava que os móveis de seu quarto mudavam de posição sozinhos durante a noite enquanto dormia, e que estava falando muito sério ao me contar aquilo, fingindo ficar chateada e irritada, e então eu ficava chateada e irritada com ela, minhas emoções se amplificavam e eu quase me rendia uma crise nervosa, mas ela dava um jeito de me conter um segundo antes de a cachoeira de lágrimas descer e dizia: "Certo, caramba, eu só estava brincando. Relaxa, Merry-macaquinha." Eu odiava quando ela me chamava de "Merry-macaquinha".
— Ei, olha o que eu desenhei.
Marjorie se apressou para chegar perto de onde eu estava sentada, abriu o *All Around The World* e o colocou sobre nossos colos. A cidade da página

era Amsterdã, mas ela deformou e reorganizou as letras para grosseiramente exibir o nome Boston. Marjorie havia desenhado um tanque cilíndrico enorme com um corte selvagem e pontudo na parte da frente, e saindo dele, pintou com marcador marrom um mar que cobria toda a cidade. Ela também desenhou gatos e cachorros no estilo de Richard Scarry, usando casacos esportivos e gravatas, atolados no melado, se debatendo. A onda doce cobria um trem arruinado, e seus passageiros, com feições de cães e gatos, gritavam de medo.

Eu queria socá-la, socar seu rosto estúpido e sorridente. Ela estava zombando de mim, do meu livro bobo e suas histórias frívolas. Ainda assim, eu não conseguia desviar o olhar da página. Era terrível, me causaria pesadelos e, no entanto, havia algo maravilhoso em seu horror.

— Veja. Aqui está o Inseto Dourado — disse Marjorie, apontando para uma pequena figura amarela com os olhos marcados com X, braços de palito e mãos que tentavam se livrar do melado, pedindo ajuda a ninguém e todos ao mesmo tempo.

Fechei o livro sem dizer nada. Marjorie o colocou no meu colo e, então, esfregou as minhas costas.

— Me desculpe. Talvez eu não devesse ter contado essa história para você.

— Não. Conte-me qualquer coisa. Conte-me todas as suas histórias. Mas amanhã, posso ganhar uma como as de antigamente? Uma história criada por você? — falei rápido, rápido demais.

— Sim, Merry. Prometo.

Saí devagar da cama, intencionalmente olhando para a parede e o grupo de pôsteres a fim de não a encarar. Eu não havia notado assim que entrei no quarto, mas eles estavam pendurados de um jeito que se sobrepunham. Somente algumas partes de diversos cantores, atletas e astros do cinema estavam visíveis; mãos, pernas, braços, cabelos, um par de olhos, todos desincorporados. No centro da colagem, com todos aqueles membros, tudo parecia se focar em uma boca que estava rindo ou rosnando.

— Ei, o que você achou dos pôsteres?

Eu já estava cheia daquilo. Tinha os dois livros em meus braços, e eles eram extremamente pesados.

— Deprimente — respondi, esperando atormentá-la um pouco.

— Não pode contar nada à mamãe ou ao papai, porque eles enlouqueceriam, mas quando acordei, o meu quarto estava assim, eu juro, e quando você olha para os pôsteres através do espelho...

— Cala a boca! Não tem graça!

Corri para fora do quarto, não querendo que ela me visse chorando.

Capítulo 5

Meus companheiros de pelúcia se tornaram meus vigias, estrategicamente espalhados pelo quarto. Virei minha casa de papelão para que a abertura para correspondências ficasse de frente para a porta. Passei o resto daquele fim de semana dentro da casa, espiando pela abertura, completamente convencida de que Marjorie voltaria para se desculpar, provar que conseguia entrar escondido quando bem entendesse, roubar meus livros de novo ou, pior, ir à minha casa de papelão para reorganizar meus desenhos do mesmo jeito horroroso que fizera com seus próprios pôsteres. Eu era boa em imaginar as piores coisas.

A cada minuto que se passava e ela não entrava no meu quarto, eu me sentia mais agitada, paranoica e convencida de que de fato ela estava indo. Então equipei meu quarto para tentar pegá-la no ato. Ela estaria em apuros com nossos pais, dado o escândalo que fazia, digno de uma adolescente intragável, toda vez em que eu me aproximava de seu quarto. Tirei o cinto do meu robe roxo e felpudo que nunca usei e amarrei as pontas em um dos suportes da cama e na maçaneta. O cinto só esticava o suficiente para que a porta se abrisse apenas para que alguém do meu tamanho conseguisse passar com segurança. Também equilibrei uma jarra de plástico vazia de suco de laranja no topo da porta, que estava encostada, para que ficasse apoiada no batente. Se fosse aberta além do restrito, o jarro cairia no chão, ou, melhor ainda, na cabeça do invasor. De forma alguma Marjorie conseguiria entrar sem ficar presa ou sem fazer barulho suficiente para eu ouvir.

Eu não me sentia totalmente segura, então construí câmeras de vigilância com detector de movimentos e um laptop com caixas de cereal. Passei a manhã de domingo pesquisando sobre certa Marjorie Barrett. Ah, as coisas que encontrei...

Apesar da promessa que fez de me contar uma história inventada de verdade no dia seguinte, eu a faria esperar dessa vez. Eu a faria ir até mim. Então fiquei em meu quarto e apenas me aventurei a sair para comer e ir ao banheiro.

Ainda insatisfeita, construí uma torre de livros com o *All Around The World* e *Cars and Trucks and Things That Go* como parte da fundação. Seria impossível remover qualquer um dos livros sem que tudo caísse. Tentei duas vezes e ganhei um hematoma na coxa de um dos que caíram.

Quando acordei na manhã de segunda-feira, Marjorie já estava tomando banho e meus pais gaguejando e murmurando sobre a casa. Lentamente me sentei e um pedaço dobrado de papel caiu do meu peito.

Retirei com pressa as cobertas que estavam sobre mim e procurei por falhas na segurança. O cinto do robe ainda estava amarrado e o jarro vazio de suco de laranja permanecia em seu lugar. Meus bichinhos de pelúcia ainda se encontravam de vigia. Briguei com eles por terem adormecido em serviço. Chequei minhas câmeras e o laptop. Nada. Minha torre de livros estava intacta, mas o *All Around The World* havia sumido, sido roubado e substituído por *Oh, the Places You'll Go,* de Dr. Seuss. Será que ela simplesmente puxou o livro e colocou o outro sem deixar a torre cair? Será que desfez pacientemente a torre, livro por livro, até chegar ao que queria e a reconstruiu? Talvez eu tivesse me esquecido de colocá-lo de volta depois de um dos meus testes de integridade da estrutura, mas não, *All Around The World* não estava em nenhum lugar do meu quarto.

Corri de volta para dentro da minha casa de papelão e abri o bilhete dobrado que ela deixara caído sobre o meu peito. Certamente vinha de Marjorie, e não de um dos meus pais, embora meu pai fosse um trapaceiro ocasional caso estivesse de bom humor.

Estava escrito em giz de cera verde:

Entrei no seu quarto enquanto você dormia, Merry-macaquinha. Tenho feito isso por semanas, desde o final do verão. Você é muito bonita enquanto dorme. Na noite de ontem, apertei seu nariz até que sua boca pequena se abrisse para pegar ar.

Hoje à noite é sua vez. Entre escondido em meu quarto, depois do horário em que deveria estar dormindo, e terei uma nova história inventada, pronta para você. Com fotos e tudo. Será tão divertido! Por favor, pare de ficar brava comigo e faça isso.

Beijos,
Marjorie

Capítulo 6

NÓS JANTÁVAMOS NA cozinha, nunca na sala de jantar. Nossa mesa, até onde eu sabia, não era para refeições, mas para empilhar as roupas lavadas e dobradas que deveríamos levar para nossos quartos e guardar organizadamente, o que nunca acontecia. As pilhas de roupas dobradas cresceriam a alturas vertiginosas e instáveis, então se reduziriam a montes tristes e pequenos de meias e roupas de baixo após escolhermos com cuidado o que queríamos vestir.

Minha mãe fez espaguete e suspirou alto na direção do meu pai, porque ele ainda estava na sala de estar, sentado em frente ao computador. Todos ouvíamos as teclas traiçoeiras sendo usadas. O jantar estava pronto havia cinco minutos. Marjorie e eu sentamos com nossos pratos cheios de macarrão fumegante; o dela coberto com molho vermelho, o meu com manteiga derretida, pimenta e uma montanha de queijo ralado salpicado. Minha mãe dizia que não tínhamos permissão para começar a comer até que "*ele* aparecesse". O fato de não podermos comer deveria ser algum tipo de castigo para ele.

Apertei minha barriga, me balancei em minha cadeira e anunciei:

— Eu vou morrer de fome! Vem logo, pai!

Marjorie estava toda deprimida e desarrumada, perdida em seu moletom. Ela sussurrou para que eu me calasse, aparentemente baixo o suficiente para que apenas eu a ouvisse, porque mamãe, que estava parada bem atrás de nós, não a repreendeu.

Papai entrou na cozinha na ponta dos pés e se sentou. Eu sempre ficava chocada com o quão gracioso e quieto ele podia ser para um homem tão grande.

— Desculpe-me. Só tinha que checar alguns e-mails. Não recebi resposta de nenhum dos lugares que eu esperava.

Papai perdera o emprego havia mais de um ano e meio. Quando se formara na escola, começara a trabalhar na Barter Brothers, uma fabricante de brinquedos com matriz na Nova Inglaterra. No final dos seus dezenove anos na empresa, ele estava no comando da sala de correspondências corporativas. A Barter Brothers não prosperava havia anos e papai conseguiu sobreviver a algumas demissões, mas, quando a fábrica foi vendida, recebeu sua dispensa. Ele ainda não havia encontrado outro emprego.

— Tenho certeza de que poderia ter esperado até depois do jantar — disse mamãe.

Naquela noite, ela estava mais agitada do que o normal. Certamente era um resquício de mais cedo, quando ela e Marjorie voltaram para casa de onde quer que tivessem ido. Minha irmã correra para o seu quarto antes mesmo de a porta da frente se fechar. Mamãe jogara suas chaves sobre a mesa da cozinha e fora ao quintal de trás para fumar três cigarros. Sim, eu contara. Três significavam que alguma coisa estava errada.

Nossa mesa da cozinha era redonda, numa tonalidade clara de marrom que nunca estivera na moda, e suas pernas eram vacilantes e instáveis como as patas de um cachorro velho. Então, quando papai fez um batuque com as mãos, nossos pratos e copos balançaram e tilintaram.

— Ei, talvez esta noite devêssemos dar as graças — disse ele.

Aquilo era novidade. Olhei para mamãe. Ela revirou os olhos, puxou sua cadeira para mais perto da mesa e deu uma mordida bem grande em seu pão de alho.

— É sério, pai? Dar as graças? — perguntou Marjorie.

— O que é dar as graças? — perguntei.

— Se vire para explicar isso — disse mamãe.

Papai sorriu e esfregou sua barba escura e desgrenhada.

— Você não se lembra? Faz tanto tempo assim?

Eu me encolhi.

— É algo que costumávamos fazer o tempo todo na minha família. Alguém na mesa de jantar diz algumas palavras sobre como estamos agradecidos pela comida e por todos que fazem parte de nossas vidas, certo? É como uma oração.

Marjorie abafou uma risada e torceu seu garfo, afundando-o em seu espaguete vermelho.

— Tecnicamente isso aqui não é uma mesa de jantar, pai. É só uma mesa de cozinha — falei, orgulhosa por ter encontrado uma brecha em sua definição. Eu era boa em achar brechas.

— Por que você veio com isso agora? — perguntou mamãe.

Papai ergueu suas mãos em rendição e gaguejou durante uma explicação sem graça.

— Não há motivos. Apenas pensei que poderia ser bom, sabe? Só uma coisa legal em família a ser feita no jantar.

— Tudo bem — disse mamãe, daquele jeito que significa que não está tudo bem. — Mas dar início a uma nova tradição no jantar é algo grande. Algo que todos podemos discutir mais tarde.

— Sim, podemos fazer uma reunião familiar sobre dar as graças.

Grandes decisões em família e coisas a serem feitas deveriam ser discutidas durante reuniões familiares. Geralmente, parecíamos tê-las apenas para comunicar notícias ruins, como quando o vovozinho morrera e nossa cadela Maxine tivera de ser colocada para dormir. Ou tínhamos reuniões para tentar decretar novas tarefas para Marjorie e eu. Democracia era uma mentira naquelas reuniões familiares sobre tarefas, nas quais minha irmã e eu recebíamos a honra de escolher dentre uma lista de opções que nunca incluía nada que realmente queríamos fazer, como ficar sentada no sofá, assistir à TV, ler livros, inventar histórias. As reuniões nunca funcionavam do jeito que queríamos.

— Essa é uma ideia fantástica, senhorita Merry — disse ele.

Papai sugou ruidosamente um longo fio de espaguete para me divertir.

— Acho que é uma ideia ruim. — Marjorie conseguiu esconder a maior parte do rosto por trás de seus cabelos soltos e mangas muito compridas.

— Você sempre diz que as minhas ideias são ruins! — falei, tentando começar uma briga.

Dei uma batidinha na minha perna para certificar de que ainda tinha a carta de confissão de Marjorie no bolso dianteiro do meu jeans. Possuía prova escrita de que ela havia entrado escondida em meu quarto e roubado coisas. Eu certamente a usaria se continuasse a ser má comigo.

— Relaxa, Merry, ela não está falando de você — disse mamãe.

— Então, o que é uma ideia ruim, Marjorie? Por favor, explique — pediu papai.

Sabíamos que ele estava irritado, porque obviamente tentava não parecer.

— Tudo isso.

Mamãe e papai se entreolharam de uma ponta à outra da mesa. Marjorie conseguiu colocá-los no mesmo time novamente.

— Você teve treino hoje?

— Boa troca de assunto, pai.

— O quê? Só estou perguntando.

— Eu tive uma *consulta*.

— Ah. Certo. Desculpe. — A não irritação do papai foi embora rapidinho e ele relaxou em sua cadeira. — Como foi?

Eu não fazia ideia sobre o que estavam falando naquele momento, o que me deixou muito nervosa.

— Foi incrível. — Marjorie não mudou sua postura ou posição, mas sua voz se abrandou e ficou mais baixa, como se estivesse prestes a cair no sono. Então ela se virou para mim. — Papai quer que demos as graças para que todos possamos ir para o céu algum dia.

Novamente dei uma batidinha em seu bilhete e fiz uma anotação mental para aumentar a segurança em meu quarto. Talvez eu pudesse colocar talco de bebê no chão em volta da porta para registrar qualquer pegada que não fosse minha.

Papai disse:

— Isso não é justo. Agora, veja bem, sua mãe está certa, podemos falar sobre isso mais tarde...

— Blá-blá-blá, obrigada pelo papá — disse Marjorie, em seguida colocando metade de seu espaguete na boca, comicamente inflando suas bochechas com macarrão, mas ninguém riu. Espaguete e molho vazavam pela boca e queixo, e caíam no prato.

Mamãe e eu dissemos ao mesmo tempo:

— Marjorie, não seja nojenta.

— Eca, que nojo!

— Ei, preste atenção, eu sempre tentei respeitar vocês e não impor minhas crenças, então...

— Ao tentar nos fazer dar as graças, certo?

— Então você vai respeitar a minha!

O volume da voz do meu pai aumentou até que fosse mais alto que o barulho de suas mãos batucando mais cedo. Papai tinha um megafone escondido dentro do peito, um que fazia com que as paredes chacoalhassem e balançava a base da casa. Ele baixou a cabeça e espetou seu macarrão.

Eu não conseguia decifrar a minha mãe. Normalmente ela brigaria com papai por gritar e ele se desculparia bem rápido com todas nós. Em nosso silêncio, mamãe se sentava com suas mãos sob o queixo e observava Marjorie.

— Ei, pai, na verdade eu conversei sobre o céu hoje. Na minha consulta.

Marjorie limpou o rosto com as costas da mão e piscou para mim.

Papai tinha parado de me levar à igreja quando eu tinha quatro anos de idade. Minhas únicas lembranças são de tédio, bancos de madeira e a grande colina que havia atrás da igreja na qual costumávamos brincar de trenó. Então "céu" era um conceito vago, inquieto, quase caricato, uma mistura cultural confusa de nuvens fofinhas, harpas, anjos alados, raios dourados de sol, uma mão gigante que podia ou não pertencer a um gigante com uma barba branca e fluida chamado Deus. Era aquele lugar exótico sobre o qual crianças na escola falariam ao me contar que era para lá que seus falecidos avós ou bichinhos de estimação tinham ido. Eu não entendia o que era, por que era, e realmente não queria entender.

Marjorie perguntou ao papai:

— Posso fazer a você a mesma pergunta que fiz ao dr. Hamilton?

— É claro.

Papai remexia a comida em seu prato como se fosse uma criança petulante recebendo um sermão.

— Você acredita no céu, certo?

— Sim, realmente acredito, Marjorie, e...

— Espere, não cheguei à pergunta. Então, no céu, você acredita que os fantasmas ou espíritos ou qualquer um dos seus entes queridos estão lá, esperando por você para dividir a eternidade?

— Sim, mas...

— Espere — disse Marjorie, rindo. — Ainda não cheguei à pergunta. Como você sabe, com certeza, de que lá os fantasmas das pessoas que ama são de verdade?

— Não tenho certeza do que você está querendo saber.

— Estou perguntando sobre como você saberia se estivesse realmente falando com o fantasma do seu pai, do vovô, por exemplo, e não algum demônio se passando por ele? E se aquele demônio estivesse imitando o vovô com perfeição? Seria bastante terrível, não é? Imagine: você está no céu com quem acha ser o vovô. O fantasma se parece com ele, fala como ele, age como ele, mas como pode ter certeza de que é ele de fato? E quanto mais o tempo passa, você se dá conta de que nunca poderá afirmar. Jamais poderá ter a garantia de que qualquer um dos demais fantasmas ao seu redor não são demônios disfarçados. Então sua pobre alma ficará para sempre na dúvida, aguardando que, a qualquer momento da eternidade, haja alguma mudança terrível, horrorosa, horrível no rosto do vovô enquanto você o abraça.

Marjorie se levantou, levando seu copo d'água junto ao peito. Seu queixo estava manchado de molho vermelho do espaguete.

Sentados ao redor do pequeno círculo da nossa mesa de cozinha, olhei para os meus pais e eles se entreolharam como se não reconhecessem ninguém. Nenhum de nós disse uma palavra.

Marjorie saiu lentamente da cozinha. Ouvimos seus passos, seus movimentos em direção ao interior da casa e, em seguida, para o seu quarto, no andar de cima, seguidos da porta se fechando.

Capítulo 7

Um anúncio de uma concessionária local me acordou às 11h30 da noite. Alguém gritava "Ninguém pode bater nossos preços, então venha logo!". Tinha colocado meu rádio-relógio debaixo do travesseiro para que meus pais não o ouvissem quando despertasse.

As luzes do corredor e do banheiro não estavam acesas, o que significava que eles as apagaram e foram para a cama. O quarto deles ficava do outro lado do corredor, do lado oposto ao de Marjorie, e a porta estava fechada. Depois daqueles quartos e da outra extremidade do corredor, ficava o solário e um poste de iluminação, que pontilhava sua janela saliente.

O chão do corredor era frio para os meus pés descalços, então caminhei com os calcanhares e com os dedos arqueados para cima. Não me preocupei em levar comigo o livro de Scarry. A porta de Marjorie se encontrava levemente aberta, e uma música ambiente baixa, assim como a iluminação, vazavam de seu quarto. Não bati. Gentilmente abri a porta enorme.

— Feche-a com cuidado — disse ela.

Eu obedeci e girei a maçaneta com a cautela de um arrombador de cofres. Somente sua luminária de cabeceira estava acesa, apontada para a cama. Eu ainda tive que semicerrar e piscar os olhos para ajustá-los.

— Rápido, você acha que o meu quarto é o mesmo da última vez ou foi reorganizado?

Olhei ao meu redor com cuidado. Por "cuidado", quero dizer que não observei nada, porque tive medo de olhar por muito tempo, de ver demais, de ver a formação dos pôsteres com todas as partes corporais sobrepostas e a boca com seus dentes ao centro.

— Está igual — respondi.

— Talvez esteja. Não sei. Talvez o quarto tenha mudado quando você saiu. Talvez, ontem, meu tapete e minha cama estivessem no teto. Talvez meu quarto tenha mudado, mudado e continuado a mudar, e então, antes de você entrar, tenha voltado à maneira como estava antes. Talvez o seu quarto seja como o meu e mude o tempo todo também, mas em segredo para que você não perceba.

— Pare com isso. Voltarei para o meu quarto se você continuar a falar assim.

Marjorie sentou-se em sua cama com um livro aberto sobre o colo. Ainda vestia seu moletom e seu queixo continuava manchado de vermelho por conta do molho do espaguete. Os cabelos estavam escuros, oleosos e densos, pesando em sua cabeça.

— Venha, estou apenas implicando. Sente-se perto de mim, Merry. Tenho a sua nova história — disse ela.

Submissamente, sentei-me ao lado de minha irmã e disse:

— Não gostei do seu bilhete, sabia? — Imaginei Marjorie se esgueirando para dentro do meu quarto, apertando o meu nariz enquanto eu dormia e fiquei assustada. Então me imaginei fazendo o mesmo com ela e foi emocionante. — Você não pode mais entrar no meu quarto ou contarei à mamãe. Mostrarei o bilhete para ela.

Senti-me corajosa ao dizer tais coisas, minha bravura inflou meu peito e aliviou minha cabeça.

— Desculpe. Não sei se posso prometer algo assim.

Marjorie virou a cabeça bruscamente de um lado para o outro, como se estivesse tentando ouvir o som dos nossos pais saindo de seu quarto e entrando no corredor.

— Isso não é justo.

— Eu sei. Mas eu tenho a sua nova história.

Ela abriu o livro em seu colo. Era o meu livro, é claro, aquele que roubara do meu quarto, o *All Around The World*. Folheou até uma página, onde havia um desenho da cidade de Nova York. Os prédios eram de tijolos em vermelho vivo e azul-piscina, lotavam a página, cutucando e brigando uns com os outros por um espaço precioso. As ruas e calçadas, bem como as pessoas que nelas estavam, foram rabiscadas com linhas verdes malfeitas. Ela deve ter usado o mesmo giz de cera verde com o qual escrevera o bilhete para mim.

— A cidade de Nova York é a maior do mundo, certo? Quando as coisas que crescem — disse ela, fazendo uma pausa e passando suas mãos sobre as linhas verdes que desenhara em meu livro — começaram a crescer por lá, significava que poderiam fazer o mesmo em qualquer lugar. Tomaram conta do Central Park, surgindo dos caminhos de cimento e absorvendo as lagoas e fontes do parque. As coisas simplesmente começaram a se multiplicar, se fortificando na grama e nas árvores, nos canteiros dos parapeitos dos apartamentos e, então, tomaram conta das ruas. Quando as pessoas tentavam cortar aquelas coisas, elas cresciam mais rápido ainda. As pessoas não sabiam como ou por que elas cresciam. Não havia terra debaixo das ruas, você sabe, nos encanamentos, mas ainda assim, acontecia. As vinhas e brotos forçavam entrada pelas janelas e prédios, e algumas pessoas escalavam aquelas coisas para invadir as residências e roubar comida, dinheiro, televisões em HD, mas rapidamente ficou cheio demais para elas, para tudo, e os prédios começaram a ruir e desmoronar.

Ela continuou a falar sobre como nos subúrbios as coisas engoliram os belos gramados e jardins, suas entradas de garagem e calçadas. E no interior e nas fazendas, as coisas tomaram conta do milho, do trigo, da soja e de todas as demais colheitas. As pessoas não conseguiam deter as coisas que cresciam, então derramavam e borrifavam milhões de galões de herbicida, que não davam resultado. Rapidamente, se desesperaram e jogaram garrafas de desentupidores de ralo, soda cáustica e água sanitária. Nada daquilo funcionou e toda a química e venenos chegaram à água subterrânea e envenenaram tudo o mais.

Eu seguia o traçado daquelas voltas verdes na página de Nova York, minha cabeça se enchendo com aquelas vinhas serpenteantes, espinhos e folhas, quando percebi que Marjorie havia parado de falar e agora me encarava.

— Tem mais. Pergunte alguma coisa.

Eu sabia o que ela queria que eu perguntasse, então assim fiz.

— E a gente? Como nós vencemos as coisas que crescem?

Marjorie fechou o livro e apagou a luminária de leitura que ficava em sua cabeceira. Estava tão escuro que parecia que não havia nada no quarto conosco. Só que o nada, na verdade, era alguma coisa, porque tomou conta dos meus olhos, dos meus pulmões e sentou-se sobre os meus ombros.

Marjorie puxou minha cabeça para o seu colo. Suas pernas fediam a suor, ela afagava minha cabeça com força e percorria seus dedos pelos meus cabelos, embolando pequenas mechas em seu anel do humor e as arrancando.

Ela disse:

— No fim de tudo, havia duas meninas, vivendo em uma pequena casa no topo de uma montanha. A casa era exatamente como a de papelão em seu quarto. Seus nomes eram Marjorie e Merry. Moravam sozinhas com seu pai. A mãe desaparecera ao ir ao mercado semanas antes de as coisas que crescem atacarem sua cidade.

"Elas não tinham o que comer e seu pai não estava bem. Ele passava a maior parte dos dias trancado sozinho em seu quarto. A pobre Marjorie também não estava bem. Estava doente. Desnutrida. Desidratada. Ouvia sussurros que lhe diziam coisas horríveis. Tentava ficar na cama e dormir até que tudo ficasse bem, mas não funcionava. Apenas a pequena e corajosa Merry ainda se encontrava em pleno juízo.

"No último dia, seu pai saiu de casa para encontrar comida. Disse à Merry para não abrir a porta da frente, não importasse o motivo, e que ficasse longe do porão. Horas se passaram e Merry não sabia o que fazer, porque Marjorie tossia, gemia e falava coisas sem sentido. Precisava de comida, água, de alguma coisa. Merry foi até o porão para procurar algum estoque secreto de mantimentos que poderiam ter esquecido. Em vez disso, encontrou brotos das coisas que cresciam saindo da terra no chão do porão. Ela os observou enquanto cresciam e cresciam, e à medida que isso acontecia, eles ergueram uma figura grande do chão, pendurada como um fantoche defeituoso. Era o corpo de sua mãe. Merry então soube da terrível verdade, que seu pai envenenara sua mãe, a enterrara no porão e, lentamente, também envenenava Marjorie. Era a única explicação para a sua doença. Seu perverso pai fizera aquilo e Merry seria a próxima.

"Merry saiu correndo do porão, subiu as escadas até o quarto de Marjorie e deitou-se ao seu lado. As coisas que cresciam começaram a forçar entrada pelo chão da cozinha, em direção ao restante da casa, tornando tudo verde. Aquela pequena casa de papelão na montanha rangeu e chiou sob a tensão das coisas que cresciam e destruíam o chão, as paredes e o telhado. Porém, então houve uma sonora batida na porta da frente."

Marjorie fez uma pausa e bateu de maneira leve, mas insistentemente em minha cabeça. Não foi forte o suficiente para machucar, mas para soar como se batesse dentro dela.

— Merry tentou ignorar as batidas na porta. Em vez disso, fez duas perguntas à Marjorie: "O que faremos caso não seja o papai batendo na porta? E o que faremos se for?"

Eu me sentei e rolei do colo de Marjorie em direção ao chão, caindo sobre meus joelhos. A aterrissagem foi alta e meus dentes se chocaram uns contra os outros. Fiquei de pé, vacilante, com lágrimas nos olhos.

Eu ia gritar: "Você é uma irmã horrível e eu odeio você!"

Mas então Marjorie disse:

— Eu não estou bem, Merry. Não quero assustar você. Me desculpe.

Sua voz enrouqueceu e ela cobriu o rosto com as mãos.

— Tudo bem. Mas você vai melhorar, não é? Então contaremos histórias normais, como fazíamos antes. Será divertido — falei.

— Não. Você tem que se lembrar dessa história sobre as duas irmãs. Terá que se lembrar de todas as minhas histórias, porque elas são... existem todos esses fantasmas enchendo a minha cabeça e eu só estou tentando expulsá-los, mas você tem que se lembrar principalmente da história sobre as duas irmãs. Combinado? É uma obrigação. Por favor, diga que sim.

Marjorie era apenas uma sombra em sua cama. Poderia ser uma pilha de cobertores, retorcida e descartada. Eu não conseguia ver seus olhos ou seu queixo manchado de molho de espaguete.

Quando não a respondi, ela gritou como se estivesse sendo atacada; tão alto que meus pés foram suspensos do chão e eu fui empurrada para trás.

— Diga "tudo bem", Merry! Diga!

Eu não disse. Saí correndo do seu quarto.

Capítulo 8

Eu queria ser uma jogadora de futebol que nem Marjorie, só que ainda melhor. Possuía uma perna boa; era o que papai dizia por ela conseguir chutar a bola com força e bem longe. Eu tinha duas pernas boas. Era furtiva, rápida e já conseguia driblar jogadores mais velhos que eu. Marjorie era a zagueira central do time do primeiro ano, o que parecia muito legal. Eu realmente não entendia o que era aquela posição, a não ser que era especial ou a mais importante da defesa. No entanto, eu não queria ser uma zagueira. Queria marcar gols e, caso o técnico me colocasse na defesa, ficaria amuada.

Chegamos cedo ao treino e mamãe disse para esperar no carro com ela até que o técnico aparecesse. Com a minha bola de futebol azul-turquesa no colo, me mantive atenta à camisa laranja do treinador. Mamãe abaixou o vidro da janela até a metade e acendeu um cigarro. Fumar não era permitido perto do campo.

— Por que é que papai não está me trazendo para o treino?

Sei que a pergunta irritaria mamãe, mas eu estava brava por ela ter prendido meu cabelo para trás; eu o queria solto. Sempre gostei do jeito que ele balançava atrás de mim enquanto eu corria, como a rabiola de uma pipa.

— Você não me quer aqui? Caramba, muito legal da sua parte.

— Não. Eu quero você aqui. Só estou perguntando.

— Ele vai acompanhar Marjorie na consulta.

— Não é você quem normalmente faz isso?

— Sim, mas da última vez não deu muito certo. O médico achou que seria uma boa ideia se talvez trocássemos as tarefas.

— O que aconteceu?

Mamãe suspirou e, em vez de soprar profissionalmente a fumaça para fora pela lateral da boca e através da janela, apenas abriu a boca e enevoou o carro.

— Querida, nada aconteceu, de verdade. Era somente a vez do papai de ir com ela.

Ela estava mentindo. Era óbvio, quase cômico. O fato de esconder o que quer que estivesse escondendo de mim me deu aval para imaginar todo tipo de horror que poderia acontecer em um consultório médico. Não que eu soubesse sobre qual tipo de médico mamãe estava falando. Para uma menina da segunda série como eu, um médico é simplesmente um médico; alguém que faz com que pessoas doentes se sintam melhor. No entanto, eu sabia o suficiente para me preocupar com a possibilidade de Marjorie ter câncer ou alguma doença terrível com um nome que eu não conseguiria pronunciar. Jamais terei filhos, mas se for repentina e inexplicavelmente amaldiçoada para ser mãe, juro solenemente responder a qualquer pergunta que meu filho venha a fazer, contar tudo a ele e não guardar nenhum detalhe desagradável.

Buscando alguma informação que não seria abertamente dividida, joguei a única carta que tinha.

— Mãe, ela tem agido de uma forma bem estranha ultimamente.

— É mesmo? Como?

Tive vontade de chorar por ter dito qualquer coisa. Aquilo ia além de fofocar. Era trair a minha irmã, que, aparentemente, estava muito, muito doente. Mas não importava, e eu não conseguia mais guardar nada, então abri a boca e deixei tudo sair. Contei à minha mãe sobre Marjorie, a invasão no meu quarto durante a noite, o roubo do meu livro, a história do melado, o bilhete, as coisas que cresciam e o que disse sobre ter fantasmas dentro de sua cabeça. Enfeitei a história sobre as coisas crescentes, contando que Marjorie dissera que elas começariam a crescer ali no campo de futebol enquanto eu treinava e que engoliriam a todos.

Mamãe esfregou sua testa com uma das mãos e depois colocou o cigarro na boca com a outra.

— Obrigada por me contar isso, Merry. Por favor, conte-me sobre tudo que ela faz, mesmo que pareça... não sei... pareça estranho. Certo? Irá nos ajudar. Irá ajudá-la. — Ela balançou a cabeça e exalou mais fumaça. — Marjorie não deveria assustá-la assim.

— Eu não estou com medo, mãe.

Mamãe abriu o porta-luvas e retirou um livro vermelho que era do tamanho de sua mão. Havia uma caneta organizadamente guardada na parte de dentro e, com rapidez, ela começou a fazer algumas anotações.

— Ah, posso ter um desses?

Tentei alcançar o caderninho e mamãe o afastou de mim.

— Merry, você não pode sair pegando! Quantas vezes tenho que dizer isso?

— Desculpe.

— Olha, me perdoe por gritar, mas você não pode ter esse caderno. O dr. Hamilton quer que eu anote tudo que acontece em casa. — Ela deve ter visto algo em meu rosto se partir e se desfazer, porque repousou uma das mãos sobre o meu ombro. — E eu espero que você não ache que o que está acontecendo com Marjorie seja culpa sua.

Eu não achava que nada daquilo fosse por minha causa, mas depois de ela ter dito aquilo, entrei em pânico. Agarrei com força o colarinho da minha mãe e me levantei do meu banco, chegando mais perto dela. Ia dizer que Marjorie não estava sendo tão malvada, que eu estava exagerando em suas histórias, que meio que gostava delas e queria mais e talvez até inventar algumas. Em vez disso, falei:

— Por favor, por favor, não diga a ela que eu contei. Você não pode.

— Não vou, querida. Prometo.

Sua promessa não era de verdade. Era simplesmente um ponto no final de sua frase.

Voltei a me sentar, ainda desesperada para saber o que estava se passando de verdade.

— Bem, estou preocupada com Marjorie, mesmo que você não esteja.

Mamãe sorriu e deu um peteleco na guimba do cigarro.

— Ah, é claro que estou preocupada, Merry. Estou muito preocupada, mas Marjorie está recebendo ajuda e vamos superar isso. Prometo. Enquanto isso, seja boazinha com a sua irmã. Seja bastante compreensiva. Ela está... está muito confusa sobre as coisas agora. Faz sentido?

Não fazia, mas assenti tão rápido que quase desfiz a trança dos meus cabelos e soltei o elástico.

Não dissemos mais nada até o técnico chegar ao estacionamento em seu carrinho vermelho. Parecia algo no qual o Inseto Dourado se esconderia.

— Lá está ele. Certo, divirta-se e ouça o seu técnico.

— Mãe, não posso ir até que você me dê conselhos como o papai faz.

— O que ele normalmente diz?

— Chute a bola. Cabeça erguida. E diz também que não se pode treinar velocidade.

Mamãe riu.

— O que isso quer dizer?

— Quer dizer que eu sou rápida e você não pode me treinar? Não sei!

Ri também, mas foi forçado e exageradamente animado.

— Tudo bem. Vai. Tenha um bom treino, querida.

Mamãe beijou a minha testa e permaneceu no carro. Corri na direção do campo e de um grupo das minhas colegas de time. Olivia, a jogadora mais alta e mais loira, apontou para mim, fechou o nariz e disse:

— Eca, Merry fede a fumaça.

O técnico pediu para que ela fosse gentil. Durante o nosso exercício em duplas, chutei Olivia bem acima do seu protetor de canela. Ela caiu no gramado, gritando e segurando a perna.

O restante das jogadoras gritou o meu nome, implorando para que eu passasse a bola. Eu não faria isso. Driblei a chorosa e contorcida Olivia o mais rápido que pude, porque não se pode treinar velocidade.

Capítulo 9

Sentei-me na cama. Tudo que sabia era que estava em casa, que era esse espaço enorme e escuro, e que Marjorie se encontrava em algum outro lugar dentro da mesma casa, talvez perdida, talvez escondida, e que estava gritando.

Eu não conseguia entender como minha irmã não estava bem ali do meu lado com suas mãos em concha ao redor da boca, porque seus gritos eram absurdamente altos. Berrava como nunca ouvi alguém berrando, antes ou depois. Sua intensidade hiperativa era sobreposta e esquizofrênica, implodindo com singularidade, em seguida explodindo e expandindo sobre tudo. Aquelas mudanças atordoantes em sua voz eram instantâneas e alucinógenas, como se, de alguma forma, se harmonizassem em diversas notas.

Passei pela porta do meu quarto, que estava ligeiramente aberta, com cautela para não acionar nenhum dos meus dispositivos de segurança, e a voz estridente de Marjorie ecoava pelo corredor. Meus pais saíram de seu quarto gritando o nome da minha irmã e futilmente fechando seus robes abertos enquanto se arrastavam pelo corredor. Assustada como estava, lembro-me de ficar com raiva deles; aquelas caricaturas desajeitadas de pais adormecidos. Como protegeriam Marjorie e eu? Como nos manteriam a salvo?

Mamãe me viu e apontou, mantendo-me no meu lado do corredor, e gritou:

— Volte para a cama! Estarei lá já, já.

Não retornei para o meu quarto e, em vez disso, me deitei no chão em posição fetal. Fiz promessas à Marjorie mentalmente. Prometi a ela que poderia me contar qualquer história maluca, estranha, assustadora e nojenta que quisesse contar e eu não contaria à mamãe, caso parasse de gritar.

Papai bateu na porta e girou a maçaneta. A porta continuou fechada e ele chamou pela minha irmã, mas o fez fracamente. Não havia como ela ouvir. Mamãe se aproximou dele e gritou o nome de Marjorie assim como ele fizera, usando palavras como "querida" e "docinho", bajulando como se tentasse convencê-la a comer brócolis. Eles não sabiam o que fazer, como proceder. Também estavam com medo. Talvez ainda mais do que eu.

Então papai finalmente abriu a porta e, com minha mãe, de braços dados, foi arrebatado pela luz clara e dourada que emanava do quarto de Marjorie. Houve um aumento vulcânico de volume, que estilhaçou tudo dentro da minha cabeça, a qual eu tentava manter intacta com minhas pequenas mãos, mas pedaços escapavam. Chocando-se contra a parede ou o piso, ou ambos, se uniram aos gritos de Marjorie, ecoaram e se multiplicaram até que tudo estivesse martelando, baqueando, colidindo, gritando, e eu ouvi e senti tudo dentro de mim.

— Jesus Cristo, Marjorie! Pare com isso! — gritou papai, desaparecendo para dentro do quarto.

Mamãe se manteve atrás, na entrada, e gritou todo tipo de instruções desconexas direcionadas ao meu pai.

— Não! Devagar! Seja gentil! John! Vai devagar! Não toque nela! Deixe-a se acalmar primeiro! Ela não sabe o que faz!

Arrastei-me pelo corredor na direção do quarto de Marjorie, as palmas das mãos e joelhos juntando coragem e poeira do piso de madeira de lei que não era varrido havia semanas.

As batidas cessaram. Marjorie ainda gritava histericamente, mas se acalmou o suficiente para que eu pudesse entender tudo que diziam.

— Tire eles da minha cabeça! — gritou minha irmã.

— Está tudo bem. Você... você só teve um pesadelo — disse papai.

— Eles são tão velhos. Não me deixam dormir. Estão sempre aqui.

— Ah, Marjorie. Mamãe e papai estão aqui. Está tudo bem — disse mamãe.

— Eles sempre estarão aqui. São muitos.

— Shhh, não tem ninguém aqui. Somente nós.

— Não consigo fugir deles.

Eu estava na metade do caminho para o seu quarto. Ela não gritava mais. Parecia calma, isolada; falando naquele tom de adolescente normal, o qual quase não reunia energia para grunhir uma resposta às perguntas irritantes dos pais.

Meus pais falavam mais alto, ficando cada vez mais desesperados.

— Por favor, querida. Desça daí! — pediu mamãe.

— Não podemos escapar deles.

— Marjorie, desça já daí! Agora! — ordenou papai.

Então minha mãe gritou com o meu pai por gritar com Marjorie, e papai gritou para que Marjorie parasse e ela começou a gritar de novo com ambos, então todos estavam berrando e eu pensei que aquilo jamais iria parar.

Saltei para a entrada do quarto, ainda agachada rente ao chão. E, quando olhei para cima e vi minha irmã, comecei a gritar também.

Na manhã seguinte, mamãe disse que Marjorie não se lembraria de nada que acontecera, porque estava sonâmbula ou algo do tipo. E eu perguntei a ela sobre os buracos nas paredes e mamãe tentou fazer uma brincadeira, dizendo que Marjorie também socava ao dormir. Não entendi a piada. Mamãe explicou que minha irmã estava tendo algum tipo de terror noturno, que era um pesadelo bastante intenso, que assustava tanto, que era capaz de fazer seu corpo parecer acordado para todo mundo, mas na verdade, sem estar, e Marjorie se assustara tanto que fizera buracos no gesso, provavelmente tentando escapar do que quer que estivesse em seus sonhos. Mamãe garantiu que minha irmã era forte o suficiente para socar as paredes e que o gesso, particularmente velho e farelento no segundo andar, não era nem um pouco forte. Eu deveria me confortar com a explicação da minha mãe, mas ainda não conseguia entender o que era um terror noturno e estava igualmente preocupada ao ouvir que nossas paredes eram tão fracas. Que tipo de casa tem paredes farelentas?

Naquela noite, de pé na entrada do quarto de Marjorie, quando não sabia nada sobre terrores noturnos e gesso velho, eu a vi pendurada na parede como uma aranha. Sua colagem circular de pôsteres, sua coleção de partes corporais brilhantes, era sua teia, e ela pairava sobre o centro. Seus braços e pernas estavam abertos, com suas mãos, punhos, pés e tornozelos afundados nas paredes como se a absorvessem lentamente. Marjorie se contorcia e retorcia no lugar, seus pés a uma altura similar à minha do chão. Papai teve que olhar para cima e agarrá-la pelo moletom, ordenando para que acordasse e descesse dali.

Sua cabeça estava virada em nossa direção. Eu não conseguia ver seu perfil, pois seu cabelo estava desgrenhado.

— Eu não quero mais ouvir porra nenhuma! Não quero mais ouvir porra nenhuma da merda de ninguém! Nunca mais, cacete! — gritara Marjorie.

Mamãe me pegara pela mão e me conduzira pelo corredor até o meu quarto. Ela me fizera ficar calada durante todo o percurso, os sons do quarto de Marjorie se afastando até que chegássemos ao final do caminho. Mamãe abrira a porta do meu quarto com força, dando um puxão no cinto do meu robe, que caíra no chão como uma vinha felpuda e sem vida. O meu jarro vazio de suco de laranja despencara do alto da porta direto na cabeça da mamãe. Sem expressar muita emoção, ela passara uma das mãos sobre a testa e chutara o jarro na direção do meu guarda-roupa aberto. Tentei explicar o que havia caído em sua cabeça, mas ela me calara novamente e me apressara para ir para a cama.

Mamãe se deitara ao meu lado. Eu chorava histericamente e perguntava sem parar o que havia de errado com a minha irmã. Ela esfregara minha testa e mentira para mim, dizendo que tudo ficaria bem.

Virei de costas, mas ela ainda me abraçava com força, enrolando suas pernas e braços em volta do meu corpo. Eu me debatia, tentando me livrar sem saber para onde iria caso me desvencilhasse. Ela cantara uma canção de ninar atrás de mim. Os gritos de Marjorie e do meu pai agora eram a trilha sonora de algum filme de terror exagerado e, de alguma forma, finalmente, todos pararam de berrar, gritar e cantar, e caímos no sono.

Mais tarde, acordei com mamãe ainda dormindo em minha cama pequena. Todos os cobertores estavam ao seu redor e ela havia se virado de frente para a parede. Os movimentos respiratórios das suas costas eram gentilmente ritmados, para cima e para baixo, para cima e para baixo. Olhei para o resto do meu quarto e para minha pequena casa de papelão.

Não conseguia me lembrar de quando fora a última vez em que olhara para ela. Não conseguia lembrar se aquela era a sua aparência quando eu fora para cama na primeira vez, havia tantas horas, ou quando despertara com os gritos da minha irmã, ou quando minha mãe me trouxera de volta ao quarto e cantara sua canção às minhas costas.

Eu estava calma; não havia mais lágrimas saindo de mim, mas eu não voltaria a dormir pelo restante da noite enquanto tentava descobrir quando Marjorie entraria novamente em meu quarto e se ela estava ali enquanto mamãe e eu dormíamos. Peguei no osso do meu nariz à procura de sinais de seus apertões.

As paredes externas da minha casa de papelão, os canteiros de flores nos peitoris, o telhado de ardósia e até a chaminé estavam marcados com vinhas e folhas detalhadas e desenhadas com bordas bem negras, coloridas em verde com marcador. Suas coisas que crescem sufocaram a minha casa. Na janela, havia um pedaço de papel com duas gatas desenhadas no estilo de Richard Scarry, então elas olhavam para fora e para mim. As gatas eram irmãs. A maior usava um moletom cinza com capuz e parecia doente, seus olhos vidrados e com as pálpebras caídas. A menor tinha os olhos arregalados, parecia determinada e usava óculos.

Saí da cama com cuidado e não acordei mamãe. Puxei o desenho da janela. Escrito no rodapé do papel, estava o seguinte:

Não há nada de errado comigo, Merry. Apenas meus ossos que querem romper a minha pele, como as coisas que crescem, e perfurar o mundo.

Estava mais escuro dentro da casa de papelão do que no meu quarto, assim como as águas profundas são mais escuras do que as rasas. Afastei-me dela, mas meus olhos traiçoeiros continuavam a encarar as janelas. Eu não tinha certeza se estava vendo coisas ou não, mas as persianas pareciam se mover lentamente, como se a casa respirasse. E então olhei através da janela, para dentro da casa, meus olhos famintos por padrões, desesperados por dados, pistas, algo para processar. Quanto mais olhava e nada via, mais eu consegui enxergar Marjorie ali dentro, aninhada, aconchegada em meus cobertores, esperando para me pegar através da janela caso eu me aproximasse novamente, ou talvez estivesse rindo para si mesma, se pendurando nas paredes e no teto de papelão, esperando para cair e fincar suas presas em meu pescoço. Ou pior, talvez fosse a vítima, presa do lado de dentro, querendo que eu a ajudasse. Porém, eu não sabia como ajudá-la.

Disse a mim mesma que, talvez, pela manhã, eu pendurasse o desenho das irmãs gatas dentro da casa de papelão. Dobrei o papel e o coloquei na primeira gaveta da minha escrivaninha, junto ao outro bilhete que Marjorie escrevera para mim. Quando retirei a mão de lá, notei que havia uma folha verde com um caule em arabesco cuidadosamente gravado em minha mão.

Capítulo 10

MAMÃE E PAPAI estavam tendo uma conversa na cozinha.

Ter uma conversa era outra expressão de advertência em nossa casa, significando que alguma coisa não ia bem. Normalmente, suas conversas eram discussões controladas que, no geral, tratavam sobre tarefas de casa (pilhas de roupas lavadas ainda sobre a mesa de jantar) ou algo sobre a nossa educação. Revelações eram feitas em uma típica conversa: papai não gostava do tom condescendente que mamãe sempre usava conosco; mamãe não gostava que ele gritasse e das situações inconsistentes em que isso acontecia; papai achava que ela nos castigava rápido demais; mamãe não apreciava ter seus métodos de educação questionados na nossa frente. Inicialmente amargas, suas conversas conseguiam terminar como uma preparação para um jogo: promessas rotineiras de agirem racionalmente frente a nossa irracionalidade, um compromisso renovado para apresentar uma frente unificada, trabalho em equipe, seguido de mãos ao centro: Avante, pais, em três, dois, um!

Naquela tarde, eles tentavam ser silenciosos e discretos, ou o máximo possível que desse para ser em nossa casa. Eu me escondi debaixo da mesa de jantar e observei seus pés, tornozelos, panturrilhas e joelhos. As pernas da mamãe se moviam para cima e para baixo enquanto ela falava, e balançavam de um lado a outro quando era a vez do papai. As dele estavam inertes, como se não soubessem o que queriam fazer. A minha vontade era de levantar as barras de suas calças e desenhar carinhas engraçadas com lábios vermelhos grandes e inchados em seus joelhos.

Percorri com o dedo as linhas fracas do marcador nas costas da minha mão. Eu havia esfregado a folha verde até sair assim que me levantei, mas depois me arrependi.

Inicialmente, eu só conseguia entender parte do que meus pais falavam: alguma coisa sobre médicos, consultas, prescrições, plano de saúde e um ou todos sendo caros demais. A maioria das palavras, no geral, não significava muito para mim, mas eu entendi seu tom e a palavra *caro*. Estavam muito, muito preocupados, então fiquei também, e estar escondida debaixo da mesa os espionando não era mais divertido.

Então papai disse:

— Escute o que tenho a dizer.

Mamãe cruzou uma perna sobre a outra.

— Vá em frente.

Papai divagou sobre estar arrependido em relação às últimas semanas, que não saíra pelas manhãs e tardes à procura de emprego, mas que, em vez disso, ia à igreja rezar por clareza mental e orientação. Repetiu aquela frase inúmeras vezes como se fosse extremamente importante. *Por orientação.* Ele a dizia tão rápido e com tanta frequência que se tornou uma só palavra em minha cabeça e soava como uma terra misteriosa e estranha, um lugar sobre o qual eu pediria Marjorie para escrever uma história, caso as coisas fossem diferentes, normais. Disse que vinha se encontrando com o padre Wanderly, que ele era muito prestativo, calmo, tranquilizador e que não havia nada além disso; não o visitava com um plano maior em mente, apenas por orientação, por orientação, por orientação, mas agora achava que Marjorie deveria se encontrar com esse padre Wanderly e conversar com ele também.

— Puta que pariu! — exclamou mamãe.

Cobri minha boca com a mão, fingindo choque ao ouvir minha mãe esbravejar. Tive que me conter para não sair de debaixo da mesa, balançando um dedo para ela e dizendo para não falar palavrões. Normalmente, ela só xingava no carro quando outro motorista estava sendo um imbecil (seu xingamento preferido).

Papai disse:

— Espere um minuto. Eu sei como você se sente em relação à igreja, mas...

Não havia "mas". A perna cruzada da mamãe começou a balançar como um taco. Ela sussurrava gritos sobre a filha estar doente e precisar de atenção médica, sobre como ele poderia sugerir tal coisa que não importaria o custo — venderiam a casa se fosse preciso —, mas continuariam com as consultas e com o tratamento.

E papai permanecia calmo, dizendo toda hora que sabia de tudo aquilo e que apenas queria explorar outras opções, que não faria mal. Mamãe não aceitaria. Ela disse que a última coisa de que Marjorie ou qualquer outra pessoa na família precisava, incluindo ele, era do padre não-sei-das-quantas enchendo suas cabeças com baboseira, o que certamente arruinaria qualquer chance que ela tivesse de melhorar. Marjorie já estava confusa o suficiente assim.

Sussurrei "baboseira" para mim mesma, testando a palavra, fazendo uma anotação mental para usá-la sempre que possível.

Meu pai disse:

— Você não sabe disso. Como você poderia saber disso, Sarah?

— Eis a questão! Não podemos brincar com Marjorie e seu tratamento já que não sabemos se isso a faria piorar.

Papai deu um suspiro, e foi um bem longo; ele decidiu contar a verdade.

— Você vai ficar furiosa, mas eu já, *hmm*, levei Marjorie para ver o padre Wanderly.

— Você o quê? Quando?

— Ontem.

— Depois da consulta?

Papai não respondeu e, embora eu não pudesse ver seus rostos, escondi o meu, caso a mesa da sala de jantar se partisse ao meio e desmoronasse ao meu redor, me deixando exposta e vulnerável. Eu precisava me proteger dos olhares que deveriam estar lançando um ao outro.

— Não — respondeu papai, finalmente.

— O que quer dizer com "não"? Você não teria como tê-la levado antes. — Mamãe fez uma pausa e então o volume de sua voz baixou até seus dedos dos pés. — John, você não fez isso.

— Eu sei, me desculpe, e não fiz de propósito. Juro por Deus. Ela enlouqueceu no carro durante o caminho, que nem ontem à noite, só que pior.

— Você é um...

— Você não entende! As coisas que estava dizendo e fazendo bem ali no carro!

— Acha que eu não entendo? Como se não fosse eu que a levasse para todas as consultas? Como se não fosse eu a me desculpar com a secretária e com as enfermeiras toda maldita vez? Como se não fosse eu a ser cuspida e arranhada, John?

— Eu... eu não sabia o que fazer. Ela estava... — pausou papai.

— Vá em frente, diga. Enlouquecendo. Não é isso? Sua filha estava enlouquecendo. Então por que não parar em uma igreja? Faz total sentido para mim.

— Marjorie estava surtando e eu chorava, gritando a plenos pulmões bem ali, no banco do motorista, e ela ria de mim, rosnando, emitindo ruídos animalescos, me dizendo que eu queria fazer todo tipo de coisas sexuais com ela, Sarah. Minha menininha falando aquilo para mim. Ela já disse isso a você? Hein? E a igreja estava no caminho, bem ali, então eu apenas parei.

— Não posso acreditar nisso.

— Eu apenas parei, estacionei em frente à igreja e pareceu funcionar, Sarah. Ela se acalmou na hora. O padre Wanderly saiu e nos encontrou no carro. Sentou-se no banco de trás, teve uma longa conversa com ela e, antes que pudéssemos notar, uma hora já havia se passado.

— Está me dizendo que perdeu a consulta, a que o dr. Hamilton especificamente pediu para que você fosse?

— Que bem esse dr. Hamilton tem feito, hein? Já tivemos alguma melhora? Ela está piorando. Pensei que o padre Wanderly pudesse ajudá-la. Agora sei que pode. A nós também.

— Peça para ele ajudar você a encontrar um emprego, a nos ajudar a pagar as contas, mas o mantenha longe de Marjorie.

Ambos começaram a gaguejar e gritar um com o outro, pior do que todas as vezes anteriores. Eu não conseguia mais aguentar, então me arrastei para longe, passando por entre as pernas da mesa e as cadeiras, seguindo para fora da sala de jantar em direção à entrada. Eles devem ter me visto saindo dali debaixo, porque pararam de discutir. Acenei e dei um sorriso largo como se não tivesse ouvido nada. Ambos retribuíram com um sorriso fraco, mamãe me disse para subir e que estavam quase terminando.

    Dei de ombros, porque por mim estava tudo bem. Tudo que eles disseram se misturou e girou dentro da minha cabeça, e esse padre Wanderly, sobre o qual papai falava, imaginei como ele era. Seria ele jovem ou velho, alto ou baixo, magro ou gordo? Então foquei detalhes mais particulares e peculiares como, se ele tinha os nós dos dedos grandes ou se uma perna era maior do que a outra. Será que ele conseguia tocar a ponta do nariz com a língua que nem a minha amiga Cara? Será que ele gostava de picles em seu cheeseburger? Será que seu sorriso enrugava a pele ao redor dos olhos? Será que bocejaria caso me visse bocejar? Como sua voz soava a ponto de fazer papai gostar tanto dele?

Capítulo 11

A PORTA DE MARJORIE deve ter se aberto, porque eu a ouvi cantarolando uma música. Parecia a mais triste de todas as músicas tristes, com notas que flutuavam escada abaixo e iam em direção à entrada como folhas mortas; vermelhas, marrons e roxas.

Eu me estiquei acima da altura da minha cabeça e cobri o olho mágico da nossa porta de entrada com um dedo, só em caso de alguém estar nos degraus tentando olhar para dentro. Sussurrei através da porta perguntando quem estava ali, mas não ouvi nenhuma resposta. Bati três vezes para dar sorte.

Ziguezagueei até o segundo andar, tamborilando a parede, então andei em diagonal para fazer o mesmo nas lâminas do corrimão, enquanto pisava nos degraus pretos como se fossem teclas de um piano. No primeiro patamar, perguntei que música era aquela. No segundo, pedi para que parasse de cantar, porque ficaria em minha cabeça.

Quando cheguei lá em cima, Marjorie não estava em seu quarto, mas esperando no pequeno solário que dava para o jardim da frente. Ela estava toda encolhida na namoradeira estofada e mexendo em seu smartphone. Vestia um short vermelho e um top preto.

Ela parou de cantarolar quando cheguei ao solário.

— Que música é essa? Eca, vá vestir uma blusa!

— Eca o quê? Meninas usam isso o tempo todo para correr ou malhar.

— Não dou a mínima. Não gosto disso. — Rindo, estiquei a mão e cutuquei a parte de cima de seus seios pequenos. Emiti sons de *boing, boing, boing* e então continuei. — Não quero seios. Nunca.

— Merry!

Marjorie empurrou minha mão, cruzou seus braços sobre o peito e riu de verdade pela primeira vez em dias, talvez em semanas. Eu me derreti de alívio e amor cego. Era Marjorie novamente, a minha Marjorie: a que se escondia debaixo de um cobertor comigo durante partes assustadoras de filmes; a que socou o vizinho, Jimmy Matthews, no nariz quando ele jogou uma mosca morta nas minhas costas por dentro da minha camisa; a que zombava da mamãe e do papai e me fazia rir tanto, a ponto de fazer som de porco, depois de gritarem comigo e me mandarem para o meu quarto porque amassei as portas velhas e enferrujadas da garagem com as minhas batidas de pênalti.

— Bem, me desculpe, macaquinha. Meninas têm seios. Você terá os seus em alguns anos — disse ela.

— Vou ter *isso aí* em alguns anos? — gritei de brincadeira e cobri meu peito com as mãos. — Que nojo, de jeito nenhum!

Aquilo fez Marjorie rir com vontade mais uma vez.

— De onde você saiu? É tão bobinha de vez em quando.

— Eu sei.

Coloquei minhas mãos sobre um dos braços da namoradeira e pulei para cima e para baixo, chutando as pernas para trás, fazendo a minha dancinha bobinha.

— Como foi a escola? — perguntei.

— Foi ótima. Não fui.

— Como não?

— Ah, você sabe. Não estou me sentindo bem.

— Como é que é ir ao si-qui-a-tra?

Cuidadosamente separei a palavra em sílabas para não falar errado. Marjorie deu de ombros.

— Nada demais. Ele faz perguntas. Eu as respondo como uma boa menina. Então eu saio da sala e espero enquanto ele fala com a mamãe.

— Ele é legal?

— Ele é tipo papel de parede para mim. Só está lá, sabe?

Imaginei o psiquiatra coberto com o papel de parede amarelo do nosso solário.

— Por que está sentada aqui? — perguntei.

Talvez mamãe e papai tenham dito que ela não poderia mais passar tanto tempo sozinha em seu quarto.

— Por nada.

Pensei nos buracos da parede de seu quarto e os imaginei, soltando poeira e gesso. Eu não a culpava por preferir estar no solário.

— Para quem está mandando mensagens? — perguntei, cantarolando. Falei como se soubesse dos segredos de sua vida de adolescente.

— Urgh. Só para alguns amigos, tá?

Ela não olhava mais para mim, mas encarava a tela brilhante de seu telefone.

— Que amigos? Eu os conheço? Eles têm sotaque de Boston? Eles gostam dos M&M's verdes com amendoim dentro?

— Você pode me deixar sozinha agora — disse ela, mas não havia muito vigor em sua voz. Não estava irritada ou com raiva, não ainda. Nem perto. Eu ainda poderia forçá-la.

Tentando parecer divertida, falei:

— Esse não é o seu quarto, sabia? Posso ficar aqui também se eu quiser.

Ao contrário de seu quarto, ou do meu, tanto faz, o pequeno solário parecia um local seguro com sua luz brilhante natural amplificada pelas paredes amarelas e animadas e seu formato retangular, simples e acolhedor. Nada de armários ou casas de papelão; nada de sombras ou locais para se esconder. Aqui, nesse espaço neutro, nós éramos iguais.

— Você está conversando com o padre Wanderly?

Sua cabeça se levantou na hora e seu rosto inteiro franziu, pregueou ou enrugou, o queixo se revirando para revelar uma feição completamente transformada e raivosa. Minha pequena dança bobinha morreu e eu soltei o braço da namoradeira.

Marjorie suspirou pesadamente, como se fosse o adulto da situação.

— É sério, Merry, você não sabe de nada. Pare de fingir que sim.

— Eu sei das coisas. Acabei de ouvir mamãe e papai discutindo sobre você e ele. Ainda estão nesse exato momento, na cozinha. Ah, mamãe está com tanta raiva do papai. Você devia ouvi-la. Xingando e tudo.

Parei de falar, mas não parei de verdade porque a minha boca continuou a se mexer, os lábios pronunciando palavras silenciosas de autoafirmação: *eu realmente os ouvi, de verdade*.

— Você está fazendo aquela coisa com os lábios de novo. Pare com isso. Não é mais um bebezinho.

Quando estava na idade pré-escolar, eu mexia os lábios depois de terminar de falar. Mamãe achava bonitinho. Papai dizia que minha boca não conseguia acompanhar tudo que eu tinha a dizer. Marjorie falava metade das frases com voz e, em seguida, dizia o restante mexendo a boca para mim. Sabia que só estava zombando de mim, mas eu mantinha meu foco em seus lábios ao se moverem, esperando que ela, sem saber, me desse instruções de como ser uma garota grande de verdade. Eu virava de cabeça para baixo a lixeira do banheiro do segundo andar para poder ficar de pé, me olhar no espelho e praticar a fala ou como parar de fazer aquilo sem que meus lábios lutassem pelas suas últimas palavras fantasmas.

Pensei que abandonaria aquilo com o tempo. Com medo de que minha boca me trapaceasse novamente, falei:

— Eu sei. Me desculpe.

— Não sei o que ouviu papai dizer, mas não conversei com o padre velho e doido, certo? Eu não disse nada. Nem ao menos o cumprimentei. Ele e papai conduziram toda a conversa e a oração idiota, e só fiquei lá, sentada no carro. Eu os ignorei completamente.

— Sim, claro.

Nosso momento divertido no solário havia se quebrado rapidamente em pedaços tão óbvios e tão presentes quanto as imperfeições do papel de parede amarelo manchado e descascado que estavam lá caso você olhasse com atenção e por tempo suficiente.

— Cale a boca, Merry. E é melhor começar a tomar conta da sua vida.

— Mas...

— Mas nada. Pare de falar por uma droga de segundo. Escute. — Ela não se inclinou para a frente, não moveu seu corpo de maneira alguma. Sua postura continuou relaxada com o telefone em mãos, e soava tão prosaica que tornava tudo pior. — Eu sei que você contou à mamãe sobre as nossas novas histórias, sobre as coisas que crescem. E que porra foi aquela que você inventou sobre elas tomarem o campo de futebol? Não falei nada disso.

Eu murchei e me encolhi ao mesmo tempo.

— Me desculpe.

Lutei para manter meus lábios parados, para evitar dizer ou não dizer que ela não deveria xingar. Não acho que ela se dava conta ou apreciava todas as pequenas coisas que eu tentava fazer por ela.

— Mamãe contou tudo que você disse a ela para o dr. Hamilton, sabia? Agora ele quer aumentar meus medicamentos, me tornar um maldito zumbi.

— Me desculpe! Por favor, não fale assim. Marjorie...

— Pare com isso! Apenas pare! Ouça. Se você me dedurar novamente para a mamãe, arrancarei a merda da sua língua fora.

Dei um salto para trás e bati em uma parede atrás de mim como se minha irmã tivesse me dado um soco. Brincávamos de brigar o tempo todo. Eu praticamente costumava implorar pelo seu abuso de irmã mais velha enquanto ela me ignorava, o fato de que eu não mais existia em seu vasto universo teria me matado. Eu era a receptora submissa de uma boa dose de leves tapas na cabeça, braços e pernas dormentes, queimaduras nos punhos, petelecos, chaves de perna, mordidas no pescoço, orelhas torcidas, e talvez o pior sendo o rodeio de rabo de cavalo, mas ela nunca havia me machucado de verdade. Ela também nunca havia ameaçado fazer isso a sério.

Marjorie continuava a enviar mensagens, arrastando os dedos pela tela do telefone enquanto falava.

— Vou esperar até que durma, porque você nunca acorda quando estou lá. Visito o seu quarto todas as noites, Merry. É tão fácil.

Eu a imaginei de pé ao lado da minha cama, apertando meu nariz, segurando minha mão, com o rosto perto do meu, respirando minha respiração.

— Talvez da próxima vez que for, eu enfie uma pinça dentro da sua boca, não, espera, só usarei meus dedos, os apertarei com bastante força, transformarei minha mão em uma garra, prenderei aquela lesma gorda e retorcida entre os meus dedos e a arrancarei direto do seu crânio, tão facilmente quanto puxar plantas do solo. Vai doer mais que qualquer coisa que já tenha sentido. Você vai acordar gemendo ao redor da minha mão, engasgando com sangue e literalmente vendo estrelas brancas de dor explodindo na sua cabeça. E terá muito sangue. Você nem imagina quanto sangue pode haver.

Mesmo sabendo o que sei agora, jamais perdoarei Marjorie pelo que me disse na época, assim como jamais me perdoarei por ter permanecido no solário aguentando tudo. Simplesmente fiquei lá.

— Guardarei a sua língua e a colocarei em um cordão, usarei como um pingente, mantendo-a contra o peito, permitindo sentir o gosto da minha pele até que enegreça e murche como acontece com todas as coisas mortas. Que puta ideia eu tive: sua língua que nunca para, murcha e finalmente quieta.

Ela continuava a falar e a falar. Achei que jamais pararia. Estática, senti o sol entrar pelas janelas, se pondo e nascendo em minhas costas. O solário se tornou um relógio de sol medindo a idade geológica da minha tortura psicológica.

— E sua boca, estupidamente abrindo e fechando, escancarando-se como um peixe intoxicado com ar em excesso. Você sentiria aquela perda. Aprenderia a lição mais antiga que existe. A lição da perda. Todos nós aprendemos uma hora ou outra. Sentiria aquele toco de carne rasgada se mexendo e se escondendo atrás dos seus molares. Ou talvez a sua carne idiota não terá aprendido nada e irá se contorcer e esticar na tentativa de alcançar as vogais e consoantes que estarão para sempre fora de alcance.

Fiquei lá, imóvel e silenciosa, como se minha língua já tivesse sido extraída.

— O rio negro e denso de sangue será a única coisa que sairá novamente da sua boca. Nada de palavras. Ninguém a ouvirá. Essa é a pior parte, Merry. Você não será mais capaz de falar, o que significa que jamais contará a ninguém sobre o que vai acontecer com você e com todos nessa casa. Toda a merda medonha, terrível e indescritível que acontecerá com você, e vai acontecer com você e com todos os demais... eu sei. Já vi e ouvi. Ninguém escapa.

Marjorie finalmente parou de falar e de enviar mensagens. Gentilmente, colocou seu telefone sobre a mesa de canto e repousou as mãos sobre o colo.

Com os olhos arregalados, fiquei parada com as costas encostadas na parede e solucei em minhas mãos que, bravamente, cobriam a minha boca.

Marjorie suspirou de novo.

— Ah, qual é, só estou brincando, Merry. Caramba. Eu jamais faria isso com você. Sabe disso, não é?

Aquilo me fez chorar ainda mais forte, porque eu não sabia. Não mais.

— Certo, foi uma brincadeira maldosa, eu sei, mas nem foi tão maldosa assim. Venha aqui.

Marjorie desfez sua postura preguiçosa, se sentou e deu batidinhas em uma parte vaga da namoradeira.

Continuei onde estava, balançando a cabeça. A luz do sol brilhava mais intensamente do lado de fora, e ambas tivemos que semicerrar os olhos.

— Por favor, Merry. Me desculpe.

Ainda chorando o tipo de lágrimas que não caem instantaneamente, mas em vez disso se acumulam na pálpebra de baixo, tornando tudo turvo, andei de lado e me sentei de costas para ela, como eu deveria.

Marjorie desenhou com seu dedo uma letra maiúscula entre as minhas omoplatas.

— Adivinhe a letra.

— M.

Eu era assombrosamente boa naquele jogo. Mesmo em um estado emocional desastroso.

— Eu não deveria ter dito todas aquelas coisas para você, mas estava muito aborrecida por ter me dedurado para a mamãe. Pensei que fôssemos irmãs e que tivéssemos segredos.

— E.

— Você gostaria que eu contasse a ela que veio aqui para apertar meus seios, para me tocar?

— H?

Não era "H". Eu estava confusa. Não sabia o que ela queria dizer com "tocar", mas sabia que, se Marjorie contasse para mamãe, não seria bom.

— Não.

Ela desenhou a letra mais uma vez em minhas costas, movendo o dedo mais devagar, adicionando mais pressão.

— R.

— Sim. E se eu contasse a ela que você estava me provocando, me espionando, me seguindo, me fazendo enlouquecer? Eu sei que ela disse para você ser boazinha comigo, para me ajudar.

— R. Me desculpe sobre os seus peitos. Por favor, não me dedure para a mamãe.

— Não o farei se você não o fizer.
— Tudo bem. *Y*. Merry.

Ela escrevera uma palavra fácil nas minhas costas a fim de me acalmar. Funcionou. Eu não estava mais chorando, mas meus olhos pareciam mais pesados que nunca.

— Então temos um trato, senhorita Merry.

Marjorie esfregou sua mão em minhas costas, como uma professora apagando uma lousa, e começou a escrever novamente.

— *G*.

— Então, aquela música que você me ouviu cantarolando, só surgiu na minha cabeça.

— *L*.

A música. O motivo pelo qual eu subira as escadas. Marjorie cantarolou de novo. Parecia ainda mais triste de perto.

— *O* e *O*. Você que inventou?

— Sim, sim e não! É uma música de verdade.

— *M*.

— Mamãe e papai não a ouvem. Sei que não escutei em nenhum lugar. Como eu disse, e do mesmo jeito que as histórias, acordei em uma manhã e lá estava ela, na minha cabeça.

— *Y*.

— Parece tão triste, não é? Como uma música sobre o dia mais triste que já existiu.

— *S*.

— Mas quando eu canto, parece que faz cosquinha por trás da minha garganta e a sensação é quase boa.

— *V*?

— Não é "V". Às vezes é bom ficar triste, Merry. Não se esqueça disso.

Marjorie não repetiu a letra que errei, mas passou para outra. A nova tinha duas linhas lentas e verticais que subiam e então desciam pela extensão das minhas costas, e uma diagonal bem inclinada as conectava.

— *N*.

— Sim. É estranho, mas eu sei até as palavras.

— *D*. Cante-as.

Apenas pedi para que cantasse porque sabia que ela queria que pedisse. Eu não queria realmente ouvir a letra. Tinha medo de que, se ela a cantasse, seria sobre uma irmã roubando a língua da outra.
— Não estou a fim de cantar. Gosto de cantarolar a melodia.
— A.
— Gosto de manter as palavras para mim mesma.
— Y.
— De qualquer forma, você não gostaria da letra. — Ela parou de desenhar nas minhas costas. — Então só vou continuar com a melodia. Talvez a cantarei enquanto dorme.
— Marjorie!
Ela riu e fez cócegas nas minhas axilas. Eu não ri; soltei um gemido alto e um grunhido.
— Para!
— Fique aí. Não se mova.
Marjorie cantarolou a melodia enquanto se levantava da namoradeira. Eu quiquei na almofada enquanto ela se movia e ajustava o equilíbrio. Ela se balançou sobre a minha cabeça como os galhos de um salgueiro durante uma tempestade. Senti o peso da música; a nota menor sugando o ar do meu peito.
Minha irmã saltou, passando por cima da minha cabeça. Eu me esquivei e rolei para trás nas almofadas da namoradeira assim que sua sombra passou por cima de mim. Ela aterrissou ruidosamente e seus joelhos vacilaram, quase a lançando direto à janela.
Em algum lugar do primeiro andar, papai gritou:
— Que diabo foi isso?
— Minha aterrissagem precisa de ajustes. A prática leva à perfeição, certo?
Ela beliscou minha barriga e correu para fora do solário, em direção ao seu quarto, me deixando para trás gritando para que parasse.
Marjorie ainda cantarolava a música em seu quarto. Eu me sentei, ouvindo, e cantarolei junto àquela melodia simples, mas dolorosa. Balancei um dos pés em um dos raios de sol fracos do solário. Perguntei-me se ainda seria capaz de cantarolar a música quando não tivesse língua. Conclui que sim.

Capítulo 12

No nosso programa de TV, o que veio em seguida foi apresentado como uma reconstituição dramática e como a penúltima evidência de que Marjorie fora possuída por um espírito maligno. A reconstituição foi uma reunião crua e inegavelmente efetiva de saltos na história, uma narrativa nefasta e quase exagerada, a qual tenho que supor ter recebido alguns efeitos especiais de computação gráfica de baixa qualidade e o som digitalmente alterado e aumentado.

Na cena, a família Barrett fictícia se encontra na sala de estar, assistindo a *Em busca do Pé-Grande*. Todos na sala assistem animados a algum pseudocientista chamando bem alto pelo Pé-Grande em uma floresta com visão noturna. A atriz que faz a mamãe (modesta, com algumas sardinhas, muito bonita até para a TV) e o ator que faz o papai (muito velho e gordo para ser nosso pai, e sua barba era tão irregular quanto um gramado queimado pelo sol de verão) estão sentados um ao lado do outro no sofá, cada um usando uma camisa de botões e calças sem pregas. As duas crianças que interpretam as meninas Barrett estão no chão, deitadas de barriga para baixo, com as bochechas apoiadas sobre as mãos, pés balançando no ar com os calcanhares batendo uns nos outros. Essa cena de Rockwell do século vinte e um, exibindo uma tranquilidade familiar singular, rapidamente se quebra quando o papai-ator pergunta como foi a escola naquele dia. O tornado que vem em seguida não é para ser contido na sala de estar, mas, em vez disso, contorna a casa, até que tudo finalmente cresce e explode no quarto de Marjorie.

Só que não aconteceu daquele jeito. No entanto, tenho que admitir que eu estava obcecada com o programa *Em busca do Pé-Grande* e insistiria para que todos na família o assistissem comigo. Eu também teria discussões divertidas o tempo todo com papai sobre a existência ou não existência do Pé-Grande. Eu acreditava e ele, não. A regra principal implícita de nosso debate sem fim era que nenhum de nós jamais mudaria de opinião. Eu era fervorosa em minha crença de que a criatura mítica era real e praticamente cuspiria em qualquer sugestão contrária. Apesar de eu saber que ele gostava da discussão, papai permanecia calmamente racional e científico na abordagem de nossos argumentos. Usando o método socrático para desmascarar o Pé-Grande, ele me faria perguntas, pensando que em algum momento eu me daria conta da verdade. Sua pergunta mais efetiva — em especial quando eu engasgava para responder as anteriores sobre densidade de população, evolução ou sustentabilidade do ecossistema —, era sobre o motivo pelo qual ninguém jamais encontrara o cadáver de um Pé-Grande. Bem, é claro que era porque eles enterravam seus mortos em locais secretos e sagrados. Dã, pai.

Eu não me lembro da gente na sala de estar naquela noite assistindo *Em busca do Pé-Grande* e nem me lembro do incidente acontecendo ali. No entanto, as minhas lembranças poderiam estar confusas. Talvez a forma como nosso programa de TV apresentava a cena da sala de estar, com exceção de alguns floreios dramáticos, tenha sido como de fato acontecera. Os escritores e produtores de acordo com um contrato, podiam consultar papai e mamãe, e o fizeram extensivamente. Talvez o programa confiasse em Marjorie e no que quer que ela tenha dito a eles durante suas inúmeras entrevistas. De acordo com a minha memória, ninguém me perguntara sobre aquela noite. É possível que tenha sido uma experiência tão traumática que eu tenha bloqueado ou, de alguma forma, confundido a geral irrealidade do nosso programa com o que de fato acontecera.

O que me lembro é de estarmos jantando na mesa da cozinha, sentados em nossos quatro pontos cardeais. Estávamos contemplativos e quietos; incertos sobre o que acontecia, o que fazer, e até mesmo quando terminaria.

Sempre me recordarei de nós quatro sentados ao redor da mesa da cozinha como bonecas em um chá imaginário.

As mulheres Barrett concordaram em silêncio que não esperaríamos por papai e começamos a comer nosso macarrão. Sim, macarrão de novo, pela terceira noite seguida. Reclamei quando encontrei mamãe fervendo água na panela verde-ervilha. Ela me disse que não poderíamos mais escolher tanto o que comer no jantar. Saí da cozinha triste e resmungando sobre como eu me tornaria uma Menina Espaguete caso comesse mais daquilo. Sacudi meus braços como se não tivessem ossos no que seria uma breve demonstração dos poderes não tão legais da Menina Espaguete.

Nossa pequena mesa da cozinha não parecia tão pequena, porque nosso aparelho de jantar era tão depressivamente espartano. Nada de escorredor ao centro transbordando com tentáculos de espaguete. Nenhuma tigela de vidro com molho vermelho. Nenhuma tábua de corte com fatias de pão de alho. Nada de cumbucas brilhantes com saladas verdes e vermelhas. Não que eu fosse comer uma salada inteira. Minha tigelinha de madeira só comportaria pequenas rodelas de pepino, cuidadosamente descascadas, e talvez algumas minicenouras.

O que havia na mesa era: quatro pratos de espaguete, servidos de porções modestas, e quatro copos d'água. Eu pedi leite, mas mamãe simplesmente disse que eu bebesse água e parasse de resmungar.

Papai sentou-se cabisbaixo à mesa, de olhos fechados e mãos entrelaçadas, aqueles dedos grossos apertando tanto uns aos outros que parecia haver mais dedos do que antes. Contei os nós em cada uma de suas mãos para me certificar de que não tinham aparecido dedos extras.

Papai rezou sobre sua comida por um tempo longo e desconfortável. Estava tão focado e sério que me senti pressionada a me juntar a ele, mesmo que me preocupasse por não saber como e para quem rezar. Na outra manhã, enquanto me levava para a escola, ele descrevera rezar como uma conversa mental com Deus. Eu ficara feliz pelo fato de ele pelo menos estar falando comigo, já que havia se tornado extremamente indiferente desde a noite no quarto de Marjorie. Eu perguntara quem era Deus de verdade, além de um cara grande, velho e barbudo que ficava nas nuvens. Papai começara dizendo que Deus era amor, o que soou legal, mas então se perdera em uma explicação complicada que envolvia Jesus e o Espírito Santo. Eu fizera uma brincadeira sobre a minha cabeça ficar cheia demais com todas aquelas pessoas para falar em vez de dizer a ele que não queria mais ouvir sobre aquilo. Papai fizera com que me sentisse terrivelmente ansiosa, de um jeito que eu não conseguia descrever logo em seguida, em parte porque não confiava que eu não contasse à mamãe sobre sua pregação e tentativa de me converter sem a permissão dela. Assim como eu dedurara Marjorie. Ficara muito cansada dos segredos e histórias de outras pessoas. Papai rira da minha piada sobre muitas pessoas e dissera para que eu apenas tentasse algum dia, que faria com que me sentisse melhor.

Gentilmente coloquei meu garfo sobre a mesa e entrelacei as mãos como papai. Antes que pudesse dizer qualquer coisa às pessoas em minha cabeça, peguei Marjorie me observando de dentro de seu moletom com capuz. Ela sorriu e balançou a cabeça em negação. Rapidamente peguei meu garfo e imaginei o Pé-Grande abrindo caminho pela floresta atrás de nossa casa e invadindo a cozinha, destruindo tudo.

Mamãe se negou a olhar para o papai enquanto ele rezava. Levou uma das mãos à testa, cobrindo os olhos como se houvesse luz refletindo neles.

Por fim, ele ergueu a cabeça e fez o sinal da cruz; tocando a testa, o peito e cada um dos ombros. Fez aquilo tão rápido, como se tivesse praticado sua vida inteira. Papai sorriu e olhou para cada uma de nós. Deu a mim uma piscadinha extra. Eu não era boa em piscar, então joguei um beijo em resposta.

Marjorie emitiu um som de ânsia de vômito. Ninguém perguntou se ela estava bem, o que significava alguma coisa.

— Desculpe. Engasguei — disse ela.

— Por favor, retire seu capuz enquanto estiver na mesa de jantar.

Marjorie obedeceu. A remoção foi uma revelação chocante. Sua pele estava acinzentada, da cor dos cogumelos que cresciam ao redor das raízes emaranhadas e serpenteantes das árvores lá de trás. As olheiras eram escuras e profundas. Seus cabelos pretos eram um polvo morto que escorria e deslizava de seu escalpo. Espinhas brancas pontilhavam seu queixo e laterais do nariz.

— Então, como foi a escola hoje? — perguntou papai.

— Ah, você sabe, pai. O de sempre. Fui escolhida para ser representante de turma, capitã do time de futebol, a menina mais bonita...

Mamãe se intrometeu.

— Marjorie não está bem. Eles a mandaram de volta para casa porque se sentiu mal na cantina.

— De novo? Pobrezinha. Está bem o suficiente para comer? Por que está comendo isso agora? Sarah, não a force a comer se estiver com problemas de estômago.

As mãos do papai estavam entrelaçadas novamente, dessa vez em frente ao seu prato.

— Não estou forçando-a, *John*. Ela disse que está melhor, não é mesmo?

— Cem por cento.

— Você não parece bem.

— Obrigada, papai. Sinto-me belíssima.

— Você sabe o que quero dizer. É a minha linda menina.

Ele disse aquilo como as letras minúsculas de uma garantia ou de uma cláusula indenizatória.

— Ei! — protestei.

— Você também é a minha menina linda, Merry.

Marjorie gemeu. Enrolou alguns fios de espaguete ao redor do dedo e disse:

— Você vai me fazer vomitar de novo.

A parte de baixo de suas unhas era negra de sujeira. Será que ela andou cavando no jardim? Eu a imaginei lá atrás, plantando coisas que crescem.

— Você parece pálida. Talvez devêssemos deixá-la dormir o dia todo amanhã — disse papai.

— Ficarei bem. Não quero perder mais dias de aula. Eles já estão ameaçando me mandar de novo para recuperação.

Marjorie repousou as costas da mão na testa. Estava agindo como uma atriz. Eu sabia. Um leve sotaque britânico acentuou a sua fala.

Pratiquei tentar comer meu macarrão sem usar minha língua. Eu era uma planejadora, considerando todas as possibilidades.

— Não se preocupe com isso. Faremos o que tiver que ser feito.

Como se fosse um comando, cada um olhou para seu prato pobre, nossa metáfora de jantar por fazemos o que tinha de ser feito.

Então papai se virou para mim e disse:

— Merry! Conte-nos sobre o seu dia. Eu gostaria de ouvir sobre alguma coisa boa que tenha acontecido e outra que a tenha feito rir.

Sempre satisfeita por ter o holofote da família empurrado para mim, falei:

— Bem — alonguei a palavra fechando bem a boca no "m". — Começamos lendo *A fantástica fábrica de chocolate* em sala. Ronnie me fez rir quando fingiu ser Augustus Gloop bebendo do rio de chocolate. Ele se abaixou apoiado sobre as mãos e joelhos, fingindo lamber o tapete. Então gritou "Chocolate, isso é gostoso!". — Eu fiz minha imitação do sotaque alemão engraçado de Ronnie. — Mas a srta. Hulbig não achou engraçado.

— Hmm, interessante. Ele provavelmente assistiu àquela versão horrorosa com o Johnny Depp. O fato de vocês, crianças, gostarem dessa em vez do original com Gene Wilder é um sacrilégio — disse mamãe.

— Mãe, qual é o problema? — perguntei, falando e agindo como a versão de Depp para o Wonka: sorriso vago, voz aérea e assustadora, língua presa e nada mais.

— Isso foi muito bom. Tenho que admitir, Merry, você é boa imitando vozes.

— Sou?

Mamãe e Marjorie soltaram um gemido.

— Sim, você sempre foi boa com imitações e vozes engraçadas.

Mudei a intensidade e o tom da minha voz para cada palavra.

— Consigo fazer vozes.

— Que ótimo. Agora ela vai passar o tempo todo fazendo isso — disse Marjorie.

— Eu *consigo* fazer vozes!

— Você não tem noção do que fez, não é? — perguntou mamãe.

Cacarejei em dois ou três estilos diferentes, então parei de repente.

— Ah, mãe! Quase me esqueci. Amanhã é dia do chapéu na escola. Preciso de um! Qual devo usar?

— Não sei. Procuraremos um depois do jantar.

— Ei, você pode usar o meu boné dos Red Sox — sugeriu papai.

— Eca, de jeito nenhum!

Instintivamente cobri minha cabeça com as mãos. Segundo a lenda, era um boné mais velho que minha irmã e que nunca fora lavado. A faixa antitranspirante, que outrora fora branca e ficava na parte de dentro, agora era negra. A letra *B* vermelha estava toda encardida e a aba, manchada de suor e deformada. Papai o usava para correr atrás da gente, tentando colocá-lo em nossas cabeças. Corríamos rindo e gritando. A brincadeira normalmente terminava quando eu chorava e reclamava de que ele corria mais atrás de Marjorie do que de mim. Era verdade, mas para ser justa, ela era mais legal de perseguir porque era mais difícil de pegar. Mesmo que eu era rápida, eu desistia e parava de correr, me jogava no chão e me enrolava parecendo uma bola. Papai rapidamente colocava o boné em minha cabeça, mas, em dois segundos, ele saía correndo de novo, gritando e perseguindo Marjorie com alegria. Suas provocações eram sempre tão espertas e, caso ele a pegasse, a punição era pior; o boné era esfregado em toda a sua cabeça e seu rosto até que ela repetisse "papai, pare com isso!" com raiva. Sentada à mesa de jantar naquela noite, aquelas perseguições com o boné pareciam ter acontecido havia uma eternidade, mesmo que a última vez tivesse sido alguns meses antes do churrasco do Dia do Trabalhador. Durante aquela perseguição, papai tombara uma pequena mesa dobrável, derrubando pratos de papel e utensílios de plástico.

— Não queremos que a escola a mande de volta para casa por causa de piolhos, John — disse mamãe.

Aquilo deveria ter sido uma piada, mas havia uma pitada de provocação.

— Eu quero usar algo engraçado e legal. Marjorie, posso usar o chapéu brilhante de beisebol?

Nós três olhamos para ela.

Agora eu me lembro de pensar que sua resposta poderia fazer tudo voltar a como era antes; papai poderia encontrar um emprego e parar de rezar o tempo todo, mamãe poderia ficar feliz, chamar Marjorie de *pregoísta* de novo e nos mostrar vídeos engraçados que encontrara no YouTube, todos nós poderíamos comer mais do que espaguete no jantar e, o mais importante, Marjorie poderia ser normal novamente. Tudo ficaria bem se ela pudesse ao menos dizer que eu poderia usar o chapéu de beisebol com lantejoulas brilhantes, aquele que ela fez na aula de artes alguns anos atrás.

Quanto mais olhávamos para Marjorie e esperávamos por uma resposta, mais a temperatura na sala diminuía, e eu sabia que nada seria como era antes novamente.

Ela parou de enrolar seu espaguete nos dedos. Abriu a boca e, bem devagar, vômito gotejou em seu prato.

— Jesus! — exclamou papai.

— Querida, você está bem? — perguntou mamãe. Ela pulou de sua cadeira e foi até Marjorie, ficando atrás dela e segurando seus cabelos para o alto.

Minha irmã não reagiu a nenhum deles e não emitiu som nenhum. Não estava com ânsia ou se sacudindo como uma pessoa normalmente faz quando vomita. Aquilo apenas vertia de sua boca como se fosse uma torneira aberta. O vômito era verde como a grama da primavera, e o macarrão mastigado parecia estranhamente seco, com a consistência de comida de cachorro amassada.

Ela encarava o papai o tempo todo enquanto o vômito enchia seu prato, algumas gotas pingavam na borda na mesa. Quando terminou, limpou sua boca na manga do moletom.

— Não, Merry. Você não pode usar o meu chapéu. — Ela não parecia a minha irmã. Sua voz era mais grave, adulta e rouca. — Você pode acabar sujando. Não quero que o estrague. — Ela riu.

— Marjorie... — disse papai.

Minha irmã tossiu e vomitou mais em seu prato cheio.

— Não pode usar o chapéu, porque, um dia, você vai morrer. — Ela encontrou uma nova voz, que parecia a de um bebê meloso. — Não quero coisas mortas usando meu chapéu especial.

Mamãe se afastou de Marjorie e esbarrou na minha cadeira. Estiquei os braços e agarrei seu quadril com o direito e cobri minha boca com o esquerdo.

Uma terceira voz, sem gênero e anasalada, disse:

— Ninguém aqui pode usá-lo, porque *todos* irão morrer.

— Marjorie? — Papai continuou em sua cadeira e esticou uma das mãos para ela. — Marjorie? Olhe para mim. Segure minha mão e reze comigo. Por favor. Apenas tente.

Mamãe estava chorando e balançando a cabeça.

Convencido de que ele só pioraria as coisas, gritei para que a deixasse quieta, então cobri novamente a boca, porque não era seguro falar.

Ele disse com sua voz mais paciente, o que não parecia de jeito algum ser sua, tão estranha quanto as que vinham de minha irmã:

— Marjorie nunca está sozinha. Ele está sempre com ela. Vamos rezar para Ele.

E eu comecei a chorar, porque estava com medo e confusa. Pensei que papai estava dizendo que havia alguém dentro de Marjorie e que queria rezar para *aquele* alguém. Papai afastou sua cadeira e ajoelhou no chão.

— Tudo bem, papai.

Marjorie deslizou de sua cadeira em direção ao chão e desapareceu debaixo da mesa.

Mamãe me deixou e se curvou, ao lado da cadeira de Marjorie.

— Querida, saia daí debaixo. Vou preparar um banho de banheira bem quentinho para você, certo? Vamos para cama cedo. Você vai se sentir melhor...

Ela continuou a fazer promessas de esperança e cura.

Agora eu estava sozinha, com minha mão ainda cobrindo a boca. Marjorie se esgueirou e deslizou no chão de madeira de lei para algum lugar debaixo da mesa. Eu não conseguia vê-la e puxei meus pés para cima da cadeira. Meus dedos se enrolaram dentro dos tênis.

Aguardamos e observamos. De repente, papai saltou como se tivesse levado um choque e bateu na mesa, sacudindo nossos pratos e garfos, derramando mais vômito do prato da minha irmã, que tinha um cheiro de ácido e sujeira.

As mãos de Marjorie se esticaram para cima. Sua pele era da cor de cinzas e suas unhas sujas eram negras como os olhos de um peixe. Então sua voz rouca ecoou como se viesse do fundo de um poço.

— Vá em frente, papai. Pegue minhas mãos.

Lentamente, ele esticou as suas e fez conforme pediu. Ela puxou as dele para debaixo da mesa, para um lugar que não conseguíamos ver. Papai parecia uma daquelas estátuas de busto, frio e pálido como mármore. Ele deu início a uma oração.

— Em nome de Seu filho, Jesus Cristo, por favor, Deus, dê forças à Marjorie... — Ele fez uma pausa e pareceu inseguro sobre o que dizer exatamente, como se soubesse que era um amador, um iniciante. Uma fraude. — Ajude-a a lidar com... com a aflição com a qual está lutando. Purifique seu espírito. Mostre a ela a...

Então ele gritou de dor.

A mesa sacudiu novamente enquanto ele puxava seu braço. As costas de sua mão sangravam, tinham sido cortadas. Havia duas linhas vermelhas e profundas que iam até seu punho. Ele levou a mão junto ao peito instintivamente, em seguida a esticou para mamãe, com uma expressão infantil de medo e incredulidade em relação à injustiça de tudo.

— Ela o arranhou? Mordeu? — perguntou mamãe.

— Talvez. Eu... eu não sei.

Eu me apressei para me encolher de volta em minha cadeira, convencida de que Marjorie viria atrás de mim em seguida e me arrastaria para debaixo da superfície em direção às sombras e escancararia minha boca em busca da lesma rosada e contorcida.

Marjorie cantarolou sua melodia terrível e rastejou para longe da mesa. Seu capuz cobria os cabelos. Ela fez silêncio e declamou coisas sem sentido que eu tentava soletrar mentalmente, mas eram compostas de nada a não ser consoantes raivosas.

Meus pais disseram seu nome como se fosse uma pergunta, um chamado e um apelo.

Marjorie lentamente rastejou para longe da luz da cozinha, em direção à escuridão da sala de jantar.

— Eu não mordo ou arranho — disse ela com outra voz, uma nova, que não parecia com a de ninguém que havia falado na história da humanidade. — Ele arranhou sua mão no metal enferrujado e nos parafusos debaixo da mesa velha. — Ela acentuou mais ainda as consoantes e continuou. — Nós sempre nos machucamos, não é mesmo? Irei para o meu quarto. Nada de visitas, por favor.

Marjorie cantarolou a melodia novamente, mudando de tom e timbre tão rápida e abruptamente que era desorientador, e parecia que minhas orelhas iriam estourar. Ela rastejou pela sala de jantar, se movendo como um lagarto ou algo tão antigo quanto, em direção à entrada e as escadas.

Então ela disse de longe:

— Eu também sei imitar vozes, Merry.

Capítulo 13

OUTRA MANHÃ DE SÁBADO. Tudo na casa parecia morto, mesmo que eu não fizesse ideia, naquela época, de como algo morto deveria parecer.

Mamãe havia voltado para a cama depois de preparar para mim uma tigela de cereal de café da manhã. Ela não colocou as duas colheres de açúcar de sempre, e não tinha leite suficiente para empapar os Krispies crocantes. No entanto, não ousei reclamar. Mamãe estava de mau humor.

Comi até que houvesse apenas uma pasta quase molenga de cereal sobrando no fundo da tigela de plástico. Também não tínhamos suco de laranja, então bebi água. Eu tinha a TV só para mim e assisti a todos os episódios de *Em busca do Pé-Grande* que havia gravado no DVR. Anteriormente naquela semana, meus pais disseram algo sobre assistir a tudo que estivesse no DVR antes que tivesse de ser desconectado, então fiquei orgulhosa por cumprir ao menos aquela tarefa.

Lá pelo quarto episódio, com a equipe em algum lugar da floresta de Vermont, papai desceu as escadas e seguiu para a cozinha. Suspirou ao ver a caixa de leite vazia sobre a mesa, murmurou alguns xingamentos que não foram tão murmurados assim e começou a procurar por algo para comer na cozinha. Decidiu descongelar um bolinho inglês.

Quando chegou na sala de estar com seu bolinho lambuzado de manteiga de amendoim, sem dizer nada tirou o controle remoto de minha mão e mudou para um dos nossos diversos canais de esportes. Eu odiava ver esportes e sugeri assistir a um programa chamado *Monstros do Rio*, que mostrava um pescador britânico carismático com dentes terríveis viajando para lagos e rios exóticos a fim de capturar peixes-gato gigantes e aqueles torpedos vivos chamados pirarucus. Papai não aceitou.

Pacientemente esperei até que ele tivesse terminado seu café da manhã e então pulei em seu colo, pedindo:

— Papai, brinca comigo. Me pega! Você não consegue me pegar!

Eu me agachei e estiquei suas pernas que estavam dobradas para longe do sofá.

— Venha! É a brincadeira do jacaré.

A brincadeira do jacaré: suas pernas eram as mandíbulas do animal e eu dançava perto, em volta e entre elas, provocando o jacaré para que as fechasse em mim.

Papai fez o que pedi, mas era óbvio que seu coração não estava ali, que estava preocupado. Eu estava tentando loucamente me divertir. Se dançasse rápido o suficiente, se risse com entusiasmo o suficiente, se gritasse alto o suficiente quando fosse pega, talvez ele esquecesse a situação de Marjorie por um momento.

Sua boca de jacaré estava lenta demais. Não conseguiu me pegar várias vezes. Implorei para que tentasse mais. Então ele me culpou pela própria falta de motivação e propósito.

— Bem, pare de agir como criancinha. Não pode dançar aqui e ali. Está longe demais. Você tem que se aproximar de mim e permanecer por mais tempo.

Quando ele ainda não conseguia me pegar, me criticava pelo jeito como eu pulava, usando sua voz de técnico. Disse que eu tinha pés chatos demais, que eu era muito pesada, que tinha de ficar na ponta dos pés, que eu deveria andar com leveza suficiente para que ele não conseguisse ouvir meus pés batendo no chão.

Tentei diverti-lo mesmo querendo me jogar no chão como um saco sem ossos e me embolar nas fibras do tapete para desaparecer debaixo dos pés de todo mundo e ser esquecida. Dancei na ponta dos pés até que ficaram com cãibra enquanto ele apaticamente abria e fechava suas pernas esticadas em tentativas fracas de me pegar. Desesperada, agravei meu ataque, batendo e beliscando suas pernas. Funcionou. Papai saiu do sofá com uma ferocidade e poder que eram tão entusiasmados quanto assustadores, agarrou meus braços e me puxou para ele. Papai me fez cócegas e esfregou sua barba áspera em minhas bochechas enquanto eu ria e gritava para que parasse. Ele parou rápido demais e me deixou deslizar, caindo no chão.

— Ah, pai!

— Desculpe. Olha, estou tentando ver TV. Suba e veja o que mamãe está fazendo.

Tentei pegar suas pernas de novo, mas ele as cruzou e disse:

— É sério. Pare de me encher.

Certo. Subi as escadas nas pontas dos pés, o mais silenciosamente que pude. Obrigada, Técnico-Papai. Parei no topo e me escorei na parede oposta ao corrimão. Lentamente olhei pelo canto e vi que a porta de Marjorie estava fechada. Não queria que ela me ouvisse. Vinha evitando ficar sozinha com ela desde o que acontecera no solário.

O corredor estava escuro e o interruptor velho de bronze estava ao lado do meu rosto. Nariz com nariz com meu reflexo distorcido no metal, não apertei o pequeno botão preto, pensando ser melhor não alterar ou perturbar nada ali em cima. Considerei voltar para o primeiro andar e tentar convencer o papai a brincar comigo de novo ou me sentar ao seu lado em silêncio no sofá.

Meu quarto era longe demais, do outro lado do grande abismo do corredor. A porta do banheiro, que era adjacente ao quarto de Marjorie, também estava fechada, mas o ventilador estava ligado lá dentro, funcionando com rigidez; rodando e diminuindo como um aparador de grama prestes a ficar sem gasolina. Marjorie passava cada vez mais tempo no banheiro, normalmente com o ventilador ligado, às vezes com a torneira aberta, para o desespero do papai. Água não era de graça, você sabe.

Relaxei. Ela não me ouviria andando furtivamente pelo corredor; o ventilador fazia barulho demais. Em vez de pegar o caminho mais longo e me esconder no meu quarto, fui até o quarto da minha mãe e abri a porta.

Falei que meu pai dissera para eu ver o que estava fazendo, sabendo perfeitamente que ela ficaria brava com ele por me mandar incomodá-la enquanto deveria cuidar de mim e/ou brincar comigo.

O edredom e os lençóis se encontravam nos pés da cama dos meus pais. Mamãe não estava no quarto. Marjorie estava. Estava sentada, encostada na cabeceira com travesseiros dobrados e enfiados atrás das costas. Sua respiração era fraca, porém rápida, e ela grunhia, rosnava, suspirava; uma máquina crepitante, o ventilador agonizante em nosso banheiro. Sua cabeça estava caída para trás, com o queixo apontando para o teto, tão pontiagudo quanto a extremidade de um guarda-chuva, os olhos apertados, como se estivesse escondendo-os nas profundezas de sua cabeça. Usava uma camiseta preta muito pequena, apertada o suficiente para marcar suas costelas. Nada de calças ou roupas de baixo. Suas mãos estavam entre suas pernas longas, magras e pálidas. As duas mãos, girando para cima e para baixo, emitindo sons molhados.

Eu não sabia o que fazer. Apenas fiquei lá e assisti. Queria perguntar o que raios ela estava fazendo e dizer que não sabia o que era aquilo, mesmo que eu soubesse qual era aquele segredo que não era um segredo. Senti-me enrubescer, ficando vermelha por fora e branca por dentro, e vice-versa. Não me senti exatamente enjoada, a sensação era mais embaixo e mais profunda.

Suas mãos se moviam mais rápido, ela gritava mais alto e eu não queria que ninguém na casa a ouvisse, então disse bem baixinho para que ficasse quieta e pensei em fechar a porta, mas não conseguia. Tive medo de olhar para as suas mãos e entre suas pernas, mas ainda assim me inclinei para a direita, espiando além da dobra de seus joelhos e coxas.

Marjorie se balançava, seu corpo inteiro se movendo em ritmo com suas mãos trabalhando freneticamente. Ela abriu a boca e soltou um suspiro profundo.

Espiar com educação não era suficiente. Fui na ponta dos pés até o pé da cama e, com a nova vantagem, vi que suas mãos estavam vermelhas com sangue escuro, bem como o lençol branco embaixo e entre suas pernas.

Saí correndo do quarto, tropeçando no corredor e bati na porta do banheiro.

— Mamãe! Mamãe! Tem alguma coisa errada com a Marjorie! Ela está sangrando.

Tentei gritar diretamente na madeira da porta. Não queria que papai me ouvisse.

Mamãe não conseguia me ouvir com o ventilador ligado e gritou de volta:
— O quê? Me dê um segundo. Sairei em um minuto.

Eu me virei e vi que Marjorie estava no corredor atrás de mim, empoleirada precariamente sobre suas pernas magrelas, com as costas arqueadas contra a parede, seu corpo formando um novo sinal de pontuação. Uma das mãos ainda a tocava, a outra deixava marcas vermelhas no papel de parede. Ela ofegava e falava as mesmas coisas sem sentido feitas de pedra e cacos de vidro que falara naquela noite na cozinha. Seus olhos se abriram e então se reviraram para trás, exibindo aquele branco brilhante e horrível com vasos vermelhos e intrincados. Ela riu, gemeu e disse em um suspiro bem baixo "Ah, meu deus, ah, meu deus, ah, meu deus...". Em seguida, algo que não deveria fazer sentido ou que pode ter sido "Eu ainda posso ouvi-los". Seu corpo tremeu e ela urinou e defecou bem ali no corredor. O cheiro de merda, sangue e urina era absurdo e senti gosto de moedas na boca. Marjorie deslizou na parede e sentou sobre sua própria poça, esfregando as mãos no chão, em seu corpo e nas paredes.

Gritei para que mamãe ajudasse, para que me deixasse entrar. Fechei meus olhos e agarrei a maçaneta, girando-a com as duas mãos. A porta do banheiro sacudiu e tremeu no batente. Agora mamãe também gritava, sentindo meu pânico do lado de fora.

Papai berrou nossos nomes do primeiro andar, aquelas orações de uma palavra só em nome da paz. E subiu as escadas correndo, balançando o corrimão e os balaústres, rompendo a casa abaixo de si mesmo como se fosse o fim do mundo.

Parte Dois

Capítulo 14

A ÚLTIMA FINALISTA

Sim, isso é somente um BLOG! (Que retrô!) Ou será A ÚLTIMA FINALISTA o melhor blog de todos os tempos!?!? Explorando tudo que é repulsivo e horripilante. Livros! Quadrinhos! Videogames! TV! Filmes! ~~Ensino médio!~~ Das histórias violentas e ensanguentadas mais clichês às mais intelectuais, pomposas e cult. Cuidado com os *spoilers*. EU VOU ACABAR COM VOCÊS!!!!!

BIO: Karen Brissette
Terça-feira, 15 de novembro de 20_ _.

A *Possessão*, Quinze Anos Depois: Episódio 1 (Parte 2)

Certo, certo, vamos esmiuçar o primeiro episódio, podemos? PODEMOS!!!

Primeiro, um rápido adendo, uma revisão importante sobre o post anterior em relação à abertura do programa. Além de servir como tema do colapso patriarcal do programa (como já dissertei em GRANDES detalhes), a abertura explica (sem ter que explicar tudo a todos) como uma família possivelmente consideraria permitir que uma rede de televisão transmitisse seu pesadelo: uma filha adolescente passando por um surto psicótico nojento e devastador, enquanto acreditavam (ou fingiam, né?) que ela estava possuída por um demônio, e um demônio deveras clichê. Deixe-me dizer logo: os Barrett estavam prestes a ficar inadimplentes por conta da hipoteca e perderiam sua casa. Precisavam de dinheiro, rápido! Os produtores lhes pagaram aquela quantia urgente para exibir sua carne na televisão.

(nota 1: Sixth Finger Productions era uma nova empresa chefiada por Randy Francis, um empreendedor capitalista, por volta dos vinte e poucos anos [*hm, obrigado pelo dinheiro, pai, me dê mais*], e que criou um nicho produzindo filmes de fantasia diretamente para a TV que imitam as histórias de J. K. Rowling, George R. R. Martin, J. R. R. Tolkien e outros autores do gênero com iniciais em seus nomes. Como a produtora soube da história dos Barrett, como souberam tomar a iniciativa e oferecer salvação financeira, e exatamente de onde veio todo o dinheiro antes que o Discovery Channel se envolvesse ainda é um tanto misterioso. O padre David Wanderly, amigo de John Barrett, é claramente a ponte entre os Barrett e a produtora. No entanto, rumores sobre o envolvimento de Wanderly com partidos políticos conservadores, sua verba sendo revertida para a produção, acordos com a arquidiocese para evitar que sua paróquia fechasse, e membros ricos, poderosos e torcedores de bigode da Opus Dei estando abominavelmente envolvidos são todos, na melhor das hipóteses e na minha opinião, rumores duvidosos. Encontrei as duas narrativas não autorizadas do programa [*Ao Inferno e de Volta: A História Real por Trás de A Possessão* e *Possessão, Mentiras e Videoteipe: Os Anjos Obscuros por Trás da Possessão*], não explicando como o programa aconteceu e, francamente, muito mal-escritas. Sim, falei isso.)

Certo. Chega disso tudo. Dessa vez é de verdade. Vamos começar. *Agora!* Com a possessão fictícia da pobre Marjorie Barrett aos quatorze anos.

Após a introdução, o grosso do piloto é uma série de recriações e um conjunto de entrevistas com os pais e o padre Wanderly. Se a introdução foi o argumento inicial sobre o que estava em jogo para a alma dos valores familiares e o patriarcado americano, o ponto crucial do episódio foi o programa apresentando as evidências sobre a possessão de Marjorie por um espírito, uma entidade, um duende, um demônio maligno, travesso e desleixado.

A história que apresentam soa um pouco familiar, né? É porque deveria.

O Exorcista (filme dirigido por William Friedkin, baseado no livro de William Peter Blatty) é um marco cultural e um fenômeno da década de 1970. Reconhecidamente, perdeu um pouco de seu apelo, seu impacto visceral. Para saber mais, veja nota 2.

(nota 2: perguntei ao filho de doze anos do vizinho qual era o seu filme preferido e ele me surpreendeu ao responder que era *O Exorcista*. Perguntei o motivo. Ele disse que "Era bastante engraçado". Eu sei, o garoto é um completo psicopata!!!! E eu coloquei três cadeados na minha porta agora!!!! Mas você entendeu o que quero dizer. As crianças nos dias de hoje não se assustam mais com aquele filme.)

Mas, caraaaaaamba, quando aquele filme saiu pela primeira vez, perturbou as pessoas de verdade. Uma senhora que era crítica/acadêmica/especialista escrevera sobre como *O Exorcista* combinou o orçamento de Hollywood e um filme independente com exploração, e exploração pesada. Quer dizer, as pessoas fizeram fila para assistir àquela coisa, porque ouviram falar sobre a boca suja de Regan (literal e figurativa!), a masturbação com o crucifixo (divertido em festas, não que eu tenha tentado, OK?), e a cabeça que girava (isso eu tentei!!!). Não era o poder de Cristo que os obrigava, mas a violência, meu bem, a violência! Você *Karen balança seu dedo* não deveria estar surpreso com o fato de que a série sem graça de filmes sobre possessão com censura para treze anos nos anos 2000 nunca chegou perto de abordar o sucesso crítico ou popular de *O Exorcista*. O filme foi um evento de horror extremamente popular e um que, ao contrário de suas imitações politicamente progressivas, transgressoras e independentes (*A Noite dos Mortos-Vivos*, *A Última*

Casa, *O Massacre da Serra Elétrica*), apenas aconteceu de ser um dos filmes de terror mais conservadores da história. O bem contra o mal! *Sim, beleza!* A menininha branca, pura e pristina, salva pelos homens brancos e a religião! *Sim, homens brancos e religião!* Tudo que você necessita é de amor fé! O retorno triunfante do status quo! Valores familiares! Membros heroicos da classe média batalhando contra um bicho-papão desconhecido (o demônio Pazuzu era literalmente um estrangeiro de pele morena visto primeiramente pelo padre Merrin no Iraque durante a abertura do filme)!

Sim, uma boa parte de *A Possessão* segue o clássico *O Exorcista* e outros filmes de terror. Às vezes, a imitação tão descarada de cenas clássicas dá a impressão de um acorde cultural inato (sim, estou inventando tudo isso enquanto escrevo, mas parece bom) dentro de nós e, de um jeito estranhamente reconfortante, autentica o que estamos vendo. Outras cenas são inteligentes e até sutis o suficiente em suas diferenças às anteriores que, de alguma forma, parecem novas mais uma vez. Ou as anteriores são obscuras o bastante para parecerem novas, ou novas o suficiente. Sim.

Permita-me desmembrar algumas recriações:

-Marjorie fica de pé sobre a cama de Merry, pairando sobre sua irmã, o que claramente remete às gravações encontradas de um filme no estilo "é uma casa assombrada ou possessão demoníaca?", chamado *Atividade Paranormal*. Os dois ângulos de câmera e iluminação são similares. Marjorie está vestida como Katie, usando boxers e uma camiseta justa. *A Possessão* apimenta o simples terror de pairar sobre um ente querido adormecido com Marjorie apertando o nariz de sua irmãzinha. Isso adiciona uma pitada de sadismo que é sutil e insinua possíveis e maiores atos de violência.

(nota 3: Sim, mais política. Me desculpem. Mas está tão presente e sendo esfregada em nossas caras!!!! A atriz da recriação a fazer o papel de Marjorie, Liz Jaffe, não tinha quatorze anos. Tinha vinte e três e aparentava a própria idade. Marjorie ainda era uma criança. A senhorita Jaffe, não. Liz possuía uma cor de

cabelo parecida com a de Marjorie, bem como o tom de pele e etc.,
mas estava claro que era mais fisicamente... *cof, cof...* madura.
Usava maquiagem, roupas apertadas e, na cena de masturbação, se
encontrava nua, mas ah, ela estava coberta por alguns borrões
pixelados a fim de proteger a pobre audiência de suas partes baixas nojentas. Então, sim, "o olhar masculino" [por favor, leia o
texto de Laura Mulvey chamado "O Cinema do Prazer Visual e Narrado"] se encontra em efeito total e aos extremos em *A Possessão*.
A câmera observa com cobiça uma Liz Jaffe sexualizada sempre que
ela aparece. Quando a real Marjorie é finalmente mostrada [no
final do piloto e nos episódios seguintes], é vista de uma maneira diferente, mas tão aviltante quanto. A real adolescente é
um objeto a ser observado, mas nunca perto demais para que nós,
voyeurs, pudéssemos vê-la como uma garota de sua idade e de fato
começássemos a nos preocupar com sua saúde mental e bem-estar
geral. John Barrett representava a luta corajosa do patriarcado
em nossa sociedade decadente, secular e pós-feminista, enquanto
Marjorie era o objeto embaraçoso da câmera com olhar masculino.)

-O jorro de vômito de Marjorie sobre sua família enquanto assistiam à *Em busca do Pé-Grande* (shh, eles nunca a encontraram!),
na sala de estar era um aceno óbvio ao filme *O Exorcista*. Talvez
não tão óbvia, essa cena é tão exagerada em sua essência gástrica, que remete aos gêiseres de sangue e gororoba da franquia
de Sam Raimi chamada *Uma Noite Alucinante* (os três originais,
não as refilmagens porcas).

-O momento pós-vômito de Marjorie em que ela rasteja de costas
para fora da sala de estar e para longe da família, indo para
o segundo andar, é talvez o negativo cinematográfico da peça de
celuloide mais famosa a ser extraída de um filme: o "andar
de aranha" contorcido de Regan escada abaixo em *O Exorcista*.
Os efeitos especiais, tanto no programa quanto no filme, não
são convincentes e cada cena que envolve o "andar" sofre por
conta disso.

-Recebemos uma miscelânea de Marjorie efetuando contorções e
cometendo horrores linguísticos no hospital e no consultório

de seu psiquiatra. O demônio dentro dela mostrando a que veio para o benefício dos homens (sempre eles) racionais e da ciência no quarto de hospital branco e antisséptico deve ser a segunda cena mais estereotípica em um filme sobre possessão (a cena do exorcismo feita por um clérigo sendo a primeira). *O Exorcista*, *O Ritual*, *Possessão* (o filme de Sam Raimi lançado em 2012, estrelando um pequeno e sorrateiro Dybbuk escondido em uma peça de origem judaica para guardar garrafas de vinho, comprada em um bazar de garagem... VENDIDO!), a segunda temporada da série de televisão violenta e excitada *American Horror Story*, e... bem, você entendeu. O psiquiatra de Marjorie, dr. Hamilton, se negou (é claro) a dar entrevistas para o programa. Em vez disso, fomos agraciados por outras no estilo de proteção à testemunha cedidas por serventes, enfermeiras e secretárias de consultório.

-O festival de gritos de Marjorie à meia-noite, a câmera estridente correndo pelo corredor atrás de Merry, e a escalada na parede de Marjorie? Assista ao filme *O Último Exorcismo*. Mas deixe o final idiota de lado.

-Mergulhando rapidamente no segundo episódio, existe a recriação do porão. Marjorie surpreende sua irmã, Merry, lá embaixo. Suas mãos pegajosas e frias repousam sobre o ombro da irmã. Ela sussurra mais ~~porcarias~~ coisas doces sem sentido, pedaços de terra caem de sua boca, a câmera corta para os olhos brancos revirando e, então, lentamente segue uma Merry em gritos escada acima. As mãos lânguidas de Marjorie cobrem seu rosto pela maior parte da cena para que remetesse à Sadako, o espírito raivoso de *Ringu* (ou *O Chamado*) e outros filmes de terror japoneses.

-Certo, tudo bem, a cena recriada da masturbação. *Respiração pesada* Em *O Exorcista*, representa a maior blasfêmia e prova inegável de que a garota está possuída por um espírito maligno, certo? Uma menininha fofa e inocente (usando uma camisola puritana, diga-se de passagem) delirando como um Louis C.K. sofrendo de síndrome de Tourette, atolando Jesus Cristo em sua vagina com tanta violência que chega a sangrar em tudo. Ponto para Pazuzu e, sim, concordamos com o fato de que deve ser o diabo a manipulando para que faça aquilo. Aparentemente. A masturbação de *A Possessão* é ao mesmo tempo mais problemática e mais perturbadora. Começa com a câmera filmando a partir do ponto de vista de Merry enquanto ela abre a porta do quarto de seus pais. Está escuro, mas podemos ver a silhueta de Liz Jaffe como Marjorie. Ela se encontra na cama, usando apenas um pequeno sutiã preto. Borrões digitais cobrem suas nádegas e suas mãos. A câmera alterna do ponto de vista de Merry para um close direto no adorável rosto de Marjorie. A câmera se afasta e há uma série de saltos e cortes que são tão rápidos que a sensação é de que realmente *não conseguimos* ver muito do que acontece em tempo real. Já assisti àquela cena com inúmeros amigos e perguntei a eles o que viram depois de assistirem em tempo real e nenhuma resposta era igual a outra, até que diminuí a velocidade. Passando quadro por quadro, vemos o seguinte: Marjorie mordendo seu lábio inferior; uma sombra na parede da cabeceira da cama, e podemos dizer um falo?; antebraços envolvendo seu abdômen bem definido e umbigo; boca aberta e língua aos dentes; bíceps envolvendo seu decote; parte interior de uma das coxas brancas; sangue nos lençóis brancos; um crucifixo de madeira pendurado na parede; seus olhos fechados, a testa branca e a cabeceira de madeira; um rosto masculino barbado coberto em sangue (hmm, Satanás?); um take inteiro do meio de suas pernas, escuro e pixelado, para que não víssemos seus dedos de verdade tocando ~~suas partes sujas~~ sua vagina; novamente a cabeceira da cama, só que a sombra agora está maior do que antes; seus joelhos encostados um no outro; o crucifixo de madeira mais uma vez, totalmente nas sombras; seus dedos dos pés curvados; então, finalmente, três takes diferentes de sangue nos lençóis antes de a câmera voltar para sua irmãzinha, Merry, mas não através de seu ponto de vista. Após os cortes frenéticos, vemos Marjorie tropeçando pelo corredor, passando seus dedos ensanguentados (assista também à cena do vestiário de *Carrie, A Estranha*) nas paredes e a ouvimos urinando no chão, mas no caso de não entendermos, Merry exclama "Você está urinando no chão!" (nota! Regan urinou no chão em *O Exorcista*, mas em uma cena separada da que continha a masturbação). Marjorie diz "Eu ainda posso ouvi-los. Estão aqui há tanto tempo!", com uma voz modulada pronta para tremer as caixas de som das

televisões, um misto de Come-Come com Bruxa Malvada do Oeste e
o homem-mosca que clama por ajuda em *A Mosca*. A cena termina
de maneira estranha, com a câmera de ponto de vista caindo no
chão e de lado, assim como Marjorie, como se ~~tivesse ejaculado~~
estivesse acabada. Marjorie se encontra no chão, de costas para
a audiência, as nádegas cobertas por mais borrões, e mamãe e
papai Barrett correndo para o corredor e se reunindo ao redor
do corpo da filha. A câmera tarda e seu olhar masculino está
indeciso, da mesma forma que estivera durante toda a recriação
da cena de masturbação. Está ao mesmo tempo excitado e hor-
rorizado pela expressão natural do corpo de uma adolescente.

Intervalo (*Karen bebe mais café, tem que ter mais CA-
FÉÉÉÉÉÉÉÉÉÉ!!!!*)

Certo. Agora, minhas recriações e entrevistas preferidas dando destaque para os momentos mais calmos que diferem da competição com *O Exorcista*, mas não são menos horripilantes ou
perturbadores. Vamos passar brevemente por eles, porque acho
que a rápida acumulação desses pequenos momentos legais gera
um efeito maneiro.

-A história de Marjorie sobre a enchente de melado é verídica.
Para um relato instigante do que acontecera em 1919 em Boston,
dê uma olhada no livro *Dark Tide,* de Stephen Puleo. A história
sobre as coisas que crescem foi claramente inspirada em um conto
de um escritor de terror relativamente obscuro. Seus desenhos na
casa de papelão de Merry remetem ao grupo numeroso de pessoas
de palito que aparecem em *A Bruxa de Blair*, que não é o primeiro
filme do gênero "filmes perdidos", mas é o mais famoso. Durante
a cena em que Marjorie enlouquece à meia-noite, a porta do seu
quarto aparece, preenchendo a tela do espectador e, então, a porta sutilmente se arqueia para fora. O mesmo take, sem tirar nem
pôr (em preto e branco), aparece no maravilhoso filme de Robert
Wise, *Desafio do Além*, lançado em 1963, baseado em *A Assombração
da Casa da Colina*, de Shirley Jackson. A cena de Marjorie sobre
as vozes em sua cabeça sendo tão velhas, antigas, além do tempo, e seu discurso cheio de consoantes soam perfeitamente como

Lovecraft. E, é claro, descobrimos mais tarde que Marjorie fora exposta aos seus trabalhos. *Cthulhu* para todos os meus amigos! (*Ph'nglui mglw'nafh Cthulhu R'lyeh wgah'nagl fhtagn!* Sinta-se à vontade para checar as palavras!!!). Sua conversa fiada para cima de papai Barrett sobre estar no céu e não saber se seus entes queridos seriam reais ou demônios foi gentilmente plagiada de Vladimir Nabokov e seu romance duvidoso e mais recente chamado *Desespero*. A música que Marjorie canta e murmura em diversas recriações (e que o programa usa como um tema bastante efetivo em sua trilha sonora de fundo) é "Gloomy Sunday", originalmente composta pelo pianista húngaro Rezsõ Seress, em 1933. É lendária não somente por Billie Holliday cantá-la uma vez, mas porque soava *tãããããão* carrancudamente triste que supostamente levou uma série de ouvintes inocentes a cometer suicídio. O quão legal é isso? (e sim, eu já a ouvi umas cinquenta e cinco vezes seguidas até agora... e ainda estou aqui!!!!)

Mantendo tudo isso em mente... Em uma entrevista mais para o final do episódio piloto, John Barrett apropriadamente nos informa que Marjorie alega que ~~nunca ouvira falar da internet ou da biblioteca~~ não sabia onde ouvira as histórias ou a música, ou de onde tirava suas ideias terríveis. Ele diz que Marjorie dissera de maneira consistente à sua família, psiquiatra, padre Wanderly, ~~o carteiro~~, e todos os demais que perguntassem que todas aquelas *coisas* apenas surgiam em sua cabeça, completamente formadas, como se sempre tivessem existido ali. A garota sabia que aquelas eram histórias e ideias de outras pessoas, mas jura que não soubera delas através de nenhuma fonte externa.

Então... ela é pré-cognitiva! Ou pós-cognitiva! Alguma coisa cognitiva! Gnóstica, um horror inquestionável que nos faz chorar de medo!!! De novo, penso que esse é outro momento brilhante. O programa tinha fãs de terror vidrados desde o início, porque, francamente, a maioria de nós não é exigente. Somos como o cachorro da família que balança seu rabo para um agrado, não importa se é um biscoito de uma loja ruim com marca própria ou um pedaço de carne. Nós (sim, ainda falo de você, cão do terror) não nos importamos com o que é familiar e reciclado, contanto que possamos consumi-lo sem engasgar. Para a população geral, os momentos reciclados de clássicos do terror podem ser incomodamente familiares em algumas reentrâncias do lóbulo cultural deplorável e atrofiado de seus cérebros (mmm, cééééééérebros!!!!), mas para eles, isso parece totalmente fresco, novo e assustador.

(nota 4: tenho toda essa coisa sobre como *A Possessão* se encaixa perfeitamente na tradição gótica, mas ainda não terminei completamente e tenho que guardar algo para os posts do blog que estão por vir, não é mesmo? É! Mas amo a ideia de todas essas influências externas que foram listadas acima afetando a história e a própria Marjorie de maneira tão óbvia. Se ela estivesse possuída por qualquer coisa além de química cerebral defeituosa e/ou DNA, gosto de imaginá-la como sendo tomada pelo monstro gigantesco, incrível e horrendo chamado cultura popular. Possuída pelo coletivo de ideias!)

Quando chega o momento em que finalmente conhecemos a real Marjorie (e não sua versão recriada por Liz Jaffe) no final do episódio piloto, o programa já criou sua base temática cuidadosamente por meio do realismo, dos medos da nossa classe média decadente e valores familiares essencialmente conservadores, das lições culturais recicladas e emprestadas ou revisitadas dos clássicos de terror da literatura e do cinema.

Quando finalmente assistimos ao vídeo de segurança da *real* Marjorie sentada em um cômodo, de frente para um entrevistador anônimo, usando suas calças de moletom do time de futebol e um casaco, afastando seus cabelos do rosto para revelar olhos cansados (assombrados?), sentimos medo por ela e dela.

Quando Marjorie diz, com sua voz rouca, "Eu me chamo Marjorie Barrett e necessito de ajuda", estremecemos e, talvez, rimos de nervoso, com ares de culpa, mas estamos envolvidos. Ah, meu bem, e como estamos.

(corta para o finalzinho do piloto, no qual toca, é claro, a nota musical menor de "Gloomy Sunday")

Capítulo 15

Rachel diz:
— Devo confessar, estou bastante impressionada com a sua casa, Merry.
— Obrigada! É um lugar legal para repousar meus ossos cansados, não é?
A casa de dois quartos fica no terceiro andar de um prédio baixo em South Boston. A janela grande da sala de estar tem vista para a Carson Beach, que não é realmente uma praia. Soube que foi no passado. Passo minhas manhãs ensolaradas na sala de estar com um café, um bolinho de mirtilo e meu tablet, vendo as pessoas correndo na beira do mar e indo a lugar algum com pressa. Em dias chuvosos, assisto à maré crescente e violenta se batendo contra o quebra-mar impotente que, sem dúvida, cederá um dia.
— Você é jovem demais para ter ossos cansados.
Estamos na sala com os cafés que Rachel comprou. Ela é muito atenciosa. Do lado de fora está nublado e o oceano, quieto.
— Essa vista é maravilhosa. Se não se importar com uma pergunta... quanto você pagou? Estou considerando comprar um apartamento também. Minha filha não mora mais comigo e não preciso de todo aquele espaço.
Eu não me importo. Então respondo.
— Uau.
— Sim, o apartamento é bastante caro mesmo com nossos problemas de enchentes sazonais. Custa quinhentos por mês para alugar uma vaga na garagem elevada lá atrás. Não é ridículo? Mas não tenho um carro e raramente saio do meu canto, então geralmente fica tudo bem.

— Você não sai muito por medo de ser reconhecida?

— Ninguém por aqui sabe quem eu sou ou quem fui no contexto de um programa de televisão que passou quinze anos atrás. Talvez isso mude quando nosso best-seller for lançado.

— É possível que sim. Espero que você esteja bem quanto a isso.

Rachel não está com seu chapéu azul. Sinto falta dele ferozmente, como alguém sente de um novo colega casual que esperava que se tornasse um amigo para a vida toda. Eu gosto que ela esteja usando uma blusa branca de botões por dentro dos seus jeans. Sua gola tem praticamente a envergadura de um albatroz.

— Ficarei bem. Tenho que pagar a hipoteca de algum jeito, não é? — falei.

— Ah, Merry, fico triste em saber que não sai de casa com frequência.

Eu a conduzo de volta para a cozinha e nos sentamos ao balcão de granito com formato de L.

— Não há motivos para ficar triste. Não quis dizer que sou reclusa, porque não sou. Vou a jantares com a minha tia duas vezes por mês. Eu saio. Falo com pessoas. Até tenho alguns amigos.

A última frase sai com um sarcasmo divertido e eu sorrio.

— Eu mereci. — Ela ri educadamente. — No entanto, fico feliz em ouvir isso. Você é jovem demais para ser... viver desse jeito. Certo? Deveria estar lá fora se... divertindo.

Rachel tropeça em suas palavras e dá um pequeno gole em seu café no copo de papelão.

Ela está bem mais nervosa aqui na minha casa nova do que estava na antiga. O fato de eu não ter dito nada depois do seu clichê sobre o quão excitante a vida de uma jovem solteira na cidade deveria ser não está ajudando a deixá-la mais calma, então eu digo:

— Eu poderia simplesmente sentar e marinar nesse café. Você é minha heroína esta manhã.

— Fico feliz com a sua aprovação. Adoro o toque de noz-moscada em uma manhã fria como essa.

Emitimos um som de aprovação enquanto tomamos um gole. Rachel muda de assunto.

— Os pés-direitos altos são um sonho. Adoro sua cozinha verde e o amarelo da sala de estar. É uma combinação incomum de cores, mas flui bem, especialmente com a disposição aberta dos cômodos.

— Obrigada. Cada cômodo tem uma cor diferente. Pretendo mudá-las uma vez por ano, acho que em fevereiro. É um mês tão sombrio, especialmente em Boston.

— Tem quantos quartos?

— Dois. O meu de dormir é azul e o de mídia é vermelho.

— Mídia?

— É o segundo quarto do apartamento que eu uso como área de diversão. É onde mantenho minha televisão, a dock station do meu tablet, estantes de livro, filmes, videogames. Tudo que é divertido.

Ela assente, dá um gole em seu café e então diz:

— Podemos começar?

— Sim!

Rachel pega seu telefone e abre o aplicativo de gravação de voz. Coloca o aparelho entre nós duas sobre o balcão. Existe um momento de silêncio quase reverencioso, como se ambas reconhecessem o poder que o telefone tem sobre nossas conversas e sobre nós mesmas.

— Hoje, quero focar o programa de televisão, como foi viver com as câmeras e a equipe de produção. Deve ter sido uma experiência estranha para uma criança.

— Foi, sim. Mas acho que toda e qualquer experiência é estranha para uma criança.

— Deve ter sido especialmente estranha para você.

— Acho que sim. Não estou tentando dar uma de esperta, mas acho difícil dizer. Nunca vivi a experiência normal de ninguém para comparar com a minha.

— Tenho conversado com alguns dos produtores do programa e antigos empregados da empresa de produção, mas ainda tenho dúvidas sobre como o show surgiu.

— Eu também!

Ri da minha própria piada.

— Vamos descobrir juntas, então. De acordo com a linha do tempo que eu tenho, o programa começou a ser filmado menos de um mês depois da noite em que você encontrara Marjorie no quarto de seus pais. Pode me dizer o que aconteceu em casa nas semanas que se seguiram?

— Não muito. Lembro de Marjorie ficando no hospital por duas semanas para que pudesse descansar. Foi assim que mamãe explicou. Pode soar estranho, mas o meu mundo era um lugar sombrio ou mais sombrio ainda depois que Marjorie se foi. Mais tarde percebi que era provável que mamãe estivesse sofrendo de depressão. Começara a fumar dentro de casa em vez de ir ao jardim. Bebia demais, vinho na maioria das vezes, e chorava sozinha na cozinha. Lembro dela sentada lá, em meio a toda aquela fumaça, e então desabando em lágrimas. Eu estava com medo demais para falar com ela, tentar confortá-la, e ela não conseguia nem ao menos olhar para mim, caso eu entrasse na cozinha para pegar algo para beber ou comer. Não me lembro de o papai estar por perto enquanto Marjorie estava fora, mas quando estava, brigava com mamãe sobre quanto tempo minha irmã passaria no hospital, como pagariam a conta, mas discutiam principalmente sobre permitir que o padre Wanderly tentasse ajudá-los.

— Alguma vez eles falaram sobre colocar Marjorie sob a guarda do Estado? Estavam preocupados de o Estado intervir?

— Não me recordo de eles falarem sobre isso. Eu poderia estar errada, mas acho que, na maior parte do tempo, Marjorie se comportava como uma adolescente rabugenta e normal com seu psiquiatra e com a equipe do hospital. Pelo menos foi isso que ela me disse quando perguntei sobre como era ir ao psiquiatra. De qualquer forma, eu não aguentava mais as discussões dos meus pais e parei de espioná-los. Depois de alguns dias sem Marjorie, tentei me afastar deles também. Papai continuava tentando me abençoar e me fazer rezar com ele. Eu corria e me escondia sempre que sentia sua mão grande repousar em minha cabeça. Quando Marjorie finalmente voltou para casa, foi minha vez de ir embora. Eles me mandaram para ficar com a irmã do meu pai, minha tia Erin. Fiquei com ela por uma semana, talvez mais. Fazia dever de casa, brincava com seu cachorro Niko e chorava até pegar no sono. Erin me levava para a escola e para brincar de "gostosuras ou travessuras" no Halloween. Fui como um zumbi jogador de futebol.

Porque eu era muito esperta, gritava "Gol!", em vez de grunhir pedindo cérebros. Eu me lembro de contar para ela que as balas de seu bairro eram melhores do que as do meu, mas eu só havia dito aquilo para fazer com que ela se sentisse bem.

"No mesmo dia em que mamãe me levou de volta para casa, Marjorie estava no andar de cima, em seu quarto, e o padre Wanderly e mais outro, um jovem, padre Gavin, se encontravam na sala de estar. O padre Wanderly me lançou um sorriso amarelo e me deu o aperto de mão mais fraco do mundo. Foi como cumprimentar um passarinho. Padre Gavin apenas acenou e me deu um oi, tímido, como os meninos na escola que tinham medo de pegar piolhos de uma menina. Ele era baixo, gorducho e tinha muito cabelo na nuca. Então lembro de ser levada para a cozinha, onde meus pais me sentaram e contaram sobre como iríamos fazer um programa de TV. Papai estava animado, muito mesmo, andando de um lado para o outro no cômodo, pontuando suas frases com aleluias. Mamãe tentava ser tranquilizadora, mas ainda não conseguia olhar para mim."

— Foi isso? Tudo aconteceu tão rápido assim?

— Eu era apenas uma criança e eles não me contaram muito sobre os detalhes essenciais. Tenho certeza de que também existem lacunas nas partes das quais não me recordo. O que lembro de eles me falarem é que alguém ia fazer um programa de TV sobre a gente. Que aquelas mesmas pessoas iriam ajudar Marjorie a melhorar e a gente também. Papai disse que o programa seria o novo emprego da família e que seríamos bem remunerados por isso. Mamãe disse que câmeras ficariam em todos os cômodos, que algumas pessoas poderiam me seguir e fazer perguntas e que, se eu ficasse com medo de alguma dessas pessoas, deveria contar a ela imediatamente.

— Com base no pouco que sei e que você me contou até agora, estou surpresa por sua mãe não ter apresentado tanta resistência à ideia de fazer o programa.

— Acho que ela estava bastante relutante, o que é óbvio quando você assiste ao programa e suas entrevistas, certo? Quanto à quando ou como a decisão final de assinar o contrato foi tomada, não faço ideia. Fiquei fora de casa por mais de uma semana. Talvez papai a tenha convencido, pressionando-a para assinar o contrato. Ela claramente não estava tão animada quanto papai com a nova religião dos velhos tempos, mas talvez tivesse visto a luz. Mesmo tendo conhecimento de causa, apesar de seus protestos, talvez acreditasse lá no fundo que poderia ajudar Marjorie e sentia vergonha daquela crença. Talvez fosse pragmatismo, simples e frio. Dinheiro. Estávamos prestes a falir, os produtores apareceram e a fizeram uma proposta irrecusável, certo? Não sei. Seu palpite sobre o motivo pelo qual mamãe concordara com tudo aquilo é tão bom quanto o meu.

— Sinceramente, duvido disso, Merry.

Eu sorrio. É a primeira vez que Rachel rebate algo que digo e me acusa de não falar abertamente. Bom para ela.

— Eu tinha oito anos e ela era minha mãe. Suas motivações iam além de mim e continua assim. Posso afirmar que ela nunca me disse explicitamente que o programa nos transformaria em aberrações da cidade, objetos de riso da vizinhança. Mas simplesmente porque nunca precisava. Estava ali, em suas entrelinhas e em tudo que fez a partir do momento em que as câmeras estavam em nossa casa.

Rachel faz mais algumas perguntas e eu as respondo, ou pelo menos a maioria. Agora são sobre detalhes do programa que ela provavelmente não conseguiu encontrar sozinha. Ou talvez já saiba as respostas e esteja me testando para ver o quão sincera estou sendo com ela.

— Sim, o espaço de tempo entre a exibição dos episódios era por volta de duas semanas — respondo. — Rachel, vamos esticar nossas pernas e terminar o passeio pelo apartamento. Poderíamos ir até o deque no terraço também, caso queira.

— Posso continuar a gravar nossa conversa?

— Claro.

Nós saímos da cozinha e voltamos para a sala de estar, então viramos para a direita e entramos no primeiro quarto, que tem o formato de um longo retângulo. Uma reprodução de *Christina's World*, de Andrew Wyeth, e uma pequena coleção de paisagens de litorais em aquarela criados por artistas locais estão espalhadas pelas paredes. Minha cama queen size tem uma armação brilhante de metal e está coberta com um edredom branco e felpudo. O quarto fica debaixo de uma janela que tem vista para o oceano. O cômodo é quieto e simples, e as paredes são de um azul-céu clarinho.

— Essa vista é espetacular — diz ela. — Seu quarto é adorável. Queria que minha filha boba mantivesse seu apartamento tão organizado e...

— Com cara de adulto?

— Eu ia dizer *suave*, mas você é mais direta. — Rachel vai até o centro do quarto, toca com cuidado a cômoda antiga e dá uma volta completa, girando como se fosse a bailarina mais lenta do mundo. — Esse quarto tem a mesma cor do seu quarto de infância?

Resisto ao impulso de dizer algo que Marjorie diria: *Talvez o quarto fosse em um azul-escuro e desastroso, a cor de um hematoma dolorido, somente por ontem.*

— Não sei se é a nuance ou o tom exato. Mas sim, é o mesmo. Isso me ajuda a sonhar em azul-céu.

— Posso fazer uma citação exata sobre isso?

— É claro. Eu já imaginava que você usaria diversas citações. Não está escrevendo ficção com esse livro, certo?

Nós duas rimos. Estou nervosa, quase tonta enquanto saio do cômodo, Rachel me segue em silêncio e entramos no segundo quarto, o de mídia.

— Agora isso se parece com o apartamento da minha filha — diz ela. — Sem ofensas.

— Você é terrível! — falo, e gentilmente dou uma batidinha leve em seu ombro. — Então esse é o meu quarto de diversão. Que tipo de quarto seria este caso não estivesse em um estado lindo de caos?

A parede da esquerda é coberta por cinco estantes de livro pretas, cada uma com aproximadamente um metro e oitenta, e suas prateleiras estão cheias de livros, quadrinhos e filmes. Na parede do lado oposto à porta, se encontra a única janela do cômodo. Nada de vista para o mar, mas a fachada de tijolos Brownstone do vizinho. À nossa direita, temos uma mesa cheia de mais objetos da cultura pop. Próxima a ela, uma tela plana montada na parede. No centro do quarto, uma ilha perdida em um mar violento, se encontra meu futon encaroçado.

— Você não estava brincando ao dizer que o cômodo era vermelho.

— Sim, é mais vermelho do que imaginei que ficaria. Parecia diferente na cartela de cores. Se houvesse mais iluminação natural aqui, acho que seria um vermelho mais suave.

— Devo dizer que aquece meu coração de escritora ver tantos livros físicos preenchendo suas estantes.

— Tenho cópias digitais de praticamente tudo que você está vendo, mas gosto de ter os físicos também. Costumava colecionar discos também, mas isso se tornou muito incômodo e caro.

Rachel vai até as estantes, mapeia as lombadas dos livros e DVDs. Para na quarta das cinco prateleiras e diz meu nome como se fosse uma pergunta.

— Merry?

Dou a volta no futon em direção à prateleira e digo:

— Ah, minha seção de terror.

— Não conheço todos os títulos, mas eu diria que é mais do que uma seção de terror, e que tem um foco específico.

Rachel diz isso como se estivesse com raiva e desapontada. Posso imaginar as conversas que tem quando visita o apartamento bagunçado da filha. Fico triste pelas duas e me sinto loucamente enciumada.

— Bem, as coisas sobre possessão e exorcismo são apenas uma subseção da minha coleção de terror.

— Para o benefício do meu gravador, poderia ler em voz alta os títulos dessa subseção?

— Com o maior prazer. Sem ordem de preferência. Tentei organizar em ordem alfabética inúmeras vezes, mas sempre perco o ânimo. De qualquer forma, tenho, em filmes: *O Exorcista* e suas quatro sequências e prequelas; *O Exorcismo de Emily Rose*; *O Último Exorcismo*; *The Devil Inside Me*; *Invocação do Mal*; *Constantine*; *O Ritual*; *REC 2*; *Horror em Amityville*, as duas versões; *Atividade Paranormal* e suas sequências; *A Morte do Demônio I e II*; *Exorcismo*. — Rapidamente, explico como outros títulos como *Sessão 9*, *A Casa de Noite Eterna*, *A Mansão Macabra* e *O Iluminado* se encaixam também nessa subseção. Sobre livros, comento sobre outros títulos nobres além do óbvio escrito por William Peter Blatty. Incluem *Come Closer*, de Sara Gran; *Pandemonium*, de Daryl Gregory; *O Bebê de Rosemary*, de Ira Levin. Aponto alguns títulos de não ficção, como *The Exorcist: Studies in the Horror Film*; *American Exorcism: Expelling Demons in the Land of Plenty*; *Deus Não é Grande: Como a Religião Envenena Tudo*; e até mesmo o risivelmente ruim *Pigs in the Parlor: The Practical Guide to Deliverance*.

Quando termino de ler os títulos, Rachel pergunta:

— Perdoe-me pela pergunta potencialmente óbvia, mas você viu todos esses filmes e leu todos esses livros de verdade?

— Sim. Bem, sim em relação a esta seção. Não posso dizer que já li ou assisti a tudo que está em todas as estantes.

— Tenho que admitir, Merry, acho chocante o fato de você colecionar todos esses... — Rachel faz uma pausa para acenar para a estante —, títulos.

— Chocante? É sério? Não sei, pode-se dizer que tenho um interesse particular sobre o assunto.

Eu ri, então fui até a mesa e me sentei na pequena cadeira preta.

— *Chocante* é uma palavra forte, mas serve. Você escolher reviver, por vontade ou obsessão, várias vezes, o horror que viveu enquanto criança é chocante para mim.

— Não estou revivendo nada. Nenhum desses livros ou filmes chegam perto de parecer o que vivi.

— Por acaso está em busca de respostas sobre o que aconteceu com você e sua família?

— Não sei se eu colocaria assim exatamente. Mas, sim, sempre estou procurando por respostas em tudo que faço. Você não? Não é esse o motivo pelo qual quer escrever um livro sobre mim?

— Essa é uma boa pergunta, Merry. Estou interessada em descobrir a história. Um relato verídico sobre o que aconteceu.

— Ah, podem ser duas coisas bem diferentes.

Rachel sorri, embora ainda esteja claramente enervada pela descoberta da estante.

— Isso é bastante verdade. Agora, Merry, eu sei que esse processo pode ser difícil e ficará pior ainda. Você tem de confiar que eu não estou tentando minimizar de qualquer maneira a experiência terrível e traumática que viveu, certo? E que a tratarei com respeito. É uma evidência de seu caráter e de que você se tornou a adulta responsável e bem-ajustada que é.

— Você é muito gentil; meus anos e anos de terapia têm ajudado. E eu confio em você. De verdade. Não a teria deixado entrar na minha vida caso contrário.

Rachel cuidadosamente considera as estantes mais uma vez.

— Permita-me perguntar o seguinte: ao assistir os filmes, você se sente... não sei... fortalecida ou confortada de algum jeito esquisito?

— De que jeito esquisito?

— É fortalecedor que você consiga superar as imagens na tela, que são mais exageradas e abertamente sobrenaturais do que aquilo que viveu.

— E quem foi que disse que o surto psicótico da minha irmã, que foi nacionalmente ao ar e se elevou à esquizofrenia, não foi terrível o suficiente?

— Não foi o que quis dizer, Merry.

Abri minha boca para dizer alguma coisa, mas ela fez um sinal de "pare" com a mão e continuou a falar.

— E não é culpa sua. Estou dando muitas voltas aqui — Ela faz uma pausa e continua. — Certo, Merry. Por que você me mostrou o seu quarto de mídia? Tinha que saber que eu ficaria surpresa com o que veria de alguma maneira.

— Só estou mostrando? — Digo isso como uma pergunta e dou de ombros. Compartilhamos um sorriso e um silêncio pesado. — Tudo bem. Vou admitir que o que disse sobre os livros e os filmes serem um tipo de conforto é um pouco verdade. Mas não é sobre superar nada. É sobre tornar o que aconteceu comigo mais explicável quando comparado ao quão ridiculamente sensacionalista essas histórias são.

— Você está preocupada em confundir o que aconteceu com as ficções que assiste e lê? Disse a mim no nosso primeiro dia juntas que suas lembranças estão embaralhadas com o que outras pessoas lhe contaram sobre o que aconteceu e que incluía a cultura pop e a mídia.

— Falei isso? — pergunto, e dou um giro completo na minha cadeira de escritório.

— Não exatamente com essas palavras, mas em essência, sim.

— Parece algo que eu diria — falo. — Estou brincando, eu me lembro de dizer isso a você, mas me referi apenas ao tratamento cultural, da internet e da mídia em relação ao reality show e o que acontecera comigo e minha família. Não me referi aos filmes de Hollywood e livros. Deixe-me colocar dessa forma: eu e minha história podemos ter partes confusas e borradas, mas eu sei que minha irmã não era a Regan.

— Você não acredita que sua irmã estivesse possuída, acredita?

— Por uma entidade sobrenatural? Não, não acredito.

— Você acreditava nisso quando tinha oito anos?

— A minha versão de oito anos ainda acreditava no Pé-Grande. Mas com Marjorie, sinceramente, eu não sabia no que acreditar. Não acho que sabia no queria acreditar, a não ser nela. Sempre acreditei.

Rachel assente e, então, se vira lentamente de costas para mim e de volta para as estantes. Imagino quantos livros leu, quais filmes viu. Seus dedos caminham pelas lombadas.

Acho que havia muito açúcar em meu café. Ou não suficiente, já que ainda me sentia um tanto distraída. Fico de pé e pergunto:

— Rachel, por acaso contei que acabei de conseguir meu primeiro bico pago como escritora?

— Não. Eu não fazia ideia de que você era uma escritora. Isso é fantástico, Merry.

— Obrigada, estou muito empolgada. É meu primeiro emprego com salário que não envolve preparar drinques ou servir mesas. Não é muito, mas é bom não estar somente sobrevivendo de resíduos do programa, dos fundos da família e, é claro, do que sua editora está me pagando.

— Qual é o trabalho?

— Tenho escrito um blog de terror por alguns anos... um bem popular, posso dizer... e foi escolhido pela revista do mesmo gênero chamada *Fangoria*. Eles darão destaque ao meu blog online e eu escreverei uma coluna para cada edição.

— Estou impressionada e muito feliz por você, Merry. Posso ler o blog?

— Por favor, leia! O nome é *A Última Finalista*. Escrevo sob um pseudônimo, Karen Brissette.

— Por que esse nome?

— Totalmente aleatório. De verdade. De qualquer forma, *Fangoria* não faz ideia de quem realmente sou, então estão me pagando apenas com base no meu mérito como escritora. Isso é importante para mim. Eu me sinto, não sei, validada. Faz sentido?

— Sim, é sim. Você continua a me impressionar, Merry.

— Ah, droga. — Ando até a porta. — Certo, hora de continuarmos com o passeio novamente. Gostaria de ver o deque do terraço?

— Não, obrigada. Não sou muito fã de alturas ou locais altos e abertos. Eu sei, sou confusa.

— Que nada. Então voltemos à cozinha. Posso lhe servir um copo d'água ou outra coisa?

— Água seria ótimo. E podemos voltar a falar sobre como a sua vida era enquanto filmavam o programa.

— Podemos, sim.

Voltamos para a cozinha e para o balcão com nossos copos d'água. Ela diz:

— Gostaria de perguntar sobre a recriação do programa sobre o porão. É uma cena bastante angustiante com Marjorie comendo terra e seguindo você escadas acima.

— Sim. É. Tenho que admitir, muito em nome da minha vergonha, que exagerei sobre o que aconteceu. Ou talvez *floreei* seja uma palavra melhor. — Eu ri. — Foi a primeira vez que meus pais me permitiram ser entrevistada por um dos dois roteiristas do programa, Ken Fletcher. Ken era um cara muito legal. Brincava comigo na sala de estar, no andar de baixo, quando nada acontecia. E havia um monte de nada acontecendo, pelo menos no começo. De qualquer forma, eu não queria desapontá-lo, e lembrei de como papai me contara sobre o novo emprego da família ser o programa de TV, então quis fazer tudo que podia para ajudar.

— Certo. Então, vamos começar com o que realmente aconteceu no porão.

Capítulo 16

No PRIMEIRO DIA, a equipe nos expulsou de casa.

Era cedo, tão cedo que ainda estava escuro do lado de fora quando mamãe me acordou. Papai e Marjorie saíram antes de nós, mas não me lembro para onde foram. Não os vimos novamente até o nosso retorno na manhã seguinte. Quando mamãe e eu saímos pela porta da frente, já havia três vans brancas estacionadas diante da nossa casa e todo tipo de gente no gramado. Algumas pessoas seguravam pranchetas e se moviam em grupos pelo jardim examinando as janelas e tirando medidas. Outras carregavam caixas pretas enormes e equipamentos de iluminação para dentro de casa ou traziam fiações que estavam enroladas em círculos apertados. Havia um subgrupo de pessoas que não carregavam nada e aparentavam ser uma família normal. Eles se agruparam no jardim, olhando para a casa e sorrindo como se tivessem acabado de se mudar. Havia uma mãe, um pai e duas irmãs. Suas roupas eram novas, bem passadas e de cores alegres. Acenei para a menininha que era meio parecida comigo, embora fosse mais alta. Ela acenou de volta, mas então rapidamente se escondeu atrás da irmã mais velha, que usava bastante maquiagem. A mais velha, assim como os pais, prestava atenção em uma das pessoas que carregavam uma prancheta. A mulher que a segurava gesticulava para a casa enquanto falava. A família ria e eu não sabia o que nossa casa tinha de engraçado. Quando estávamos dentro do carro, mamãe explicou que estariam filmando o que era chamado de "cenas recriadas" e que a outra família era um grupo de atores que fingiriam ser a gente. Ela pausava toda hora para perguntar se eu entendia o que estava me dizendo e acontecendo. Menti e disse que sim. Ela também disse que os atores só estariam em nossa casa por um dia e uma noite e que nós seríamos o programa depois que fossem embora. Passamos o dia e a noite na casa da tia Erin. Lembro de comer cachorros-quentes demais e assistir ao filme *Monstros S.A.* duas vezes sozinha antes de adormecer no sofá.

No segundo dia, a equipe transformou a nossa casa.

Marjorie se encontrava em seu quarto, isolada como o segredo que todos já sabiam. Mamãe estava lá dentro com ela. Eu me escondi debaixo da mesa da sala de jantar. Tínhamos liberado a mesa das pilhas de roupas dobradas alguns dias antes. Levei uma *eternidade* para limpar meu quarto e guardar todas aquelas roupas idiotas. Deixei todo mundo na casa saber o quão terrível e injusta era aquela tarefa. Meus pais então cobriram a mesa com a toalha branca que somente usavam em ocasiões especiais. Toda a preparação parecia sem sentido ao meu ver, principalmente dadas as considerações dos meus pais sobre não atuarmos ou fazermos nada diferente diante das câmeras.

Com as pessoas da televisão vagando pela casa, fingi que a mesa da sala de jantar não era a de verdade, mas sim uma mesa fantasma com seu lençol branco. A equipe não seria capaz de me ver debaixo dela, o que poderia ou não ser verdade. Porém, da minha vantagem fantasmagórica, eu não conseguia ver quantas pessoas entravam e saíam da casa. E não via quem dava as ordens, quem ria tão alto e quem batia e perfurava as paredes e os tetos. Então saí da segurança da mesa fantasma e fui perambular.

Papai estava na cozinha, sentado à mesa, conversando com dois homens. Eu viria a descobrir mais tarde que o mais jovem, com cabelos pretos cacheados, era Barry Cotton. Ele era o produtor-barra-diretor do programa. Era legal o suficiente comigo, quando estávamos a sós, mas eu não gostava do jeito que falava quando o restante da minha família estava presente. O outro homem na cozinha era Ken Fletcher, o roteirista principal do programa. Ele tinha sardas, barba espetada e grossa e um sorriso animado. Ken rapidamente se tornaria meu amigo.

Membros da equipe montaram pequenas câmeras digitais na sala de jantar e no teto da cozinha. Horrorizada com a ideia de que pudessem fazer o mesmo no meu quarto, corri para o andar de cima a fim de dar um basta naquilo. Havia membros da equipe no corredor, e instalavam mais câmeras no teto. Todos disseram "Oi", para mim, sendo que um me cumprimentou com um "Olá, mocinha", enquanto eu os ignorava e me esquivava de suas escadas. A porta do meu quarto ainda estava fechada. Corri para dentro e não havia nenhum membro da equipe ou câmeras por lá, mas a minha casa de papelão com seu grafite de vinhas feito com marcador estava em seu lugar antigo. Nós a tínhamos levado para o porão havia algumas semanas, porque falei para os meus pais que não a queria mais, que ocupava muito espaço, mas a verdade era que não conseguia mais dormir com ela no quarto, tinha muito medo das coisas que crescem do lado de fora e a escuridão da casa na parte de dentro. Gritei através da porta fechada do meu quarto "Nada de câmeras no meu quarto e ninguém está autorizado a colocar nada aqui dentro!". Com hesitação, fui até a casa de papelão e a chutei, mas dei um pulo para trás imediatamente com medo de haver retaliação. Meu chute amassou uma das quinas.

Eu não conseguiria arrastá-la de volta ao porão com todas aquelas pessoas no corredor e não queria ficar dentro do quarto com a casa das coisas que crescem. Meu quarto estava muito limpo para armar qualquer equipamento elaborado de segurança. Então, ao sair, amarrei novamente o cinto do meu robe roxo no pé da cama e na maçaneta da porta. Aquilo nunca impediria Marjorie de entrar escondida, mas talvez impedisse a equipe.

Ao voltar para o primeiro andar, parei e olhei para dentro do solário. Um cara que cheirava a molho de salada e tinha um cinto de ferramentas preso muito baixo em seus quadris magrelos pregou um tecido preto sobre a janela saliente. Fiquei parada no corredor, boquiaberta e com os punhos cerrados ao longo do corpo. Falei "Você está mudando a nossa casa! Não é solário se não entrar a luz do sol". Uma mulher que ajustava dois holofotes, um grande e um pequeno, riu e me disse para não me preocupar, que seria apenas temporário e que deixariam tudo como era quando terminassem. Eu queria perguntar a ela o que queria dizer com *quando terminassem*. Disse que não gostava. O papel de parede amarelo parecia velho e gasto sob a luz dos holofotes. Outro membro da equipe instalou microfones e uma câmera em um pé apontando para a namoradeira. Ele usava um boné preto de beisebol com o logo do programa. O logo tinha A POSSESSÃO escrito com letras grossas, brancas e maiúsculas, com o A inclinado e encostado em POSSESSÃO para que as letras formassem a nossa casa.

Desci para o primeiro andar e todos eram muito grandes, altos e atarefados. Eu não podia ver TV e não achei que fosse possível voltar para debaixo da mesa de jantar sem ser vista. Decidi que estava com sede e com fome, mas não quis entrar na cozinha e ser colocada contra a parede por papai, porque ele me faria falar mais um pouco com o produtor. O homem faria perguntas sobre futebol, meu livro, filme ou música preferida, e eu me sentiria pressionada a atuar, como se dependesse de mim provar ao mundo que mamãe e papai não estavam em falta e conseguiram criar pelo menos uma filha inteligente, alegre e normal. Então, em vez disso, fui ao porão.

Normalmente o porão era muito escuro e assustador demais para que eu ao menos pensasse sobre seu chão de terra batida, o teto com vigas expostas de madeira (aqueles ossos do primeiro andar dos quais pendiam mais teias de aranha do que lâmpadas), a fornalha rabugenta e sibilante, e mais para o fundo, do lado esquerdo, a escada que desembocava no lado de fora da casa, o que era o mais assustador ali; um buraco literal na parede, uma boca negra cortada na fundação que levava ao anteparo antigo e enferrujado, que dava na lateral do jardim. Porém, desde que meus pais se tornaram ricos por conta do dinheiro da TV, iam às compras triunfantemente no Sam's Club, adquirindo quantidades enormes de todo tipo de comidas e bebidas não perecíveis. Nossas prateleiras completamente cheias nos sustentariam durante o programa, até o final do inverno que estava por vir e, talvez, por todo o apocalipse. É claro que aquelas prateleiras e sua abundância se encontravam no porão.

Estiquei um dos braços para dentro, tateei a parede em busca do interruptor de luz e o encontrei. Àquela altura, a minha coragem para ir ao porão já havia se esvaído. Deixei a porta aberta atrás de mim para que a equipe barulhenta ainda me fizesse companhia. Enquanto descia na ponta dos pés, as escadas pareciam muito moles sob os meus sapatos. O som da equipe não me seguiu até lá embaixo e, em vez disso, se afastou. Cheguei à horripilante percepção de que, se algo acontecesse comigo ali, eu poderia gritar e berrar o quanto quisesse que ninguém me ouviria no mundo alto e atarefado do andar de cima. O ar estava fresco, úmido e pesado, parecendo se pressionar contra mim. Segui hesitante, tateando a parede da fundação e as pedras cinza e disformes, que estavam arenosas. Detestei pensar sobre aquelas pedras velhas e a argamassa decadente segurando a casa toda.

Ir lá embaixo sozinha parecia ser uma ideia tão melhor quando estava lá em cima, mas eu era teimosa demais para sair de mãos vazias. Rapidamente passei pela fornalha e pelo aquecedor de água à minha direita, lavadora, secadora e sua coleção de mangueiras à esquerda, pela boca negra das escadas que levavam para fora da casa e em direção à parede mais distante da fundação que segurava a parte de trás da casa, e o conjunto de prateleiras levemente tortas que iam até o teto abastecidas com guloseimas: potes, latas, refrigerante e garrafas d'água, além de caixas de papelão enormes e enrugadas. Eu queria usar aquelas caixas quando ficassem vazias para criar uma cidade em miniatura para substituir a casa branca de papelão no meu quarto.

Na segunda fileira de prateleiras, na altura dos meus olhos, estavam pacotes lacrados, envoltos com plástico, de caixas de suco e biscoitos de manteiga de amendoim. Tive que empurrar, levantar e torcer outras caixas para pegar o que queria. Era como um jogo de montar em tamanho natural. Quase perdi a partida ao puxar demais um canto de uma caixa de cereais sortidos, e tudo que estava em cima dela na prateleira balançou e se ajeitou. Fiz um pequeno furo na embalagem de plástico, usando meus dentes como um roedor pequeno e gatuno, e finalmente roubei duas caixas de suco e um pacote de biscoitos. Tentei forçar os cereais de volta para a posição em que estavam com meu ombro, empurrando a caixa, mas ela não cedeu. Continuei a pressionar, grunhir e até falar com ela, mandando o cereal voltar ao seu lugar idiota.

— Precisa de ajuda, macaquinha?

Gritei, derrubei os biscoitos e me virei. Marjorie estava lá, usando jeans e um moletom cinza. Estava descalça e seus dedos dos pés se mexiam e retorciam no chão frio de terra batida.

Ela sorriu e balançou a cabeça.

— Você realmente tem tanto medo assim de mim agora?

Seus cabelos estavam presos para trás, nem uma mecha solta sequer. Parecia que eu não a via sem ter seu rosto obscurecido pelos cabelos ou capuz havia uma eternidade. Seus olhos estavam alegres e focados, seu pescoço longo, o queixo pontiagudo. Ela parecia mais velha, um relance de uma Marjorie adulta que eu jamais veria.

Falei "Não". Senti alívio por não estar mais no porão sozinha e feliz por vê-la vestida e andando por si só, sem mamãe ou papai a seguindo como um animal de estimação não adestrado. Mas, sim, eu ainda tinha um pouco de medo da minha irmã.

— Que bom. Não deveria ter. — Marjorie foi até as prateleiras e levantou as caixas que se apoiavam contra o pacote resistente de cereal. — Pronto. Vai, empurra.

Empurrei com toda a minha força e ela deslizou de volta à sua posição com tanta facilidade que perdi meu equilíbrio e bati a cabeça no cereal.

— Ai!

Ri de nervoso e esfreguei minha testa.

Marjorie foi até o canto mais distante, onde não havia nenhuma lâmpada pendurada, local onde nossos pais guardavam as decorações festivas, roupas de verão, caixas que continham bens aleatórios e mobílias antigas.

— Veja todo esse lixo — disse ela.

Permaneci perto das prateleiras.

— A mamãe sabe que você está aqui embaixo?

Marjorie dedilhou algumas das caixas e pacotes abertos.

— Provavelmente não. Ela pegou no sono no meu quarto. Que loucura tudo que está acontecendo lá em cima, não é?

Imaginei mamãe de barriga para baixo na cama de Marjorie. Talvez algo de muito errado estivesse acontecendo com ela. Tentei não entrar em pânico ou, pelo menos, não deixar transparecer na minha voz quando falei "Sim, não estou gostando".

— Sinto muito. A culpa é minha, em maior parte.

— Você levou a minha casa de papelão de volta para o meu quarto?

— Como assim? Ela sempre esteve lá.

— Não, mamãe me ajudou a trazê-la aqui para baixo semana passada.

— É mesmo? Por quê?

— Não sei. Perdeu a graça, eu acho.

— Certo. — Marjorie fez um show ao olhar tudo no porão. — Não está aqui, está? Não. Eles devem tê-la levado de volta lá para cima.

— Eles?

— As Pessoas da TV. Gosto de chamá-las assim. *As Pessoas da TV*. E elas possuem TVs no lugar de suas cabeças e seus rostos podem mudar quando mudam os canais. Assustador, não é?

— Acho que sim. Por que eles colocariam a casa de volta ao meu quarto?

Marjorie parecia entediada, mas rapidamente explicou que As Pessoas da TV passaram o dia e a noite anteriores inteiros em nossa casa, com atores fingindo serem a gente, e que estavam filmando o que chamavam de "cenas de recriação". Eles teriam precisado pôr a casa de volta em meu quarto para que pudessem filmar a Merry de mentirinha encontrando a casa de papel coberta pelas coisas que cresciam.

Absorvi toda aquela informação, não tendo muita certeza de como ela poderia saber de tudo aquilo, e disse:

— Então não foi você.

— Não, não. Não levei a sua casa de volta ao seu quarto. Juro.

Marjorie cruzou as mãos sobre o coração e depois ergueu a direita.

Não falei nada. O que ela disse sobre a Merry de mentirinha fazia sentido, mas eu não tinha certeza de que ela falava a verdade completa. Era possível que Marjorie tivesse levado a casa sozinha lá para cima e As Pessoas da TV ficaram felizes de a encontrarem por lá e a usaram.

— Merry. Tem que confiar em mim. Ainda sou sua irmã mais velha. Eu não faria nada de ruim a você. Certo?

Olhei para baixo e assenti. Peguei meus biscoitos caídos, desgrudei o canudo plástico da lateral de uma das caixas de suco e espetei uma das pontas pelo pequeno buraco coberto com alumínio.

— Vou contar a você um grande segredo, para que possa voltar a confiar em mim — disse ela.

— É sobre mamãe ou papai?

— Não. É sobre mim. É o maior segredo de todos, então não pode, não, pode, não pode, não *pode* contar à mamãe ou qualquer outra pessoa. Certo?

Eu não tinha certeza de que queria ouvir um segredo tão grande. Poderia não caber em minha cabeça e, então, transbordaria. Mas, ao mesmo tempo, minha pele pinicava querendo saber o que era.

— Tudo bem. Me conta.

— Não estou possuída por um demônio ou nada do tipo.

Meu rosto deve ter feito algumas contorções impressionantes, porque Marjorie se retorceu de rir.

— O quê? Papai não contou o motivo de tudo isso estar acontecendo com o programa e os padres? Não contou que eles acreditam que Satã ou um de seus amigos demônios vivem bem dentro de mim e me fazem fazer coisas terríveis, como se eu fosse uma menina má?

Quando disse "Satã", ela se agachou, arregalou os olhos e abriu bem os braços. Isso fez com que a palavra soasse bem mais assustadora.

Eu estava sem graça e timidamente expliquei que mamãe e papai não mencionaram Satã ou nenhum demônio para mim, que eles não disseram nada sobre o que exatamente havia de errado com ela, somente que todo mundo apenas tentava ajudá-la a atravessar uma fase difícil.

— Jesus, isso é escroto. E fui eu quem eles isolaram por duas semanas. — Marjorie cruzou seus braços e começou a andar em círculos, como se decidisse qual dentre milhões de direções tomar. — Na verdade, estou possuída, só que por algo muito mais antigo e legal que Satã.

Fiquei parada observando-a. Quando ela disse "Estou possuída", imaginei uma mão verde gigante se fechando sobre ela, a escondendo de mim para sempre.

— Ideias. Estou possuída por ideias. Ideias que são tão antigas quanto a humanidade, talvez até mais, certo? Talvez essas ideias estivessem lá fora apenas flutuando antes de nós, somente esperando para serem pensadas. Talvez não as pensemos, as arranquemos de outra dimensão ou mente.

Marjorie parecia tão satisfeita consigo mesma, e imaginei se aquilo não seria algo novo que acabara de inventar ou dissera antes para outra pessoa.

— É isso que as vozes na sua cabeça dizem para você? — perguntei.

— Ei, como sabe das vozes?

— Você já falou sobre elas antes. Quando acordou de noite e na mesa da cozinha.

— Ah, sim, acho que falei. É difícil manter registro de tudo, sabe como é. As vozes, sim, não sei. — O tom triunfante e alegre de Marjorie sumiu. — Acho que apenas as estou imaginando, sabe? — Fez uma pausa, envolveu o peito com os braços e voltou a falar, hesitante. — Não estão aqui na maior parte do tempo, mas se eu começar a pensar sobre elas ou ficar obcecada, elas aparecem, quase como se eu fizesse acontecer, como se eu estivesse dentro da minha própria cabeça só que não sei se sou eu lá dentro. Então estou tentando não pensar sobre isso e, agora, quando as vozes voltam, ouço música no meu iPod bem alto, e as abafo. Parece funcionar. Posso lidar com elas agora. Nada demais.

— Tudo bem.

— Ei, Merry, veja bem. — Marjorie deixou seus braços se soltarem ao longo do corpo, riu e balançou a cabeça. — Não se preocupe comigo. Sei que tenho feito umas merdas muito estranhas enquanto venho tentando resolver as coisas, e as vozes são reais, mas a verdade é que estou bem. E tenho fingido. Tenho representado.

— Fingido o quê?

— Que estou possuída por algo que me obriga a fazer coisas *terríveis*.

— Por quê?

— Como assim por quê? Ainda não está óbvio? — Marjorie olhou ao redor do porão e para mim como se estivesse genuinamente confusa, como se não soubesse onde estava. — Mamãe e papai estavam muito estressados com as finanças e a casa, eu odiava estar na escola e, então, comecei a ouvir as vozes, provavelmente induzidas por estresse, sim, mas ainda assim me deixavam angustiada. Então fiquei muito irritada quando começaram a me mandar ao dr. Hamilton e suas receitas mais rápidas do Oeste, quando eles é que deveriam receber ajuda, e não eu. Nossos pais são um desastre, você já notou isso, não é? E, então, papai adicionou à bagunça a sua nova descoberta sobre as baboseiras de Deus, então decidi que apenas forçaria a barra, para ver até onde poderia ir, e iria deixá-la de fora, mas fiquei com raiva por você ter contado à mamãe sobre as minhas histórias e, na época, aquele padre super assustador Wanderly se envolveu, foi fácil continuar testando os limites, fingindo, mantendo a farsa, e agora não tenho mais que tomar os remédios do dr. Hamilton e temos o programa, não é? Vocês deveriam me *agradecer*. Salvei a casa. Salvei a todos nós e nos tornarei famosos.

Mesmo sendo uma menina de oito anos, séria, ingênua e sem os dons e obstáculos da percepção tardia, vi as lacunas de sua história, e sabia que Marjorie não acreditava de verdade no que dizia. Tentava convencer a si mesma de que estava bem e no controle do que quer que estivesse acontecendo com ela e com todos nós. Naquele momento, temi por ela em vez de sentir medo. E eu queria ajudar a casa e a família também.

— Então, espera, de onde as suas ideias vêm de verdade?

— De todos os lugares. Principalmente da internet.

Marjorie riu com uma das mãos cobrindo a boca.

— Quer dizer que a música e a história do melado...

— Internet. Internet.

— ... as coisas que crescem?

— Essa é minha. Essa é... real. Você ainda não conseguiu esquecer isso, senhorita Merry. Ei, esse porão não é exatamente igual ao da história das coisas que crescem? Lembra da parte na qual você está no porão, as coisas que crescem surgem do chão, o corpo envenenado e enterrado da mamãe pendurado nas vinhas? Tão assustador, não é mesmo? Você quase pode ver acontecendo nesse exato momento. Quase pode senti-las se remexendo entre nossos dedos dos pés.

Marjorie se abaixou e fez cócegas nos meus tornozelos.

— Para com isso!

Dei um tapa em sua mão para afastá-la.

— Ai! Os tapas da Merry são os piores. Não sei como alguém tão pequena consegue bater tão forte.

Eu ri, então mostrei os dentes e levantei minha mão livre, ameaçando-a com mais tapas de Merry. Marjorie soltou um grito de brincadeira e eu a persegui pelo portão. Estiquei a mão para bater em seu bumbum enquanto ela corria por perto, disparava na direção das escadas de acesso ao jardim e as subia. Então as luzes se apagaram.

Arfei, perdendo todo o fôlego. Estava escuro, mas não completamente, já que retângulos de luz fraca emanavam das duas janelas do porão. Ainda assim, eu conseguia ver somente sombras e silhuetas, mas não via Marjorie.

— O que você fez? Acende as luzes de novo!

— Não fui eu. Por que você sempre me culpa por tudo? Fique onde está, macaquinha. Irei até aí.

Ouvi seus pés descalços deslizando e se arrastando lentamente nos degraus de cimento e soavam como se fossem muito mais de dois. Será que ela descia as escadas em quatro apoios porque estava escuro demais para ver? Eu não queria esperar por ela ou ficar onde estava. Queria subir correndo de volta ao primeiro andar e deixá-la ali embaixo, esperando, olhando e vendo se algumas das coisas que crescem finalmente brotariam do chão de terra batida. De qualquer forma, era sua ideia.

— Tem alguém aqui embaixo?

A voz do papai ecoou, seguida por batidas pesadas nas escadas do porão. Ele e um membro da equipe que eu não conhecia estavam no pé da escada e se viraram antes que eu pudesse me anunciar. O homem da equipe estava com uma lanterna.

— Merry, que diabo está fazendo? Não mexeu nos interruptores, mexeu?

— O quê? Pai. Não. Só vim aqui embaixo para pegar um lanchinho.

Levantei minha caixinha de suco vazia e o pacote de biscoitos fechado. E também olhei para a parede da fundação à minha direita e para as escadas de acesso ao jardim. Marjorie não havia saído ainda nem se apresentado.

— A mamãe disse que você poderia fazer isso? Acho que tudo bem, não é mesmo? — perguntou ele.

Eu não tinha certeza se ele estava perguntando a mim ou ao membro da equipe, ou se sabia que Marjorie estava ali embaixo e tentava enganá-la. De qualquer forma, papai não esperou por uma resposta. Passou por mim em direção ao painel de energia que ficava na parede entre as escadas de acesso e a lavadora/secadora.

— Acha que ter ligado nossa cafeteira de 1975 fez com que isso queimasse?

O membro da equipe riu com educação. Papai abriu o painel, mexeu no interruptor e as luzes voltaram a acender. Marjorie deveria estar no topo da escada, encostada na porta de acesso, porque eu ainda não conseguia vê-la. Ela não descia.

— Venha, Merry. Já pegou seu lanche. Não quero que brinque aqui embaixo — disse papai.

— Tudo bem.

Ele colocou uma das mãos em minhas costas e gentilmente me empurrou. Sua mão estava quente e um pouco suada. Ele e o homem da equipe me seguiram de volta ao primeiro andar. Fecharam a porta do porão. Fui depressa para debaixo da mesa de jantar e observei a porta. Pensei em abri-la para Marjorie, não que estivesse trancada ou precisasse de mim para isso. Apenas senti que era algo que eu deveria fazer, mas não fiz. Quando estava comendo meu último biscoito de manteiga de amendoim, ouvi a porta da frente abrir lentamente, mesmo com toda a comoção e conversas ao meu redor. Ouvi o sussurro de lá de fora entrando e seus pés quietos, porém apressados, pisando os degraus da entrada e, novamente, parecia ter mais de dois pés.

Mais tarde, quando a equipe havia terminado com a instalação, Barry, o diretor, e papai me levaram ao segundo andar me disseram que o solário agora era um "confessionário". Poderíamos entrar lá sozinhos e conversar com a câmera sobre o que acontecera, ou qualquer outra coisa que viesse à nossa mente. Para o meu primeiro confessionário, entrei com a intenção de dizer apenas "Quero meu solário de volta", e então cruzaria meus braços com teimosia e olharia para a câmera, ou talvez iria para trás dela e de repente arrancaria aquele pano preto horroroso que cobria a janela saliente e explicaria que o cômodo não conseguia respirar com a janela coberta e morreria.

Em vez disso, quando entrei e apertei o botão de gravar como eles me mostraram, pensei em Marjorie no porão e como ela mentira sobre estar fingindo tudo para salvar a casa.

Eu poderia fingir, poderia representar, mentir e ajudar a salvar a casa também. Então assim o fiz.

Contei para a câmera uma história sobre Marjorie se aproximar de mim sorrateiramente no porão, dizendo coisas estranhas como as que já dissera antes, com seus olhos completamente brancos, comendo terra, transformando sua língua em um verme negro, e como fizera com que as luzes se apagassem. Disse à câmera que Marjorie estava realmente assustadora e que algo maligno vivia dentro dela.

Capítulo 17

Estávamos vivendo com a equipe de televisão por duas semanas. Era uma manhã de domingo, o mesmo dia da estreia do programa. Papai me acordou e tentou me fazer ir à igreja. Não havia nenhuma câmera montada em nenhum de nossos quartos, então ele levou Jenn, a operadora de câmera, com ele, o que não deu certo. Tenho certeza de que pensou que, como a boa filha que sou, eu não me negaria a ir à igreja com Jenn e sua câmera. Eu sabia que não só poderia dizer que não, como ele não poderia ficar com raiva e começar a gritar comigo. Então neguei e disse a ele que a igreja era assustadora. Sorri com preguiça, estiquei os braços para abraçar seu pescoço quando disse aquilo, e falei que era assustadora como parte de nossa brincadeirinha. Quando eu estava no jardim de infância, passei por uma fase na qual descrevia tudo de que não gostava como assustador: leite, lama e aviões eram bons; picles, cadarços e a cor roxa eram assustadores. No entanto, papai não achou engraçada a minha brincadeirinha sobre a igreja ser assim. Desviou do meu abraço, suspirou e falou: "Você não deveria dizer isso, Merry. Não é certo." Ele fez movimentos desajeitados tentando desviar de Jenn e, então, saiu pelo corredor com pressa. Ela o seguiu. Eu me senti mal o suficiente para ir até o solário na ponta dos pés, afastei um dos cantos do pano preto e os observei partirem para a igreja.

Quando cheguei ao primeiro andar, mamãe estava na mesa com o roteirista, Ken Fletcher, e Tony, o operador de câmera. Ken tinha um pequeno caderno preto sobre a mesa à sua frente e fazia algumas anotações. Ele tinha a idade dos meus pais, mas aparentava ser mais jovem. Usava tênis All Star pretos, jeans e uma camiseta escura e preta de mangas compridas sem estampa. Falava comigo quando podia, e realmente ouvia o que eu tinha a dizer. Não era como quando outros membros da equipe me perguntavam como me sentia; eles somente faziam aquilo para serem educados, por protocolo. Tony, o operador de câmera, tinha fones de ouvidos enormes pendurados ao redor de seu pescoço de girafa. Eu não gostava dele. Não era amigável. Sua barba era crespa demais e, suas unhas, muito compridas e afiadas. Era assustador.

Os três comiam sanduíches de café da manhã. Mamãe guardara um para mim. Rapidamente peguei o meu e comi só a parte com queijo e ovo. Falei para ela que tinha muita energia e tinha que me ajudar a me livrar dela com circuito cronometrado de obstáculos. Ken riu, fechou seu caderno e o envolveu com um elástico vermelho. Tony saiu da cozinha com sua câmera sobre o ombro, anunciando que faria um intervalo.

— É sério, Merry? Mas você acabou de comer — disse mamãe.

Agarrei seu braço e a puxei para baixo, com seu rosto quase tocando o meu.

— Sim!

— Merry, pare com isso. Tudo bem. — Mamãe se virou para Ken. — Fazemos isso algumas vezes. Ela tem muita energia.

Ken riu. Era um som alto e alegre.

— Adoro isso — disse ele.

— Certo, ouça com atenção. Corra até a sala de estar, sente-se no sofá, entre na sala de estar, dê duas voltas ao redor da mesa, suba para o seu quarto, deite-se com os pés para o alto, em seguida volte aqui para baixo e aperte a mão de Ken.

Fiquei tão satisfeita por ter que apertar a mão de Ken. Queria me exibir para ele, mamãe sabia disso, e cedeu.

— Entendi. Onde está o seu telefone? Tem que cronometrar o meu tempo com ele.

Pulei para cima e para baixo e agarrei a manga da camisa da mamãe.

— Relaxe, eu vou apenas contar.

— Meu relógio tem cronômetro. Farei a contagem. Em suas marcas...

— falou Ken.

— Espere! — gritei com uma voz de Muppet, saí com pressa da minha cadeira e me posicionei em blocos imaginários de partida. — Pronto.

— Em suas marcas. Preparar... — Ken pausou por tempo o suficiente para que me virasse, olhasse para ele e fizesse uma cara assustadora de monstro. — Agora!

Corri pela casa, seguindo as instruções da mamãe ao pé da letra. Disparando para a reta final, entrei na cozinha como uma bola de demolição, me chocando com violência contra Ken. Tentei apertar sua mão para terminar, mas ele ficava a afastando. Gritei "Ei", fingindo ultraje, então agarrei seu braço, o segurando parado, e finalmente consegui apertar sua mão.

— Sim. Ela é tímida — disse mamãe.

— Claramente. E forte. Uau.

Ken largou seu braço como se estivesse morto.

— Em quanto tempo fiz? Em quanto tempo fiz?

— Cinquenta e dois segundos.

— Posso fazer melhor que isso.

Fiz o percurso mais duas vezes, com meu recorde pessoal sendo de quarenta e seis segundos. Depois da terceira vez, falei para Ken que ele deveria escrever sobre a minha corrida de obstáculos para o programa. Seu sorriso e o da mamãe diminuíram um pouco e ambos beberam um gole sincronizado de café.

— Por que não vai lá para fora gastar o resto de sua energia? Provavelmente não deveria estar correndo pela casa com todo o equipamento caro que temos aqui agora.

— Não.

Tentei não parecer chorona, mas acabei dizendo muitos *a*'s no meu *não*.

— Eu irei lá para fora com você. Podemos jogar um pouco de futebol? — perguntou Ken.

— Sim, está bem!

— Ken, não precisa — disse mamãe.

— Não, tudo bem. Quero ir lá para fora. Está um dia firme e bonito de outono. E quero ver que tipo de jogadora de futebol Merry é. Ouvi dizer que é muito boa.

Saí correndo da cozinha para pegar um moletom, com medo de que mamãe o fizesse mudar de ideia de alguma forma. Eu a ouvi dizendo? "Ela é persistente."

Folhas cobriam o jardim de trás, e o vento havia soprado uma pilha para dentro da minha rede de futebol pequena e instável. Canos brancos e finos de PVC lutavam com dificuldade para manter seu formato vertical. A trave vergou no meio. Ken ainda não estava do lado fora, então desobstruí o gol do máximo de folhas que consegui e empurrei o resto através dos buracos quadrados da tela. As folhas estavam úmidas, limpei minhas mãos no meu jeans e o inspecionei em busca de carrapatos, mesmo que estivesse frio demais para isso.

Marchei esmigalhando folhas e mantendo a bola de futebol entre meus pés enquanto esperava Ken sair. Vestia um moletom de lã branca, com símbolos multicoloridos da paz espalhados. Era apertado e muito pequeno, mas o meu preferido.

Ken saiu pela porta de trás vestindo um suéter grosso, marrom e verde, e um lenço. Abriu o pequeno portão preto, esfregou suas mãos e disse:

— Brrr, está mais frio do que pensava. No entanto, estaremos aquecidos depois de eu marcar vários gols em você.

— Pode vir, velhote! — exclamei.

Fomos direto a um jogo mano a mano. Era lento por conta de todas as folhas no caminho. Foi difícil fazer jogadas sólidas. No início, Ken fora benevolente comigo, o que me fez jogar com mais afinco. Tive a sensação de que ele costumava ser muito bom, mas seus pés estavam mais pesados e não acompanhavam o restante de seu corpo. Caiu algumas vezes e pisou no meu pé uma vez. Não o deixei saber o quanto doeu. Conforme a partida continuou, ele ficou sem fôlego e eu, com a vantagem de saber como usar a leve inclinação do jardim dos fundos. Venci o jogo levemente roubado, com um placar de cinco a quatro, e um gol que quase derrubou a rede; a bola bateu no travessão e se enrolou na trave esquerda.

Depois da partida, passamos a bola um para o outro. Ken estava embaixo, no fundo do jardim, e eu, na parte de cima.

— Você é uma excelente jogadora, Merry. Estou impressionado.

— Obrigada! Suas bochechas parecem duas maçãs vermelhas e enormes — falei.

Ken chutou a bola para mim e, então, arqueou o corpo, colocando as mãos sobre os joelhos, respirando com dificuldade.

— Bom, você me deu uma surra, Merry. Suas bochechas parecem duas maçãzinhas silvestres.

— Maçãzinhas silvestres? O que é isso?

Eu ri. Imaginei maçãs com garras que pinçam e o quão difícil seria colhê-las de uma árvore e transformá-las em torta.

— Elas são pequenas e mais roxas do que vermelhas. Não se pode comê-las. Acredite, já tentei. Tínhamos uma árvore no meu jardim quando eu era pequeno.

Os passes preguiçosos se transformaram em uma competição divertida. Tornaram-se mais exatos. Ambos alternavam pernas e técnicas de defesa. Ken deixou a bola passar por cima de seu pé em direção ao ar, então a chutou com o outro. Tentei fazer a mesma coisa, mas a bola subiu pela minha perna e me acertou no queixo.

— Ai!

— Você está bem?

— Sim. Sabia que agora eu tenho que pedir permissão para entrar no confessionário? — perguntei.

— Sim, soube disso.

— Não é justo, porque todo mundo da minha família pode entrar lá quando quiser.

— Bem, você tem ido lá bastante e não há muito que possamos mostrar em uma hora de televisão, o que está mais para quarenta e dois minutos com todos os comerciais, e trinta e dois minutos com os créditos... Eita!

Chutei a bola com mais força e um pouco mais para longe de Ken. A bola atingiu a linha de arbustos altos no final da nossa propriedade.

— Gosto de conversar. Não consigo evitar!

Ken teve que entrar nos arbustos para tirar a bola de lá. Subiu a colina de volta para mim com a bola debaixo do braço direito.

— Já chega. Estou acabado e tenho que trabalhar.

Eu quis gritar "Não, fica aqui fora comigo", mas lutei contra a vontade. Em vez disso, meu corpo inteiro desmoronou e relaxou.

— Vamos. Tenho uma boa ideia. Vem comigo até a parte da frente.

Peguei a bola de futebol, abri o portão para a porta dos fundos bem rápido, joguei a bola na sapateira que ficava na antessala, então corri de volta para Ken. Andei pela casa com ele, deixando-o guiar mesmo que nos levasse pelo pior caminho. Seu lenço ficou preso enquanto passávamos por entre galhos baixos de árvore e nos abaixávamos antes de finalmente chegarmos à segurança da entrada da garagem.

— Aonde iremos?

— Você vai ver.

Corri para o seu lado e falei:

— Não acho que meus pais permitirão que eu assista à estreia do programa hoje à noite.

— Você provavelmente não deveria. Não é um programa para crianças.

— Mas eu *estou* nele!

— Eu sei que está, Merry. Sei que é frustrante, mas posso mostrar algumas partes editadas para você, as partes nas quais aparece e nada muito assustador. Tudo bem?

— Qual é o problema? A intenção é ser real, não é? Assim como *Em busca do Pé-Grande*. É sobre tudo que aconteceu, e eu estava lá quando aconteceu.

— Não sei bem o que dizer. Sim, você estava lá quando aconteceu, mas não estava com sua irmã o tempo todo, logo não viu tudo, ou viu? — Ele fez uma pausa e eu dei de ombros. — Deveria falar com seus pais sobre isso. É um programa... assustador. Acho que é muito intenso para você.

Passamos pelo gramado da frente em direção ao trailer da equipe de TV, que estava estacionado metade na rua, metade em nosso jardim. Os pneus do lado do passageiro haviam afundado em partes no gramado.

— Contei para todo mundo na escola e todos assistirão. Então não sei por que não posso assistir também.

Ken não disse nada sobre aquilo. Bateu na porta do trailer e perguntou: "Está todo mundo decente aí dentro?" Então sussurrou para mim:

— Tony troca de roupa bem no meio do trailer.

— Eca, que nojo.

— Muito nojento. Então espere aqui. Sei que ele está lá dentro. Pode estar cochilando.

Ken entrou. Tomei distância do trailer e tentei observar seu avanço através das janelas. Eu não conseguia vê-lo. Vi o veículo inclinando e se mexendo à medida que ele caminhava. Ken não permaneceu lá dentro por muito tempo e voltou carregando uma pequena sacola plástica. Não disse nada, apenas a segurou na minha frente e, então, subiu os degraus da escada da frente. Fui atrás dele.

— Aqui, vamos nos sentar. Então, chamaremos isso aqui de Merry-cam.

Ele abriu a sacola e retirou uma pequena câmera de mão.

— Legal!

Eu a peguei e a virei com cuidado em minhas mãos. Seu material plástico e de metal era frio e bonito. Era praticamente só lentes com uma pequena tela destacável na lateral.

— É sua para usar como quiser. Pode filmar tudo que bem entender. Pode fazer seu próprio confessionário quando e onde quiser. Peguei isso aqui também para você.

Ken retirou do bolso um pequeno caderno preto envolvido por um elástico vermelho. Era igual ao dele, mas tinha a metade do tamanho.

— Pode usá-lo para escrever uma descrição breve das coisas que filmou e que considera importantes e poderiam estar no programa. Quando tiver um bom material ou a memória da câmera ficar cheia, podemos transferir o conteúdo, examiná-lo em seu notebook e decidir o que devemos assistir e o que deletar.

Ken me mostrou como ligar a câmera, como deletar o arquivo caso eu não o quisesse, como dar zoom, acender um pequeno flash e carregar a bateria.

— Apenas prometa que não levará suas filmagens para o Barry. Tem que mostrar para mim primeiro. Combinado?

— Combinado.

Apertamos as mãos. Então ele disse que tinha que trabalhar e voltou para o trailer.

Corri para dentro de casa e não contei à mamãe sobre a câmera. Queria já tê-la usado, assim seria mais difícil para ela dizer que eu não poderia ficar com a câmera. Perguntei-me se Marjorie tinha a sua própria também e pensei sobre mostrar a ela, mas optei por não o fazer. Ela poderia tentar tirá-la de mim. Subi para o confessionário e liguei a câmera.

— Esse é o primeiro vídeo de Merry. E eu não preciso mais de você, confessionário.

A porta do quarto de Marjorie se abriu atrás de mim. Virei-me e ela estava no corredor, bocejando e se espreguiçando, os cabelos bagunçados, com ângulos estranhos.

— Marjorie. Veja o que Ken me deu!

Ela resmungou, escondeu o rosto com uma das mãos e me mostrou o dedo do meio com a outra.

NA NOITE DE NOSSA ESTREIA, estávamos com a casa cheia: Barry, Ken, Tony, Jenn, um monte de outras pessoas da equipe cujos nomes eu não sabia, um homem alto de terno e gravata, e padre Wanderly também. Todos vagavam pelo primeiro andar, comendo pizza e bebendo em copos vermelhos. Mamãe e Marjorie eram as únicas ausentes. Estavam no andar de cima no quarto da minha irmã, se escondendo de todos nós.

A atmosfera era estranha, como se fosse quase uma festa. A equipe se cumprimentava batendo os punhos e com apertos de mão quando pensavam que ninguém estava olhando. Papai e padre Wanderly agradeciam com fervor a cada pessoa por sua participação, diziam que estavam fazendo o trabalho de Deus e reafirmaram que aquele processo ajudaria Marjorie a melhorar. Ken continuava sozinho, parecendo estar muito nervoso, e olhava para mim como se imaginasse se meus pais realmente me permitiriam assistir ao episódio. Dei umas voltas com a minha câmera filmando tudo. Capturei o fragmento de uma conversa entre o homem de terno e gravata, Barry e padre Wanderly. Usavam palavras como *capital*, *contribuições* e *campanha*. Quando Barry me viu, acenou para que eu fosse até eles e me apresentou dizendo "*Essa* pequena estrela é Merry". Ele nunca dissera o nome do outro homem, ou se o fez, não me lembro mais. Barry disse: "Não haveria programa sem sua ajuda. Sua generosa ajuda." Todos os homens riram, o que usava gravata, com mais intensidade. Eu não gostava dele. Era alto demais e ficava parado como se tivesse uma haste de metal presa às suas costas. Seu paletó marrom tinha cotoveleiras escuras, seu cabelo era de um tom estranho, como se fosse quase castanho, mas não de verdade, sua pele parecia falsa e tudo era junto demais em seu rosto. Disse que eu era uma jovenzinha especial e que estava feliz por me conhecer. Respondi "Eu sei. Obrigada." Os três homens riram como se eu tivesse contado a piada mais engraçada do mundo e então me ignoraram. Então vaguei pela festa, parando as pessoas que conhecia para uma breve entrevista na qual fazia uma pergunta propositalmente boba. Dei meu jeito para chegar até padre Wanderly. Ele estava sozinho perto da mesa na sala de jantar mastigando mini pretzels.

— Você preferiria ter pernas do tamanho de dedos ou dedos do tamanho de pernas? — perguntei.

— Posso dizer que nunca me perguntaram isso. Ambas opções parecem horríveis, não parecem?

E então ele acenou para a câmera.

Marjorie e mamãe ainda estavam no andar de cima. Marjorie sempre estava em seu quarto com mamãe, papai ou ocasionalmente com padre Wanderly e um operador de câmera. Desde o meu relato sobre o que acontecera no porão, Marjorie havia ficado quieta. Almoçava e jantava conosco, ia para a escola alguns dias e, em outros, não. Ouvia música com bastante frequência. Enviava e recebia mensagens em momentos aleatórios. De vez em quando assistia à TV conosco, mas na maior parte do tempo era o fantasma de nossa casa, assombrando seu próprio quarto. Comecei a acreditar de verdade que estava fingindo e que não havia nada de errado com ela. Apesar da minha promessa sobre não dizer nada, pensei em contar para Ken tudo que me dissera. Não queria arriscar fazer nada do tipo naquele momento, pois queria estar sob o radar de todos e de alguma maneira assistir ao programa.

Por volta do horário usual de ir para cama, o que era quarenta e cinco minutos antes da estreia do episódio piloto às dez horas, mamãe desceu e anunciou que era hora de eu ir dormir. Não haveria negociação. O grupo inteiro que estava no primeiro andar acenou para mim e emitiu um coro respeitoso e aliviado de "Boa noite, Merry".

Papai me seguiu até o segundo andar, beijou o alto da minha cabeça, me colocou dentro do banheiro e desejou bem rápido um boa-noite, antes de voltar para a festa lá embaixo.

No meu quarto, mamãe desamarrara o cinto do meu robe da maçaneta e já estava sentada na beira da minha cama, remexendo no relógio despertador. Sintonizou em uma estação que dizia tocar "mágica para hora de dormir".

— Deixarei o rádio ligado caso as coisas fiquem muito altas lá embaixo — disse ela.

Não protestei. Apenas desligaria o aparelho depois que ela saísse. Em vez disso, soprei seu rosto.

— Eca, o que está fazendo?

— Acabei de escovar os dentes. O cheiro é bom, não é?

— Sim, maravilhoso. Vá para a cama. Vai dormir com essa roupa de novo?

— Sim, é confortável.

Eu estava usando uma camiseta de mangas compridas da Mulher-Maravilha e calças de moletom azuis. Gostava de dormir vestida caso tivesse que sair correndo para o corredor durante a noite.

Coloquei meu caderno de bolso, minha câmera e meus óculos sobre a cômoda e pluguei o carregador como Ken me mostrara. A luz vermelha significava que estava carregando. Coloquei a câmera onde pudesse vê-la da minha cama, porque queria saber quando a luz ficaria verde.

Arrastei-me para o colo da mamãe e para debaixo das cobertas. Ela bateu alegremente no meu bumbum.

— Mãe!

— Desculpe. Tinha algo bem ali. Ei, você cobriu a sua casa com aquele cobertor hoje?

— Sim — respondi e mergulhei mais a fundo nas cobertas.

Mais cedo, durante a tarde, posicionei minha câmera na cama e me filmei jogando um cobertor azul-bebê velho e fino sobre o telhado da minha casa. Era grande o suficiente para cobrir as janelas na frente.

— Podemos levar a casa de volta lá para baixo amanhã, caso queira.

Ela não perguntou sobre o motivo de eu tê-la coberto com um cobertor e não disse nada sobre quem, como ou por que alguém a tinha levado para o meu quarto.

— Tudo bem.

A luz ainda estava acesa em meu quarto. Mamãe afastou a franja da minha testa e não conseguia me olhar nos olhos. Parecia mais velha com seus olhos inchados e vermelhos. Ela me lançou um sorriso incerto e triste. Pensei sobre dizer que seus dentes estavam bastante amarelos, que estava fumando demais.

Virei-me para o lado, oposto ao dela, e pedi para que esfregasse as minhas costas. Mamãe cantou uma cantiga bem rápido, a que sempre cantava para se despedir, sobre uma avalanche.

— Você vai voltar para o quarto de Marjorie ou descerá para assistir?

— Irei lá para baixo, beberei uma taça de vinho ou quatro e assistirei ao episódio. Não quero, mas acho que tenho a obrigação.

— Quero assistir também.

— Sei que quer, querida. Está sendo uma menina muito boa com tudo isso. Te amo e me sinto muito orgulhosa.

A voz da mamãe estava baixa, mais que o rádio.

— Marjorie vai assistir?

— Não. Não vai.

— Ela quer?

— Não pediu.

As minhas perguntas acabaram, então fechei os olhos. Mamãe apagou a luz, permaneceu no quarto e esfregou minhas costas por mais um minuto. Quando abri meus olhos novamente, ela não estava mais lá e era um pouco depois de uma da manhã. Sentei-me, com raiva de mim mesma por ter perdido tudo. Se não pudesse assistir, queria tentar ouvir o programa ou ouvi-los o assistindo.

A luz indicadora de bateria da câmera ainda estava vermelha. Não dei importância, levantei e levei a câmera e o caderno para a cama comigo, desligando o rádio na volta. Deixei meus óculos sobre a cômoda. Os contornos das coisas estavam borrados, mas eu conseguia enxergar bem o suficiente sem eles.

Agucei a audição o máximo que pude, mas ouvia nada acontecendo no primeiro andar. Liguei a luz de LED da câmera e apontei para o caderno. Revisei o trabalho do dia e decidi que podia deletar o seguinte: meu passeio completo pela casa e jardim do fundo; os dez minutos espionando quem entrava e saía do trailer da equipe; oito minutos de filmagem a longa distância das crianças Cox jogando basquete em sua garagem; o momento em que Jenn e eu filmávamos uma a outra, com ela se afastando primeiro da câmera para me dar uma framboesa; a filmagem da porta fechada de Marjorie.

Guardei o caderno sob o meu travesseiro. Abri a tela lateral da câmera, deletei alguns dos arquivos e dei play na filmagem mais recente da festa da equipe lá embaixo. Assisti à conversa entre Barry, padre Wanderly e o homem de terno e gravata. O microfone não captou o que diziam, mas brindaram com seus copos plásticos e apertaram as mãos em seu pequeno círculo. Então assisti a todos me desejando boa noite; seu coro fazendo com que as caixinhas de som da câmera chiassem, seus rostos apreensivos e desfocados enquanto eu passava por eles. Continuei assistindo de novo e tentei selecionar vozes individuais para ouvir quem realmente desejava *Boa noite*.

Devo ter caído no sono enquanto assistia ao vídeo, porque a próxima coisa da qual me lembro é da câmera sobre meu peito, a tela lateral escura, mas a luz de LED ainda acesa, apontando para os meus pés. Havia um ruído arranhado vindo da minha esquerda, do outro lado do quarto. Não era alto, porém constante, ritmado.

Eu me sentei, apertei para gravar e apontei a câmera para o outro lado do quarto como se fosse uma arma poderosa. Sua luz branca se espalhou pelo cômodo com o ruído arranhado, que só aumentava. A porta do armário estava fechada, o cobertor da casa de papelão ainda lá, minhas pilhas de livros e bichos de pelúcia, intactos.

— Marjorie? Pare com isso. Quem está aí? — sussurrei.

O ruído arranhado parou. Pensei em sair correndo do quarto, vi acontecendo mentalmente, mas vi meus pés tocando o chão e, então, mãos magras e brancas como um esqueleto os alcançando de debaixo da minha cama e me puxando para baixo.

Sentei, esperei e não ouvi nada, e o nada parecia durar horas. Esperei. Minha câmera bipou e dei um grito. Um número vermelho brilhou na tela lateral. Eu não tinha muita bateria restante.

Observei a luz vermelha na tela e então olhei para a casa coberta com o cobertor. Na luz branca de LED, o tecido azul parecia ser da mesma cor da casa de papelão, ou do mesmo tom que costumava ser antes da transformação das coisas que crescem. Olhei para ou através do cobertor, tentando ver o azul que eu sabia estar lá, mas não via, e então ele foi sugado para dentro da casa através das persianas da janela da frente, como se fosse um buraco negro faminto. O cobertor foi puxado para dentro com tanta força que o arrastar contra o papelão soava como se a casa estivesse prestes a rasgar. A chaminé voou e aterrissou nos pés da minha cama. Tudo aconteceu tão rápido que não soltei minha respiração e derrubei a câmera sobre o colo até que o cobertor desaparecesse.

De algum jeito encontrei minha voz e disse:

— Vou chamar a mamãe. Você terá um grande problema, Marjorie. — Apontei a câmera de volta para a casa e, sentindo mais raiva do que medo, querendo me certificar de que Marjorie me atormentando ficasse registrado em vídeo e ter isso como uma parte oficial e permanente da gravação, continuei. — Isso não tem graça.

As persianas ricochetearam e voltaram a cobrir a maior parte da janela. Não havia nenhum barulho vindo de dentro da casa. Da cama, a luz de LED da câmera não entrava pelas pequenas aberturas entre as persianas. Eu não conseguia ver Marjorie.

— Estou filmando isso, sabia? — Esperei por uma reação. Não houve nenhuma. Então bati nela o mais forte que podia. — Sei que está fingindo. Você me disse que está.

Contando seu maior segredo enquanto filmava, pensei que certamente ela sairia da casa, furiosa comigo, dizendo que eu era um bebê e que não aguentava uma brincadeira, que estava fazendo aquilo justamente para melhorar o programa e perguntaria se eu não queria ajudar. A minha resposta seria afirmativa, mas eu também choraria e a faria se sentir mal e ela ficaria em meu quarto e dormiria na minha cama, então nós deletaríamos o que gravei e eu ficaria feliz em fazer isso.

— Marjorie, por favor.

Saí da cama, olhando para o que estava na minha frente através da tela lateral da câmera, o que era bem mais fácil do que ver a coisa real. Bati na porta da frente com meu pé. Ainda nenhuma reação. Afastei uma das persianas e lentamente cobri o interior e o chão da casa com a lanterna da câmera. Os desenhos na parede interior feitos com giz de cera eram parecidos com pinturas malfeitas do tempo das cavernas e foram desenhados em ângulos tortos. Meu cobertor azul era um amontoado no chão. Sussurrei o nome da minha irmã e, quando fiz isso, o cobertor começou a se levantar lentamente. A parte que se erguia era longa e fina. Era seu braço. Tinha que ser; ela o estava levantando a fim de que parecesse a cabeça de uma cobra ou uma vinha. Sussurrei seu nome de novo e a parte que se levantava parou. O cobertor borbulhou com a atividade que acontecia debaixo dele e, quando a parte que subia se ampliou, do tamanho de sua cabeça, um fantasma de fantasia de Halloween sem os buracos nos olhos ou na boca, à medida que ela se sentava debaixo da manta com suas pernas cruzadas, ou talvez estivesse agachada, balançou sobre os calcanhares, seu corpo oculto pela coberta e pela estrutura da janela da casa.

Falei para que ela saísse, deixasse meu quarto, fosse embora.

Aquelas mãos brancas de esqueleto que antes imaginei saindo de debaixo da minha cama, saíram do cobertor e se enrolaram em seu pescoço. Forçaram a manta por cima de seu rosto, bem apertado, formando uma mortalha com dois vales escuros como olhos e boca, seu nariz se achatando contra o tecido inflexível. Sua boca se mexeu e rugidos engasgados foram emitidos. Aquelas mãos apertavam tanto que o cobertor ficou ainda mais justo, sua boca se abriu ainda mais e ela sacudiu a cabeça, se debatendo com violência enquanto buscava por ar e implorava para que alguém parasse, ou talvez tenha dito que ela mesma tentava parar. Suas mãos ainda se encontravam ao redor do próprio pescoço, e tenho certeza de que foi algum tipo de ilusão ótica, truque ou confusão de memória, porque seu pescoço não poderia ter ficado tão fino quanto me recordo, e então o restante de seu corpo começou a sofrer espasmos e a atacar, colidindo contra a casa, seus pés investindo sob a coberta e recuando como a língua de uma serpente.

Dei mais um passo para trás e, de repente, a casa de papelão explodiu e se lançou em minha direção. O telhado se chocou contra o meu rosto e me derrubou. Caí de costas, aterrissando com força sobre o quadril e com a coluna contra a minha cama. Consegui manter a câmera em posição, que junto aos meus braços e mãos, estava presa dentro da chaminé da casa. Eu não conseguia ver Marjorie por cima da casa que fora lançada sobre mim, mas a ouvi sair correndo do meu quarto em direção ao corredor.

Soquei e chutei a casa decaída, as abas e dobras agora emaranhadas em meus braços e pernas como ervas grossas. O monte de papelão finalmente cedeu, desmoronou e rolou para perto do guarda-roupa. Dei meu jeito para levantar. Meu cobertor estava no chão, em um amontoado inofensivo preso sob o papelão ruído. Determinada a filmar a fuga de Marjorie, saí correndo em direção ao corredor.

Ela não estava lá. A luz da minha câmera falhou em alcançar o fim do corredor e a boca aberta do confessionário. As paredes sumiam e se fundiam com a escuridão. Esforcei-me para ouvir os movimentos de Marjorie, de qualquer pessoa, e tudo que consegui captar foi a minha própria respiração ofegante.

Segui pelo corredor até sua porta, o tempo todo esperando que Marjorie pulasse de um canto escuro, da porta do banheiro, do topo das escadas ou do confessionário. A porta estava fechada. Tentei abri-la com meu pé, mas não estava somente encostada. Girei a maçaneta, forcei meu corpo contra ela e tropecei ao entrar.

Marjorie se encontrava em sua cama, sob as cobertas, deitada de lado, sua cabeça virada em direção oposta à minha. Mantive a luz da câmera focada na parte de trás de sua cabeça. Sussurrei seu nome várias vezes enquanto caminhava até ficar de pé bem ao seu lado, com a luz focada em um raio direto em seu perfil.

Seus olhos estavam fechados, ela respirava profundamente, parecia adormecida e estar assim por um bom tempo.

— Marjorie?

Cutuquei seu ombro. Nenhuma resposta ou movimento. Eu a assistia pela tela lateral da câmera: as cobertas lentamente subiam e desciam a cada respiração, e seu rosto parecia esverdeado. Mantive a luz ligada, mas pausei a gravação com um pequeno bipe eletrônico.

Marjorie abriu um dos olhos e o revirou para mim.

— Pegou tudo? — perguntou com uma voz baixa e rouca.

Calmamente, repetiu a pergunta quando não respondi de prontidão.

— Sim.

— Boa menina. Mostre ao seu amigo Ken amanhã depois da escola. Volte para a cama.

De repente eu estava exausta e poderia ter me enrolado e dormido bem ali no chão do seu quarto. Saí de lá e fui para o corredor. Olhei para trás e Marjorie ainda estava sentada, murmurando para si mesma e plugando os fones em seu telefone, a música já tocando alta, alguma coisa com sintetizadores pesados e ritmados. Ela se acomodou de novo na cama e sussurrou "Feche a porta, Merry", mas eu não fechei.

No corredor, encontrei Tony, o operador, subindo as escadas, com a câmera de visão noturna sobre o ombro. Ele não parecia estar com muita pressa para chegar no segundo andar.

— O que está acontecendo, Merry? Perdi alguma coisa? — perguntou, parecendo irritado.

— Não, nada — respondi.

Ele fez uma outra pergunta, mas me virei e cruzei o corredor em direção ao quarto dos meus pais. Fechei a porta com cuidado, e Tony, que agora estava no topo das escadas, me filmava. Senti a câmera apontada para as minhas costas. Fiquei atrás da porta e o ouvi caminhar lentamente pelo corredor e parar em frente ao quarto de Marjorie. Sua porta rangeu e então se fechou, e Tony voltou para o primeiro andar, a madeira cedendo sob seus pés gigantes e desleixados.

Coloquei minha câmera sobre a mesa de cabeceira cheia de coisas que ficava perto da cabeça da mamãe. Arrastei-me por cima dela na cama, me ajeitando facilmente entre meus pais, que dormiam o mais afastado possível um do outro.

NA MANHÃ SEGUINTE, USEI meu melhor vestido, porque era o que alguém que estava na televisão deveria usar. Era marrom-escuro, quadrado nos ombros e de mangas curtas, então vesti um cardigã branco por cima. Mamãe se gabara por tê-lo comprado por somente dez dólares. Tentou me fazer desistir de usar o vestido para a escola (não era quente o suficiente, eu o sujaria durante o recreio, almoço ou aula de artes...), mas não aceitei.

Mal podia esperar para perguntar aos meus amigos e colegas de classe se eles haviam me visto na TV na noite anterior. Imaginei que pelo menos alguns deles poderiam ter conseguido convencer seus pais a deixá-los assistir ao programa, pois não sabiam sobre o que era ou o que aconteceria.

Papai se ofereceu para me levar à escola, mas mamãe disse que iria e depois faria um passeio. Além disso, queria que ele acordasse Marjorie e perguntasse a ela se iria para a escola ou para a consulta com o dr. Hamilton; tinha que escolher uma opção, não poderia ficar em casa. Uma discussão rápida e controlada aconteceu. Com câmeras e membros da equipe assistindo, meus pais tinham que manter seus dramas breves e diretos. Não esperei pela conclusão apressada e quieta. Não esperei. Corri para o nosso carro, estacionado na entrada da garagem, e comecei a puxar a porta de trás, que estava trancada.

— Mãe, está trancada, vamos!

Enquanto eu andava ao redor do carro para tentar as portas do outro lado, notei que havia um grupo pequeno, talvez de cinco pessoas, segurando placas escritas à mão na rua próximo à nossa casa. Barry conversava com elas. Eu não podia ouvi-lo, mas não parecia feliz.

— Falei para você me esperar — disse mamãe.

Ela destrancou as portas. Perguntei quem eram aquelas pessoas. Com um suspiro, ela disse:

— Não sei, mas é melhor que não estejam aqui quando eu voltar.

Curvei-me para baixo enquanto passávamos por elas, apoiando minha cabeça na parte baixa da moldura da janela para que apenas vissem o topo da minha cabeça e óculos olhando para fora. Um senhor apontou para nós enquanto passávamos e levantou sua placa, mas estava virada e, na hora em que a desvirou, já estávamos longe demais para lê-la.

Na escola, quando perguntei esbaforida aos meus amigos se tinham assistido ao programa, a maioria respondeu que não tinha permissão por ser de conteúdo adulto e/ou porque passava muito tarde. Alguns disseram que viram anúncios e parecia assustador. Samantha me perguntou o motivo de eu usar um vestido tão arrumado para a escola. Cara disse que assistiu a algumas partes, mas não me viu nelas e que aí ficou sinistro demais para continuar a assistir. Brian falou que o programa era nojento. No recreio e no almoço, um grupo de alunos da quarta e quinta séries, incluindo o vizinho que Marjorie socara no rosto ao me defender havia alguns anos, zombaram de mim e da minha irmã, chamaram todos da minha família de aberração. Eu os dedurei imediatamente. Fiquei mais chateada com o fato de que, de todos os meus amigos, somente Cara e Brian assistiram e não tinham nada de bom para comentar. Perguntei aos professores também, e a minha preferida, a srta. Newcomb, disse educadamente que não vira, que "Receio dizer que não sou muito fã de TV. Estou ocupada demais planejando nosso dia na escola".

Quando cheguei em casa, havia mais pessoas segurando placas. Estavam atrás de uma fita amarela da polícia. Mamãe disse que "Talvez devêssemos nos acostumar com isso por um tempo", em seguida comentou que eram fanáticos religiosos que não aprovavam o que estávamos fazendo e que não havia nada que pudéssemos fazer sobre eles contanto que permanecessem fora de nossa propriedade. Papai aparentemente havia tentado intimidá-los para irem embora de nossa casa e até fez contato físico com alguns dos manifestantes, agarrando-os pelo braço e retirando-os da rua. Padre Wanderly intervira e acalmara papai. O padre ainda estava lá fora conversando com alguns deles. Mesmo sendo um dia frio, sua testa parecia suada. As pessoas balançaram suas placas quando entramos na garagem. Algumas exibiam nomes e números, que mais tarde vim a descobrir que eram referências a versos bíblicos. Duas placas eram escritas com letras grossas e vermelhas. Uma dizia: O JULGAMENTO ESTÁ VINDO. A outra: NÃO LUCRE COM O TRABALHO DO DIABO!

Embora aquele novo acontecimento fosse interessante, decidi que não era problema meu e não me envolvi, pelo menos não ainda. Corri para dentro de casa e troquei de roupa, vesti meu moletom e minha camisa da Mulher Maravilha. Então Ken, eu e minha câmera fomos ao trailer da equipe. Lá, havia uma pequena área de estar na parte da frente, com uma pequena cozinha e um sofá, mas o resto era só monitores, equipamento e cadeiras pretas de rodinha. Ele plugou minha câmera em seu laptop, sincronizado a uma parede grande de monitores e assistimos às gravações da noite anterior. Ouvimos o barulho de arranhões. Ouvimos quando anunciei para a casa de papelão que eu sabia que ela estava fingindo. Vimos o cobertor desaparecer. Ken saltou em sua cadeira e agarrou meu braço quando aconteceu. Vimos o cobertor se erguer dentro da casa e as mãos esqueléticas envolverem o pescoço de Marjorie. As mãos não pareciam tão longas e magras como eram enquanto realmente aconteceu. Assistimos à casa voar na direção da câmera. As lentes pressionadas contra um desenho do rosto de Marjorie, sua boca no formato de um O grande e vermelho enquanto eu grunhia e lutava para me livrar da casa. Assistimos à câmera apontando para o fundo do corredor e para dentro do quarto da minha irmã quando ela parecia estar adormecida e eu não conseguia acordá-la.

Quando terminou, Ken disse:

— Uau. Você está bem, Merry?

— Estou. Não pareceu tão assustador assim quando aconteceu.

— Aposto que não. Mas ainda assim, assistir foi... Foi realmente horripilante.

— É algo que você possa usar?

— Sim. Com certeza. Mas, é sério, está tudo bem?

— Está. Só tive um dia ruim na escola.

Então contei a ele sobre meus amigos e a srta. Newcomb não assistirem ou gostarem do programa e como as outras crianças mais velhas zombaram de mim.

— Sinto muito, Merry — disse Ken. — Mas conforme sei que seus pais falaram para você, esse tipo de coisa provavelmente irá piorar à medida que mais episódios forem ao ar. Acho que esse ano na escola será bastante difícil e com certeza não é justo com você, não mesmo. O que estamos fazendo aqui será difícil para as pessoas entenderem.

— Eu sei. Ficarei bem. Sou durona.

— Sim, você é. É a pessoa mais durona que conheço. Apenas converse com seus pais ou com alguém na escola, ou até comigo se quiser, quando as coisas ficarem realmente ruins, certo?

— Farei isso. — Eu não quis mais falar sobre a escola. — Você vai mudar as coisas?

— Como assim?

A minha vontade não era de ir direto ao ponto e perguntar se ele cortaria a parte em que digo que Marjorie estava fingindo.

— O vídeo que eu fiz. Vai mudá-lo?

— Você quer saber se vou editá-lo?

— Sim.

— Sempre fazemos alguma edição. Às vezes realmente recortamos e mudamos as cenas diferentes caso achemos que ficará melhor assim. Em outras, apenas fazemos pequenos cortes ou ajustes, adicionamos uns sons, música ou voz do narrador. Mas tendo visto uma vez, não acho que mudaremos muito o que você filmou.

Assenti e me preocupei por ele não ter realmente entendido que eu estava falando sobre Marjorie fingir tudo enquanto assistimos ao vídeo, mas o recado seria entendido mais tarde quando ele mostrasse a filmagem para Barry. Eu não queria estar lá para isso, então disse "Tudo bem. Tchau", e disparei em direção à porta.

— Espere! Não se esqueça de levar sua câmera.

Ken a estendeu para mim e deu de ombros, como se soubesse que eu não tinha certeza de querê-la de volta. Ou talvez não estava certo se queria devolvê-la a mim.

Na verdade, eu não a queria, mas desejava que Ken continuasse a pensar que eu era durona. Então peguei a câmera. Entrei em casa e fui para o meu quarto. Guardei o aparelho dentro da primeira gaveta da minha cômoda, com algumas camisetas em cima, e decidi que não o usaria novamente.

Capítulo 18

Na manhã seguinte à exibição do segundo episódio, falei para a mamãe que não me sentia bem e queria ficar em casa em vez de ir à escola. Disse que meu estômago doía e que estava com febre, mesmo não estando; estava bem. Ela repousou as costas de sua mão em minha testa e foi o suficiente. Não fez nenhuma pergunta ou tirou minha temperatura. Marjorie também estava em casa. Não ia à escola havia uma semana, desde que o primeiro episódio fora exibido.

Depois de passar uma manhã longa e chata em meu quarto, relendo as antigas histórias que Marjorie e eu escrevemos no livro de Richard Scarry, e contando quantos gatos receberam óculos desenhados e o nome de Merry (eram cinquenta e quatro, eu ainda lembrava daquele número), desci para o primeiro andar por volta do horário do almoço e anunciei que me sentia melhor. Estava vestida como uma repórter de noticiário: camiseta preta; meia-calça preta; um chapéu fedora de palha; uma meia azul e outra vermelha, ambas na altura dos joelhos, sendo que a vermelha era normal e a azul uma daquelas que tinha espaços para os dedos e fazia com que meu pé parecesse o de um Muppet; um suéter de tricô abotoado que ia até quase a altura das meias. O suéter tinha bolsos frontais fundos nos quais guardei meu lápis de repórter e o caderninho preto que Ken me dera.

Não havia ninguém da equipe no primeiro andar, mas fiz minhas anotações do mesmo jeito enquanto ia para a cozinha. Papai estava debruçado sobre a pia lavando a louça.

Anotei: "Pratos. Sujos".

— Oi, querida. Imagino que esteja se sentindo melhor.

— Sim. Por que não está usando a lava-louça? — perguntei.
— Não tem tantos pratos assim para lavar.
Franzi os lábios e assenti. Seguindo para a próxima pergunta:
— Onde a mamãe está?
— Saiu com Marjorie.
Anotei aquilo também e sublinhei.
— Mas estará de volta em breve. Teremos uma reunião grande em... caramba, menos de uma hora — disse ele, olhando para o relógio do forno.
— Posso estar presente na reunião? Sou uma repórter, viu? Farei anotações.
— Não. Acho que não. Mas talvez tenhamos alguma coisa para falar com você no final.
— O quê? Me diz!
Eu pressionava meu lápis contra o caderno.
— Você é muito engraçada. Mas não posso contar. Mamãe, eu e todo mundo temos que conversar primeiro. Não é nada ruim, prometo.
— Mas eu sou uma repórter, então você tem que me contar.
— Desculpe por instigar sua curiosidade, mas conversaremos mais tarde, certo?
— Ugh. Mal posso esperar.
Papai riu e, apesar dos dois mil volts de frustração que faziam com que meu corpo pinicasse e se retorcesse, ri também. Tudo nele naquela manhã parecia tranquilo e mais animado do que nos últimos meses. Meu pai sempre foi um cara mal-humorado. Ninguém era mais engraçado ou divertido do que ele na hora de brincar quando estava de bom humor e você seria capaz de sentir a pressão barométrica cair quando não estava.

Ouvi a porta da frente se abrir, desejei que a grande reunião estivesse prestes a começar e, já que eu já estava ali, eles me deixariam observar e fazer anotações, mas era apenas Jenn. Ela entrou na cozinha sem se anunciar. Alguém no trailer deve ter visto papai e eu juntos nas câmeras de vigilância, então a enviaram caso nossa interação fosse digna de um vídeo.

— Tem certeza de que eu realmente não posso estar presente para a grande reunião?

Olhei para Jenn e a câmera quando falei aquilo, mesmo me dirigindo ao papai.

— Sim, tenho. O que vai querer para o almoço, mocinha?

— Macarrão com queijo? — sugeri como se estivesse perguntando se poderia me safar com algo grande.

Mamãe teria dito que não e que eu deveria me ater à dieta por conta dos meus problemas estomacais (que pareciam constantes demais para a minha idade) e então me faria uma torrada pura.

— Seu estômago não dói mais?
— Não.
— Estava doendo de verdade essa manhã?
— Um pouquinho.

Enfiei meu rosto no caderno aberto.

— Acha que vai doer amanhã de manhã?
— Acho que não.
— Certo, tudo bem. Talvez eu coma um pouco também. Faça algumas anotações enquanto preparo.

Ele ferveu a água e fingiu ser um especialista científico nas propriedades de ebulição que sabia quanto tempo seria necessário para preparar a porção perfeita de macarrão com queijo. Anotei tudo e perguntei a ele coisas difíceis. Falou da proporção preciosa de queijo ralado em relação ao leite e manteiga, do diâmetro e circunferência do macarrão tubinho, das propriedades condutivas e estrutura molecular da espuma branca que borbulhava na panela. Ergueu a caixa azul e amarela, e descreveu os benefícios nutricionais sobre-humanos de cada ingrediente. Usou um trejeito engraçado de cientista. Quando a comida ficou pronta, distribuímos igualmente o macarrão em duas tigelas e testamos a força elástica do molho de queijo: qual tigela manteria um garfo de pé, na vertical, por mais tempo. A minha ganhou. Rimos, comemos e nos divertimos.

Lembro-me desse almoço com muitos detalhes, porque foi a última vez da qual me recordo dele sendo um pai feliz comigo. Pode soar piegas, sentimental e exagerado, mas não quer dizer que não seja verdade.

Mamãe aumentou o volume da televisão de propósito e levou o controle remoto para a cozinha.

Sentei-me na sala para assistir parcialmente a um episódio de *Jovens Titãs*. Meus pais, padre Wanderly, Barry e Ken estavam na cozinha tendo a *grande reunião*. Por conta do que papai dissera mais cedo, sabia que eu seria o tema.

Depois dos meses de tudo-em-nome-de-Marjorie, fiquei feliz de que algo na casa estivesse acontecendo potencialmente por minha conta. Com a minha irmã quase que exclusivamente drenando todos os nossos recursos familiares, eu me sentia um tanto perdida, uma foto solta que caíra do álbum de família.

Não consegui ouvir nada da reunião e a única vez que tentei cruzar a sala, escondida, e me aproximar da cozinha, papai me ouviu e mandou severamente que eu voltasse para o meu lugar no sofá.

A reunião durou uma eternidade e comecei a odiar *Jovens Titãs*, principalmente o Mutano e seus dentes desalinhados, mas finalmente todos vieram para a sala de estar. Mamãe sentou ao meu lado no sofá. Ainda tinha o controle remoto nas mãos e desligou a TV, e em seguida esfregou minhas costas em círculos demorados, me fazendo ficar nervosa. Aquele era um sinal óbvio de que iríamos discutir algo sério. Barry ficou perto da porta da frente e falava baixo com seu Bluetooth. Jenn, Tony e suas câmeras apareceram logo depois, cada um flanqueando uma saída do cômodo. Ken sentou-se na poltrona felpuda perto das janelas da frente, perdido em seu caderno. Acenei para ele, mas não me viu. Tanto Ken quanto Barry ficaram fora do ângulo das câmeras para que não aparecessem no vídeo.

Papai veio para a sala seguindo o padre Wanderly e carregava uma das cadeiras da cozinha, a qual colocou em frente à TV. Papai se sentou e se esforçou para ficar confortável. Padre Wanderly tinha um livro com capa de couro vermelha debaixo de braço esquerdo.

— Olá, Merry. Adorei seu suéter vermelho. Parece aconchegante — disse.

Ele sempre soava como se suas palavras fossem cheias de hélio, que subiam e oscilavam sobre sua cabeça. Metodicamente traçou seu caminho passando pela mesa de centro para se sentar ao meu lado no sofá.

Afastei-me com pressa, para perto da mamãe, e coloquei minhas mãos dentro dos bolsos do suéter.

— Olá. Não é aconchegante. Estou usando porque sou uma repórter — respondi, e olhei nervosa para o papai. Tive medo de que se não falasse com o padre Wanderly como queria, ele ficasse com raiva.

Papai assentiu de maneira reconfortante e disse:

— Vamos conversar um pouco mais sobre o que o padre Wanderly está tentando fazer para ajudar Marjorie e como ele acha que você pode ajudá-lo. Tudo bem?

Primeiramente fiquei desapontada por saber que aquilo ainda seria sobre Marjorie, mas isso logo depois passou junto com a ideia de que aqueles adultos, com suas atitudes e motivos mais misteriosos do que nunca, iriam dizer mais e queriam minha ajuda.

— É isso mesmo, Merry — disse o padre Wanderly. — Está se sentindo melhor? Soube que ficou em casa e não foi à escola hoje.

— Estou sim. Acho que só estava com muita fome e isso fez com que meu estômago doesse.

— Entendo.

Ele sorriu e mostrou seus dentes grandes, que eram de um tom cinza encardido.

Assim tão perto dele, eu podia ver um salpicado de caspas sobre seus ombros. O colarinho branco apertava tanto seu pomo de Adão, que uma prega de pele se dobrava sobre ele. Seu rosto tinha uma barba cheia e espetada que subia mais por suas bochechas do que deveria, e pensei em fazer uma piada sobre lobisomens. Seus olhos azuis eram tão claros que eu temia olhar muito para eles e conseguir enxergar o fundo de sua cabeça. Padre Wanderly cheirava a talco.

— Farei anotações, certo?

Retirei dos bolsos o caderno e o lápis.

— É claro.

Ele se inclinou mais para perto e perguntou:

— Sabe por que estou aqui?

Assenti, mesmo que ainda estivesse confusa sobre como nos ajudaria.

— Sabe que estou aqui para ajudar a sua irmã, a sua família e você.

Assenti novamente, impaciente para que ele chegasse na parte em que descreveria como eu ajudaria, irritada porque falava comigo como se eu tivesse quatro anos em vez de oito.

— Assisti ao vídeo que você filmou em seu quarto, Merry, e às suas entrevistas, inclusive aquela... como é que você chama, Barry, do *confessionário*? Não sei se aprovo isso. — Padre Wanderly sorriu para Barry, que deu de ombros como se dissesse "Quem? Eu?". — Em um deles, disse que um espírito maligno vive dentro de Marjorie. Ela contou isso a você?

— Sim, no porão ela contou isso para mim, sim.

— Veja, Merry, meu primeiro trabalho aqui é descobrir se ela realmente tem um demônio dentro de si.

— Bem... isso... Foi isso que ela me disse?

Comecei a olhar para mamãe e papai em pânico, pensando que ele de alguma forma sabia que tudo que eu dissera que acontecera no porão foi uma mentira.

Padre Wanderly disse:

— Merry, acredito em você. E acredito que, infelizmente, sua pobre irmã esteja possuída. Acredito que de algum jeito um espírito demoníaco tenha entrado em seu corpo e é por isso que age de maneira tão estranha, tão diferente de como Marjorie sempre foi. Sim? Meu segundo trabalho, pela graça, poder e amor infinitos de Deus, é ajudar a sua irmã e sua família retirando o demônio de Marjorie, para que ele possa ir embora e deixá-la em paz para sempre.

— Como?

— Farei um ritual sacramental de exorcismo.

Ele tocou o livro de couro que, agora, estava sobre seu colo.

Eu ficava cada vez mais nervosa, então desenhei uma corrente de círculos em meu caderno.

— Merry, pare de rabiscar e preste atenção — pediu papai.

— John, ela está indo bem — disse mamãe.

Ela apertou meus ombros e fez com que um dos meus círculos se tornasse uma bolha esmagada.

Ken desviou o olhar de seu caderno, mas não para mim. Papai cruzou os braços sobre o peito e fez aquela coisa de mover a mandíbula para frente e soltou o ar pelas laterais da boca.

— Você vai ler isso para ela? — perguntei ao padre Wanderly e apontei para seu pequeno livro de capa de couro vermelha.

— Mais ou menos, sim, lerei e rezarei, sendo isso uma parte do ritual de exorcismo.

— Já tentou isso antes?

— Ainda não. Realizar um exorcismo é algo muito sério. O mais sério. Primeiro, preciso pedir permissão ao nosso bispo local. Para isso, devemos nos certificar de que há um demônio dentro de Marjorie e de que ela não está simplesmente... como posso dizer isso? Doente.

— Ah. Então se ela estiver somente doente, você não poderá ajudá-la, e teremos apenas que dar remédios a ela ou algo do gênero e, então, ficará melhor?

— Bem, nosso senhor e salvador Jesus Cristo pode e sempre ajuda, mas temo não ser tão simples assim...

Papai se intrometeu.

— Estamos todos cansados, com medo e confusos sobre o motivo de isso acontecer com Marjorie e com todos nós. Mas todo mundo nessa casa está certo de que sua irmã está possuída por um demônio. É como dizem, Merry: possuída. Entendeu? Se fosse outra coisa, não teríamos ido... tão longe quanto estamos indo aqui. O que o padre Wanderly está dizendo é que a igreja tem que ter absoluta certeza antes de ele poder ajudá-la e ler as orações especiais de seu livro.

— Acho que você deveria apenas ler as orações especiais para ela agora de qualquer jeito. Só para garantir. — Encostei no corpo da mamãe, olhei para ela. — Mãe?

Não perguntei se ela também acreditava que existia um espírito mau dentro de Marjorie, mas foi a minha intenção.

Ela disse:

— Lembra de todas as consultas médicas de Marjorie? Tentamos a medicina e tudo que podemos pensar, e as coisas com ela... as coisas estão piorando. Então estamos fazendo o que consideramos ser melhor. O padre Wanderly realmente quer ajudar a sua irmã.

Ninguém disse mais nada logo em seguida. Papai se recostou em sua cadeira; a madeira rangeu e gemeu. Escrevi a palavra *cadeira* no meu caderno e fiz o desenho de uma com encosto longo e pernas curtas, em seguida e bem rápido, complementei com um fantasma que a assombrava.

Padre Wanderly disse:

— Merry, hoje de tarde o dr. Navidson, com quem venho me consultando, virá aqui para terminar sua avaliação... ou seu, hmm, check-up... sobre Marjorie em nome da igreja.

— Quem é esse? Pensei que seu médico fosse o dr. Hamilton. Não é isso, mamãe?

— Dr. Hamilton ainda é o médico de Marjorie, querida — disse ela. — Esse novo médico está ajudando o padre Wanderly.

— Por que ela precisa de outro médico?

— O dr. Hamilton é um homem e um médico muito bom, mas sendo ateu, não possui o senso de realidade espiritual requerida pelo caso de Marjorie.

— O que é um ateu?

Desenhei outro fantasma.

Padre Wanderly se debruçou para entrar no meu campo de visão. Quando olhei para ele, falou:

— É uma pessoa que não acredita. Alguém que não crê em Jesus ou em Deus.

— Um ateu não acredita que existe deus nenhum, Merry.

Eu não sabia o que eu era. Pensei em perguntar se havia um nome para isso, um nome para mim. Mas, em vez disso, falei:

— Entendi.

— O dr. Navidson é tanto um homem da ciência quanto um bom cristão — disse padre Wanderly. — Nosso bispo Ford falou muito bem dele. Assistiu a todos os vídeos, leu as entrevistas de vocês e virá aqui hoje para conversar pessoalmente com Marjorie. Estarei presente. Seus pais estarão lá e eu gostaria de saber se você consideraria também se juntar a nós, porque precisamos de sua ajuda.

Sentei-me, cheguei para frente no sofá e olhei para os meus pais, tentando não parecer animada demais.

— Você não precisa ir se não quiser — disse mamãe.

Papai não abriu a boca.

— Eu quero. Quero ajudar! O que tenho que fazer?

Imaginei se teria que vestir uma camisa preta com botões (eu não gostava de camisas pretas e nem de camisas com botões), usar um colarinho branco e dizer algumas das palavras do livro que padre Wanderly tinha em seu colo. Eu não conseguia ler a capa. Estava em um idioma diferente que quase parecia inglês, mas não era.

— Por enquanto, apenas estar presente no quarto é a ajuda da qual precisamos, Merry — disse o padre.

— Como isso vai ajudar? Quero fazer alguma coisa. Posso ler. Posso usar a minha câmera.

Tentei fazer com que Ken olhasse para mim, mas ele estava escondido atrás de Tony, o operador, que havia deixado os arredores e agora estava a apenas alguns metros do sofá.

Padre Wanderly disse:

— Todos nós já percebemos que o espírito dentro de Marjorie se manifesta ou reage com mais intensidade quando você está no mesmo cômodo que ela, e em mais de uma ocasião, o espírito a levou para o seu quarto, como se a procurasse para ser sua plateia. Permita-me ser claro, não estou dizendo que tem culpa alguma, Merry, porque não tem. De forma alguma. Mas de fato achamos que o espírito demoníaco é atraído por você, porque se mostra principalmente quando você está por perto. Então, por estar no quarto de Marjorie hoje durante a visita do dr. Navidson, aumentaremos as chances de ele testemunhar uma manifestação...

— Uma o quê?

— Ele vai ver uma coisa que Marjorie faz e então saberá que existe um demônio dentro dela. Só assim ele poderá reportar ao bispo que sua pobre irmã está realmente sofrendo nas mãos de uma entidade maligna.

— Certo.

Coloquei meu caderno de volta dentro do bolso e recostei no peito da mamãe de novo. Senti frio de repente e pensei que talvez começasse a tremer pelo resto da minha vida.

Ela me abraçou e disse:

— Estarei com você e, caso fique muito assustador ou passe do limite, podemos sair na hora que quiser, prometo.

— Também estarei lá com você — disse papai em voz baixa.

Não pedi mais nenhuma explicação, mas padre Wanderly continuou:

— Se a visita acontecer como imagino, poderemos pedir ao bispo Ford permissão para realizar um exorcismo. Então eu me prepararei ao longo da semana: farei jejum, rezarei, confessarei... não no quarto do segundo andar, é claro, mas em uma igreja... e farei uma missa para Marjorie e pedirei pela ajuda de Deus.

— E aí?

— Aí todos vocês me ajudarão a realizar o ritual de exorcismo e, então, expulsaremos o mal de Marjorie.

— E se isso não funcionar?

— Repetiremos o ritual. Quantas vezes forem necessárias.

— Esse outro médico vai chegar logo?

— De noite. Mas, um momento, por favor. Merry, querida, olhe para mim. Será difícil. Provavelmente vai ser... assustador. Não sabemos de fato o que ela pode dizer ou fazer.

— Você quer dizer que não sabemos o que o *demônio* pode dizer ou fazer, certo? — corrigiu papai.

— Sim. Isso. Então tem certeza de que quer participar disso tudo, Merry? — perguntou mamãe.

— Tenho certeza — respondi, mas não tinha certeza alguma.

Eu não sabia o que era um ritual de exorcismo. Nem ao menos sabia como rezar, é sério, ou não conhecia nenhuma oração, de qualquer forma. E se Marjorie fizesse algo tão ruim para mim na frente de todos, me deixasse chateada e eu acabasse dizendo sem pensar que ela estava fingindo, que tudo era uma farsa? Mas e se não estivesse fingindo e fosse algum espírito maligno dentro dela que me dissera ser tudo uma mentira? Eu não sabia o que pensar e apenas comecei a falar, mesmo que papai e padre Wanderly já tivessem se levantado e ido na direção de Barry.

— Sim, tenho certeza de que posso ajudar. Não estou com medo. Sou durona. Ken disse que eu era quando jogamos futebol, então sei que consigo.

Ken sorriu, fechou seu caderno, me deu um breve aceno com a mão e, então, deixou a sala e a casa. Quando abriu a porta da frente, a antessala se encheu de luz.

— Você é uma menininha muito corajosa e extraordinária — disse o padre Wanderly. — Aposto que dá trabalho a todos os meninos no playground.

— Não dou trabalho a ninguém.

— Por que não volta lá para fora e joga um pouco de futebol? — sugeriu mamãe. — Estarei lá com você em alguns minutos, certo?

Enquanto estava lá fora esperando por mamãe e chutando a bola o mais forte que conseguia para dentro da rede, eu não pensava sobre estar no quarto de Marjorie com todo mundo, inclusive com o novo médico. Em vez disso, fiquei obcecada com o comentário feito pelo padre Wanderly sobre dar trabalho. Imaginei estar em um playground e distribuir nossas pequenas sacolas pretas para todas as crianças, não somente aos meninos. Elas as abririam e encontrariam balinhas duras, cada uma envenenada com problemas.

Capítulo 19

Dr. Navidson foi à nossa casa logo depois que terminamos o jantar.

Quando a campainha tocou, mamãe estava no andar de cima, no confessionário, com uma taça de vinho; papai estava na cozinha sendo pedido pelo câmera para falar sobre o que pensava e sentia antes da chegada do dr. Navidson, e eu estava sentada no chão da sala de estar fazendo meu dever de casa de matemática, mas ouvindo o papai. Ken e padre Wanderly também estavam na sala; Ken, perdido em seu caderno preto, e padre Wanderly perdido em seu livro especial de couro vermelho.

Corri para a porta e papai me chamou da cozinha, pedindo para que eu esperasse por ele. Eu não queria. Abri a porta e quase gritei "Olá, dr. Navidson".

Ele disse "Olá" em resposta, passou por mim e entrou na casa, com cuidado para não ter nenhum contato acidental. Papai se apressou e praticamente me empurrou em direção aos degraus.

O dr. Navidson era mais baixo que os outros homens, tinha cabelos castanho-claros e uma barba grossa e incerta, do tipo que deve ter demorado anos para crescer. Nunca vi nenhuma raposa na vida real, mas imaginei que sua barba e seus cabelos tinham a mesma consistência de uma. Ele era mais jovem do que eu esperava, e óculos com armação fina e prateada emolduravam seus olhos nervosos. Vestia um casaco preto e calça jeans, sapatos pretos que tinham solas grossas de borracha, e carregava um laptop que era tão fino quanto o meu livro de Richard Scarry.

Não houve muita comoção e conversa como normalmente haveria quando um novo convidado chegava em nossa casa. Ele apertou as mãos dos meus pais com educação e negou a oferta de um copo d'água feita por mamãe enquanto papai o guiava para a sala de estar. Ele e padre Wanderly se cumprimentaram usando primeiros nomes e um breve abraço.

Papai estava agitado e caminhava pela sala, passando a mão nos cabelos.

— Tenho certeza de que o dr. Navidson é um homem muito ocupado. Devemos ir ao segundo andar assim que possível.

Padre Wanderly repousou uma das mãos sobre o ombro do papai, o que fez com que ele parasse de andar, e disse:

— Sim, é claro, John. Sei que está ansioso. Todos estamos.

— Em seguida, insistiu para que déssemos as mãos e rezássemos antes de subirmos ao quarto de Marjorie.

Eu me aproximei e fiquei perto da mamãe, que colocou suas mãos sobre os meus ombros. Fiz um movimento para que ela se abaixasse e eu pudesse sussurrar em seu ouvido.

— Não sei rezar.

Ela sussurrou para mim e respirou em meu rosto. Cobri o nariz.

— Tudo bem. Apenas abaixe sua cabeça, pense em coisas boas para Marjorie e, se quiser, peça ajuda a Deus.

Os três homens se deram as mãos. Papai esticou uma delas para mamãe ou para mim. Mamãe a aceitou e, então, segurou a minha. Padre Wanderly fez uma oração pedindo pelo amor e força de Deus frente ao mal que poderíamos encontrar. Os olhos do dr. Navidson estavam fechados com tanta vontade, que era como se ele estivesse com medo de abri-los. Padre Wanderly disse "Senhor, ouça nossas preces", seguido por papai e dr. Navidson. Então começou outra oração que começava com "Pai nosso que estais no céu", e todos continuaram, até mesmo mamãe. Mexi minha boca, fingindo que sabia as palavras também.

Quando terminamos, padre Wanderly veio até a mim e disse:

— Não tenha medo, Merry. Qualquer um que acredita em nosso Senhor Jesus Cristo não tem nada a temer.

Mamãe se abaixou e sussurrou novamente para mim, antes de o padre Wanderly terminar de falar.

— Não se preocupe, estarei lá com você e podemos sair na hora que quiser, certo?

Barry correu para o segundo andar e perguntou se lhe daríamos mais um minuto para que arrumassem a câmera e as luzes no corredor e no quarto de Marjorie. Ele bateu palma e ninguém disse nada. Papai começou a andar de um lado para outro de novo. Mamãe terminou seu vinho e deixou a taça na mesa de centro.

Depois de recebermos o "ok" de Barry, nós, os Barrett, guiamos a equipe pelo caminho até o segundo andar. Papai foi primeiro, com mamãe e eu bem atrás. O restante do nosso comboio nos seguiu: padre Wanderly, dr. Navidson e Tony, o operador de câmera. Jenn já estava no topo das escadas, acompanhando o progresso de nossa expedição.

O corredor do segundo andar estava cálido e bem iluminado. As instalações no teto foram limpas e as lâmpadas amarelas, substituídas por bulbos de luz branca. Os dois holofotes de dentro do confessionário/solário apontavam para o corredor, inundando o segundo andar com sua voltagem. Eu podia sentir seu calor em minha nuca.

A porta de Marjorie estava fechada, mas as que davam para o banheiro e outros quartos se encontravam abertas. Nos demais cômodos, as luzes estavam apagadas e cada entrada parecia uma boca negra.

Mamãe e eu fomos empurradas pelos outros, que se posicionavam em frente à porta de Marjorie. Papai bateu com cuidado e disse:

— Querida? Chegamos. Só queremos que você converse com o dr. Navidson e com o padre Wanderly por alguns minutos como combinamos. — Não houve resposta por parte de Marjorie. Papai girou a maçaneta e abriu lentamente a porta. — Eles farão algumas perguntas.

Papai entrou primeiro, seguido pelos homens. Fui a última a entrar, arrastando-me atrás da mamãe. Jenn permaneceu na entrada, bloqueando com eficácia minha rota prometida de fuga. No começo, me senti enganada e presa, mas decidi que conseguiria passar correndo por entre suas pernas caso houvesse uma emergência. Ter um plano era sempre inteligente.

A luz da mesa de Marjorie era a única acesa no quarto. Tudo parecia limpo e organizado. Seus pôsteres não estavam mais lá. A parte de cima da escrivaninha estava visível e seu laptop fechado se encontrava sobre o móvel.

Os bichinhos de pelúcia e bibelôs também foram retirados. A parede que recebera chutes e socos que causaram buracos foi novamente emboçada, mas não pintada.

— Olá, Marjorie — disse padre Wanderly. — Esse é o dr. Navidson.

Os dois homens se sentaram em cadeiras de madeira finas como esqueletos, coisa que eu jamais vira antes. Elas flanqueavam a cama. As luzes embutidas das duas câmeras tinham Marjorie como foco, deixando os dois homens nas sombras. Ela se sentou com as costas contra o peitoril da janela, pernas escondidas sob o cobertor. Seus fones estavam nas orelhas e eu conseguia ouvir uma música baixa e metálica ecoando. Ela usava somente um top. Uma camada de acne coloria a pele ao redor de suas clavículas.

— Olá, Marjorie — disse o dr. Navidson. — Que bom finalmente nos conhecermos.

Marjorie não o cumprimentou.

— Espere um minuto, espere um minuto. Barry, não deveríamos pôr uma camiseta nela? — perguntou papai.

Barry se afastou para longe do alcance da câmera, em direção ao fundo do quarto, próximo ao armário. Ele balançou a cabeça dizendo que não e fez um gesto com a mão para que filmassem.

Papai ergueu os braços.

— Eu gostaria de vestir uma camiseta nela. Ela só tem quatorze anos.

— Marjorie, você quer vestir uma camiseta? Está confortável em ser filmada assim? — perguntou mamãe.

Minha irmã deu de ombros e parecia entediada, como se estivesse recebendo ordens para fazer algum dever de casa extra.

— Estou bem se vocês estiverem.

Sua fala era lenta. Algumas letras eram mais pesadas que outras.

— Pode ao menos retirar os fones? — pediu papai.

— Prefiro ficar com eles. Eu me sinto melhor assim, sabe?

— Só queremos conversar por um minuto e...

— Pai, posso ouvi-los bem. Consigo ouvir perfeitamente.

Marjorie rosnou as palavras, não como um demônio, mas de um jeito que só adolescentes rabugentos sabem fazer.

Papai descruzou os braços, deu um passo rápido em direção à cômoda de Marjorie e, então, parou. O que ele queria era marchar até o móvel, abrir gavetas aleatórias com raiva até encontrar uma camiseta, jogá-la para ela, gritar até que a vestisse e, em seguida, arrancar os fones de sua cabeça, atirando-os pelo quarto. Porém, não podia fazer isso por conta das câmeras e da presença do seu adorado mentor sacerdotal.

Sei que aquilo tudo foi muito para ser interpretado a partir de braços descruzados e um giro na direção da cômoda. Foi possivelmente percepção tardia e tudo que acontecera depois daquilo estava entrelaçado com minhas lembranças, modificando-as sobre aquela noite no quarto de Marjorie, mas isso não quer dizer que minha leitura sobre meu pai não fosse precisa.

À medida que mamãe recuava e se afastava, papai se tornava ao mesmo tempo mais devoto e cegamente raivoso, e naquela noite me lembro da fúria emanando de seu corpo em ondas, como o calor de um aquecedor. Marjorie sabia disso também, então sorriu e revirou os olhos a fim de piorar tudo.

Finalmente, ela me viu grudada em mamãe e se animou.

— Ah, oi, oi, srta. Merry.

Eu não sabia se deveria responder, se ao menos podia dizer alguma coisa. Durante a grande reunião na qual a proposta fora feita, os adultos não me disseram nada além de que eu estaria no quarto com eles. Fiquei com raiva por não terem me dado instruções mais específicas. Aquilo me deu a impressão de que não sabiam o que estavam fazendo de verdade.

Fiquei quieta por um bom tempo, então deixei sair um rápido "Oi?", como se fosse uma pergunta.

Marjorie prendeu o cabelo para trás e ajustou as alças de seu top.

— Não fale comigo, Merry — disse ela. — Não é seguro. Por acaso o padre Wanderly não disse que você não deveria falar comigo?

Vi padre Wanderly lançar um olhar rápido para Barry no fundo do quarto. Então ambos olharam para mim e assentiram.

— Tudo bem, Merry. Você pode respondê-la se quiser.

— Não, ele não me disse isso — falei.

— Ah, caramba. Mãe, pai, vocês deveriam arrumar um padre melhor.

O dr. Navidson abriu seu laptop e digitou com força, como se tentasse abrir um buraco no teclado.

— Por que diz isso, Marjorie? — perguntou o dr. Navidson.

— Conversas ociosas e curiosas com o demônio deveriam ser evitadas a todo custo. Faz parte do conteúdo da aula um sobre Exorcismo. Estou surpresa por vocês, babacas, não saberem disso. Não, esperem, não estou, não.

Papai puxou o ar por entre os dentes. Mamãe apertou meus ombros. Eles a ouviram xingar diversas vezes, principalmente durante os últimos meses, mas naquele formato e com aquelas pessoas, eles reagiram como se ela tivesse socado cada um no estômago.

— Estamos falando com um demônio agora? — perguntou padre Wanderly.

— Sim, claro. Por que não?

Marjorie sorriu e piscou para mim, o que parecia prova de sua farsa ou de que realmente tinha um demônio dentro de si.

— Ei, mamãe e papai — disse ela, fazendo então uma pausa para soprar-lhes um beijo. — Dr. Navidson e todos aqueles que assistem de casa, vocês sabiam que o padre Wanderly está quebrando, tipo, uma das regras oficiais mais importantes de acordo com a igreja?

Padre Wanderly estava com as pernas cruzadas e as mãos entrelaçadas sobre seu livro de capa de couro.

— E que regra é essa? — perguntou ele.

— Nada de mídia, certo? Não se deve fazer do ritual sacramental de exorcismo um espetáculo. Dã. Citarei diretamente o que diz o Vaticano. — Marjorie limpou sua garganta e então falou com uma voz que soava decidida, senão comicamente masculina. — "A presença de representantes da mídia durante um exorcismo não é permitida."

— Isso é verdade? — questionou mamãe.

— Sim, no entanto... — respondeu padre Wanderly.

Marjorie interrompeu.

— Não, não, não. Permita-me. — Ela mudou sua voz mais uma vez, soando etérea, ventilada, com palavras pausadas e ritmadas de um jeito perturbador, muito parecida com a do padre Wanderly. — No entanto, Papa Francisco recentemente realizou um exorcismo em público, certo? Em frente às câmeras e tudo mais. Você pode até assistir no YouTube. Já foi postado umas quatro vezes diferentes e uma delas tem mais de duzentas mil visualizações. Esse novo Papa, ele é tão rebelde! — Marjorie parou e tossiu; pareceu exagerado. — Dói falar com você, padre, então vou parar. Mas para sua sorte, acho, a regra em relação à mídia já foi quebrada. Então por que não me usar para filmar o que funcionará como um vídeo de recrutamento, não é mesmo? Um norueguês já tentou uma vez com um documentário que mostrava um exorcista aprovado pelo Vaticano. Mas, sério, quem assiste a documentários noruegueses, certo? O programa de TV do padre Wanderly será um sucesso muito maior. Já é. O episódio-piloto foi o maior índice de uma estreia do Discovery Channel. Foi o que disseram. Depois de dois episódios, com todos envolvidos, todo mundo nesse *quarto* ganhará rios de dinheiro, não é? E só de imaginar todas aquelas ovelhas tementes a Deus e em treinamento assistindo ao nosso programa, se coçando para voltar à igreja, para em breve dizer suas aleluias e encher as cestas de doação.

Mamãe havia se afastado de mim e foi em direção ao papai enquanto Marjorie falava. Ela passou um braço ao redor de seu torso. Ele manteve os braços cruzados e, quando minha irmã finalmente terminou seu discurso, meu pai começou a gaguejar:

— Marjorie? O que você... eu não... Como ela sabe de tudo isso?

— Não se deixe enganar pelas mentiras — disse padre Wanderly.

— Mentiras? Que mentiras? Os índices de audiência não mentem. Posso mostrar a vocês o documentário norueguês. E eu levaria dois segundos para encontrar o vídeo do Papa Francisco com o rapazinho bonitinho e possuído na cadeira de rodas. Sabia que o chefe exorcista do Vaticano disse que o motivo pelo qual o rapaz na cadeira de rodas estava possuído foram as leis de aborto do México? Faz sentido para mim. E agora a arquidiocese em Madri quer contratar mais oito exorcistas. Talvez possamos fazê-los mudar de ideia para dez depois do nosso programa, não é mesmo?

Dr. Navidson era uma estátua de mármore iluminada pelo brilho da tela de seu computador. Ele não digitava mais, e se sentava com uma das mãos parcialmente cobrindo seu rosto e queixo.

— Pode nos mostrar em seu laptop onde tem conseguido essas informações, Marjorie? — pediu ele.

— Laptop? Não é necessário. É tudo conhecimento geral. Todos estão falando sobre isso, todos os meus amigos na escola. Você sabe, é sobre isso

que conversamos quando não falamos sobre garotos ou seus pênis. Não, espere. Isso não é verdade. Consigo todas essas informações por meio das vozes na minha cabeça. Elas não são minhas amigas, mas me contam tudo. É legal, mas tenho que calá-las de vez em quando, só para poder descansar.
— Marjorie apontou para os fones de ouvido. — Ou talvez as vozes não sirvam para nada, sejam ruins e só me digam besteira, coisas que quase soam como palavras, então eu as ouço. E acho que se ouvir com atenção suficiente, finalmente entenderei o que estão dizendo, então pararão e bum! Já se passaram cinco horas e ainda as ouço com tanto afinco que quero chorar, já roí todas as minhas unhas até meus dedos ficarem arrebentados, esfolados, ensanguentados, parecendo gizes de cera vermelhos e gastos, e as vozes ainda estão lá, e eu pronta para apunhalar meus tímpanos e, em seguida, todo mundo. Não, espere, eu ainda não apunhalei ninguém, então talvez tudo isso seja culpa da Merry. Sim, Merry me disse e me diz tudo sobre todos. Ela é tão sorrateira! Não podem confiar nela!

— Não, eu não disse! Mamãe, eu não disse!

— Tudo bem, tudo bem, não foi a Merry. Eu nasci com todas as informações do universo escondidas nas dobras e pregas infinitas da minha massa cinzenta, e a informação sozinha decide quando quer aparecer e ser aprendida. Isso não é meio assustador? Todas aquelas informações já estão bem ali. Como chegaram ali, antes de mais nada, certo?

"Tipo, eu não sabia até que vocês vieram aqui, mas agora que os vejo e tudo mais, de repente sei que o livro vermelho em seu colo tem um título em Latim e se chama *De Exorcismis et Supplicationibus Quibusdam*. É um livro litúrgico, o que quer que isso seja, revisado e publicado pelo Vaticano em 1999.

"Ou talvez. Talvez. Talvez eu seja apenas uma criança perdida, confusa, com medo do que acontecerá comigo, com a minha família, com o mundo, odeie a escola, não tenha amigos e passe meus dias dormindo com meu iPod ligado no volume mais alto, tentando não enlouquecer completamente, e com todo esse tempo sozinha, esteja procurando merdas na internet, as mesmas coisas sem parar, e as memorize porque sou muito esperta, porque tenho que encher a minha cabeça com alguma coisa além dos fantasmas."

Padre Wanderly disse:

— Sugiro que vocês não permitam mais que ela use o laptop até que o ritual tenha sido feito com sucesso.

— O quê? Não — disse mamãe. — Não podemos. Ela está tentando fazer online alguns dos deveres da escola. Ela precisa dele. — Mamãe soava tão arrastada e adormecida quanto Marjorie quando entramos em seu quarto.

— Dr. Navidson, eu ficaria bastante chateada e doente sem nenhuma conexão com o mundo externo, não acha? — perguntou Marjorie.

Ele olhou para o meu pai e disse:

— Se vocês ainda não fazem isso, suas atividades online deveriam ser monitoradas.

— São muito sem graça. Podem procurar no histórico do meu navegador. Não o deletei. Nada de ruim. E, sim, eu baixei o navegador Tor, mais ainda não o usei de verdade. Padre Wanderly, tenho certeza de que já ouviu falar sobre ou até usou o Tor.

— Ah, acho que não. Não sou muito adepto a computadores.

Marjorie olhou para o seu colo e começou a falar rápido, tão rápido que mal consegui acompanhar.

— Ah, bem, Tor permite que você procure por coisas anonimamente e visite sites na Deep Web, o que é um nome divertido para grupos de sites secretos que não podem ser acessados através de um navegador comum. Jornalistas, dissidentes e hackers o usam para escapar da vigia do governo e evitar censura. Criminosos também o usam: armas, drogas e o tema preferido do padre Wanderly, pornografia infantil. É um refúgio para os pervertidos!

Marjorie riu e puxou sua coberta até o pescoço.

Papai xingou em meio à respiração. Padre Wanderly estava de costas para mim, então não pude ver seu rosto.

Mamãe se agachou diante de mim para que ficássemos olho a olho, nariz a nariz.

— Merry, talvez devêssemos sair. Quer sair?

Estou certa de que, como uma menina de oito anos, ouviria a palavra *pornografia* e saberia ser algo ruim, ou, se não ruim por si só, pelo menos algo que não era para crianças, mas não sabia de fato o que significava. Certamente não vira nada do gênero ainda. Então eu não sabia sobre o que

Marjorie falava, mas me lembro de sentir que o quarto estava mais perigoso. Queria permanecer ali, mas não queria dizer nada para mamãe.

Marjorie ergueu e mostrou as palmas das mãos e disse com sua voz normal:

— Fiquem, mamãe e Merry. Fiquem. Me desculpem, me desculpem. Isso foi um golpe baixo. Nós seremos bonzinhos a partir de agora, no geral.

Padre Wanderly disse "Nós?" bem alto, como se fosse um advogado de tribunal que finalmente tivesse quebrado sua testemunha. Olhou para o dr. Navidson, que apenas assentiu e retomou a digitação em seu laptop.

— Foi só uma figura de linguagem.

Marjorie se contorcia agora. Seus ombros subiam e desciam, as pernas em espasmos por debaixo das cobertas.

— Qual é o seu nome?

Marjorie riu por um longo momento.

— Perdão, você está falando sério. Certo. Marjorie. Ou Yidhra. É um nome de família antigo, antigo, antigo.

Ela riu mais ainda. Eu nunca a vi tão enlouquecida, tão claramente performática, e de um jeito que ganhava intensidade, como uma avalanche. Era assustador.

— Seu nome é engraçado? — perguntou padre Wanderly.

— Talvez. Alguém já ouviu falar de mim? Tenho certeza de que Ken já ouviu.

Ken não estava presente. Eu queria ir buscá-lo. Senti uma pontada esquisita de ciúme por ouvir seu nome ser dito pela minha irmã.

— *Nós* — Marjorie enfatizou a palavra, a esgarçando como um maiô molhado — conversamos e temos algumas perguntas para vocês, pessoal. Por que Merry está aqui, afinal?

— Porque ela ama você e quer ajudar — respondeu papai.

— Que bonitinho. Como exatamente ela irá nos ajudar?

Marjorie passou a falar com uma voz gutural, tanto aguda quanto sonora, com a cadência de um sotaque britânico. Era a voz do Gollum. Pensei que certamente ela tinha ido longe demais, que mamãe ou papai brigariam por ter imitado seu personagem favorito de sua série de filmes preferida e acusá-la de fingir aquilo tudo. Porém, quando ninguém respondeu em seguida,

Marjorie continuou com sua voz normal. — Tudo bem. Então Merry está aqui para participar do programa. Quanto mais, melhor! Entendi.

— Dr. Navidson, já viu o suficiente? — perguntou padre Wanderly.

— Espere! Não nos apresse. Dr. Navidson, você segue a linha de Freud?

— Ele ignorou sua pergunta e fechou seu laptop. — Temos outra pergunta para você, padre. Nos ajude com essa aqui: como é que a igreja recomenda que testemunhas deveriam estar presentes, como agora e durante o exorcismo, principalmente se a pessoa possuída for uma jovem? Na verdade, isso aparece na *Enciclopédia Católica:* "Isso é especialmente imposto, como medida de precaução, caso o sujeito seja uma mulher."

— Acho que está claro que já interagimos demais com o espírito demoníaco. John, acho que deveria ficar aqui comigo e ajudar a tentar acalmar Marjorie para a noite. Todos os demais podem voltar para o primeiro andar — recomendou padre Wanderly.

— Ele não está respondendo nossa pergunta sobre a testemunha. Ei, alguém mais considera isso nojento? Quem é que precisa da proteção das testemunhas nesse cenário? — Marjorie socou seu peito inflado e falou com a voz de um homem. — O homem justo, corajoso, humilde e sagrado que pode vir a ser tentado pelas perversões sujas de uma vadia tomada pelo demônio? — Em seguida, Marjorie cutucou suas bochechas com os dedos, criando covinhas, e então falou com a voz de uma boneca. — Ou a pobre mulher, vulnerável, infeliz e incapaz? Tenho certeza de que sei a resposta, mas o dr. Navidson pode nos ajudar aqui. Mesmo que não siga a linha de Freud.

Os dois homens ficaram de pé. Padre Wanderly fez um gesto com suas mãos de *por favor, saiam do quarto* para nós. Dr. Navidson caminhou lentamente em direção à porta. Papai, mamãe e eu permanecemos em nossas posições.

Marjorie tentou mais uma vez, agora com uma voz chorosa e suplicante que não era a de uma boneca, mas de alguém bem mais jovem do que ela normalmente parecia.

— Padre Wanderly, não se vá. Perdoe-me. Me ajude.

— Não irei embora. Eu a ajudarei, Marjorie. Isso é uma promessa.

— J-já realizou um exorcismo antes?

— Não. Mas já estive presente em vários. Testemunhei o horror verdadeiro e a legítima salvação.

Marjorie se remexeu na cama, ficando de quatro, e se virou para o padre Wanderly.

— Diga-me. Já viu um demônio antes? Com o que se parece? Poderia enxergá-lo dentro de outra pessoa, empurrando a pele de dentro para fora em seu corpo? Viu a silhueta de uma garra, uma asa, o rosto de um monstro em pele? Ou será possível o demônio ser alguém com a mesma aparência que a minha, dando a impressão de que existe uma pessoa dentro de outra? Por acaso o demônio deixa alguma marca? Aqueles que são possuídos têm alguma para que você possa distinguir quem são? As marcas se parecem com isso?

Marjorie se sentou sobre os joelhos e levantou seus braços para que pudéssemos ver a região do alto da barriga. Mamãe e papai perderam o fôlego. Eu cobri a boca. Talhos e cortes vermelhos coloriam sua pele. Eles se cruzavam, entrelaçavam e sobrepunham, como se alguém tentasse rasurá-la como se faz com uma palavra escrita errado.

Marjorie continuou a falar enquanto os adultos se esbarravam e gritavam ordens uns aos outros. Alguém acendeu a luz do quarto e outra pessoa correu para o banheiro para pegar um pano molhado e ataduras. Fiquei lá e ouvi Marjorie.

— Padre Wanderly, você já viu um demônio ou um espírito maligno de fato deixar um corpo? Como foi? Conseguiu ver alguma coisa? Viu uma nuvem, como a de fumaça sobre um acampamento? Por acaso o demônio é sugado por um vácuo, se agarrando ao velho corpo possuído como se fosse um bote salva-vidas? Ou parte tranquilamente, como um filho saindo da casa dos pais pela última vez? E se você não viu nada? Se não foi possível ver coisa alguma, se o espírito era invisível, então como poderia saber que o exorcismo realmente funcionou?

Mamãe e papai deram a ela um copo d'água e pediram para que tomasse alguns remédios. Disseram que a ajudariam a dormir. Mamãe mencionou o dr. Hamilton e a frase "seu médico" para Marjorie várias vezes. Eles trataram gentilmente seus ferimentos. Ela permitiu que a deitassem de novo e a cobrissem. Ainda falava, mas havia quase terminado. Dava para ver.

— Depois de realizar o exorcismo, como você soube que o demônio não estava mais lá, escondido? Como sabe que não entrou em modo de hibernação, se aquietando para ressurgir mais tarde, anos e anos depois quando ninguém estaria por perto para ajudar? Ei, como sabe que o espírito errado se foi? E se você expulsasse o real espírito da pessoa e somente o do demônio ficasse ali para tomar o lugar? Se eu acreditasse em qualquer uma dessas coisas, teria medo do que aconteceria comigo. — Seus olhos se fecharam. Ela se virou de lado, de costas para o quarto e para nós. Seus olhos estavam fechados e ela sussurrava as perguntas finais. — Padre Wanderly, em primeiro lugar, como sabe que uma pessoa tem um espírito dentro dela? Pelo menos isso você já viu?

Tudo estava caótico quando deixamos o quarto de Marjorie.
 Papai gritou com raiva para Jenn, a operadora de câmera, para que ficasse no corredor e vigiasse Marjorie por um minuto. Jenn gritou para Barry — ele já estava no primeiro andar —, que não aceitaria ordens vindas do meu pai. Mamãe gritou com papai para que calasse a boca e me levou lá para baixo com pressa. Quando chegamos à antessala, ela já tinha seu celular em mãos e disse ao papai e padre Wanderly que iria ligar para o hospital, contar para o dr. Hamilton sobre as marcas. Mamãe e papai brigaram para pegar o telefone. Ele agarrou seu braço enquanto ela batia repetidamente em sua mão. Padre Wanderly tentou mediar a situação sem muito sucesso. Barry e dr. Navidson então interviram para acalmar a todos.
 — Parem, parem, parem! — berrei.
 Eles realmente pararam de se agarrar, falar e discutir por um momento, todos parecendo envergonhados. Mamãe mandou que eu fosse para a cozinha e disse que logo iria também. Assenti e me afastei lentamente, não em direção à cozinha, mas para a sala de estar, e, enquanto fiz isso, os vi e ouvi começarem a falar de novo. Papai foi o primeiro. Pediu desculpas por agarrar o braço da mamãe e a chamou de querida, mas então insistiu que não deveriam ligar para o dr. Hamilton por conta daquilo, pois isso levaria Marjorie de volta ao hospital e ela não poderia ser salva. Disse que haviam conversado, rezado e decidido acreditar no padre Wanderly, e que deveriam se

ajudar em um momento tão difícil. Padre Wanderly chamou mamãe repetidas vezes pelo seu primeiro nome e disse que sabia que o que acontecia com Marjorie era o pior pesadelo para os pais, mas que papai estava certo sobre não chamar o médico. Disse a ela que depois do que tinham acabado de testemunhar, estava certo de que seria capaz de conseguir a permissão do bispo e realizar em breve o exorcismo.

Mamãe balançou a cabeça e disse:

— Isso é um pesadelo e jamais acordaremos dele.

Ken estava na sala de estar esperando por todos nós. Falei "oi" e ele retribuiu encabulado. Em seguida pediu desculpas. Não entendi por quê. Eu ia perguntar, mas Barry deixou meus pais e veio direto a Ken. Perguntou se ele havia assistido tudo do trailer. Ken disse que sim. Tony, o operador, papai e dr. Navidson então se reuniram em volta de Ken, que parecia enjoado, como se sentisse a dor de estômago que fingi sentir naquela manhã.

Padre Wanderly ainda estava na antessala com mamãe. Eu não conseguia mais ouvi-los. Ele apertou suas duas mãos com gentileza e a deixou ali. Enquanto passou, o padre tocou meu ombro e agradeceu pela minha ajuda, disse que fui muito bem, e que poderia vir a precisar novamente de mim. Em seguida, também se juntou ao grupo ao redor de Ken, enchendo-a de perguntas.

Ken ergueu as mãos pedindo silêncio. Disse ao grupo que pensou que o nome do demônio Yidhra fosse familiar quando o ouviu do trailer, mas não se lembrava exatamente quem ou o que era, então usou o Google. Yidhra era um demônio inferior do universo fictício de horror cósmico criado no início do século vinte pelo autor H.P. Lovecraft, um universo que apresentava Deuses Antigos sem nome e bestas com tentáculos de outras dimensões. Ken enfatizou que Yidhra era completamente fictício e nunca fora encontrado em nenhuma crença judeu-cristã ou pagã. Disse que de fato era interessante que, nas histórias de Lovecraft, Yidhra aparecia sob a forma de uma mulher sedutora.

— Marjorie falou com uma voz masculina quando presumidamente estava sob a influência de Yidhra — disse o dr. Navidson.

— O demônio está escondendo sua real identidade — disse padre Wanderly. — Sempre o faz até o final.

— Por que ela disse que você saberia? Tem falado com ela, contado esse tipo de coisa? — perguntou papai.

Ele não estava exatamente gritando com Ken, mas o tom de sua voz foi alto o suficiente para que padre Wanderly dissesse "Devagar, John".

— O quê? Não, não tenho trocado nada além de conversa fiada, olás e tchaus com Marjorie desde as primeiras entrevistas quando aparecemos. E só para deixar claro, eu não conhecia o demônio pelo nome. Tive que pesquisar. Quer dizer, sim, sou grande fã de Lovecraft, o escritor, e tudo mais, mas Yidhra era um personagem tão pequeno que não me lembrei dele.

— Então como ela soube que você era fã?

Papai parecia estar procurando por uma briga.

— Temo dizer que sabemos a terrível resposta para isso — disse padre Wanderly.

Ken deu de ombros e disse:

— Veja, ela provavelmente me viu usando minha camiseta da Lovecraft/ Miskatonic University.

— Não acredito. Que garota de quatorze anos se ateria a esse detalhe? — questionou papai.

— Lovecraft é um autor bastante conhecido. Ela pode ter feito a conexão sozinha. Ou talvez pesquisou sobre a minha camiseta no Google, encontrando Lovecraft e Yidhra na Wikipédia. Não é uma reviravolta tão grande, não acho...

Barry deu uma batidinha no ombro de Ken e balançou a cabeça. Ken assentiu, parou de falar sobre Marjorie e Lovecraft e disse:

— Voltarei para o trailer caso alguém precise de mim.

Padre Wanderly, papai e dr. Navidson se fecharam em seu próprio círculo e conversaram rápido, falando um por cima do outro, então não consegui entender quem disse o quê. Porém, todos falavam sobre como Marjorie estava de fato possuída por um demônio, sendo a prova as coisas que conseguia ou não fazer.

— ... uma menina de quatorze anos não teria como saber de tudo aquilo...

— ... dar detalhes que alunos avançados do seminário não dariam...

— ... o título do livro, em Latim correto...

— ... se referir a Freud e a esse demônio fictício de um autor que já faleceu há tanto tempo...

— ... mesmo que pesquisasse sobre tudo aquilo no computador...

— ... de jeito nenhum conseguiria memorizar tudo...

— ... ela fez mais do que memorizar, ela sintetizou...

— ... não teria como antecipar o que teria que dizer ou como usar aquelas informações durante a nossa entrevista...

— ... certo...

— ... uma menina como ela não fala com tanta eloquência como falou...

— ... de forma alguma...

— ... uma menina não faria as perguntas que fez...

Mamãe gritou com eles.

— Marjorie sempre foi uma jovem extremamente inteligente. É claro que é capaz de fazer todas essas coisas que vocês dizem que não.

— Sarah, não estamos dizendo que ela não seja uma menina inteligente. Essa não é a questão — disse papai. — Agora não é o momento para...

Mamãe não esperou que ele terminasse. Agarrou meu braço com força e disse:

— Venha. Para a cozinha. Comigo. Agora.

Eu a segui até lá. Achei que mamãe estivesse chorando, mas não estava. Fervia de raiva e resmungava entre respirações. Bateu as portas dos armários, serviu a si mesma uma taça grande de vinho e um copo de leite para mim. Pedi para que o esquentasse e ela o colocou dentro do micro-ondas, batendo a porta também.

Sentamos à mesa com nossas bebidas. Testei o leite com meus lábios e a temperatura estava perfeita.

— Está com raiva de quem? — perguntei, finalmente.

— De tudo. De todos. De mim também.

— Sinto muito.

— Não estou irritada com você, docinho. É a única pessoa de quem não sinto raiva.

— E Marjorie?

— Também não estou irritada com ela. Sua irmã está doente, precisa de ajuda e eu acho que ninguém da sala ao lado irá de fato ajudá-la, mas a culpa é inteiramente minha por não conseguir dar um basta nisso tudo. Nunca deveria ter permitido que isso acontecesse. Quer dizer, dá para acreditar? Em alguma dessas coisas? Como chegamos a esse ponto? Câmeras, roteiristas, produtores, manifestantes, padres. Que bagunça. Só que eu estava com tanto medo de perdê-la e não sabia mais o que fazer... e eu queria acreditar. Queria acreditar em tudo isso. Ainda quero.

Mamãe olhou para baixo e me viu encarando-a.

— Beba seu leite — disse ela.

Eu queria dizer que tudo ficaria bem, que Marjorie me contara que estava fingindo, então quando o padre Wanderly realizasse o exorcismo, ela também fingiria que funcionou, mas não falei. Não consigo explicar o motivo ao certo. Eu me lembro tanto daquele outono com detalhes (e eu sou a única na posição de ter seis episódios televisionados da minha família para revisitar quando esquecer alguma coisa), e às vezes sinto que ainda sou a mesma irmãzinha de oito anos que anseia pelas ordens da mais velha sobre o que fazer e como fazer.

— Eu acredito. Você deveria acreditar também, como o papai — falei para minha mãe. — Sim. Acho que o padre Wanderly pode ajudar. Ele pode. Ele fará com que ela volte ao normal.

Mamãe desmoronou em soluços pesados. Eu não sabia o que havia acontecido, então continuei a dizer *Mãe* sem parar, e, quando tentei perguntar o que tinha acontecido e lhe dar um abraço, ela me afastou. Não permitiria que eu afastasse as mãos de seu rosto, me deu a ordem para sair de perto e da cozinha. Quando perguntei "Por que, o que eu fiz?", ela me disse para deixá-la sozinha e ir até o papai e o padre, pois tinham todas as respostas, e para deixá-la sozinha, e eu ainda perguntava *por que-por que-por que* até que mamãe gritou "Sai da porra da minha frente!", e atirou sua taça de vinho na parede.

MAIS TARDE NAQUELA NOITE, DECRETAMOS uma nova política em relação à hora de dormir a fim de ajudar Marjorie a não se machucar mais e garantir a todos "paz de espírito". Essa foi a frase que papai usou e eu tentei fazer uma piada, fingindo presenteá-lo com uma porção literal da minha alma. Não deu certo.

A nova política: Marjorie dormiria de porta aberta e papai estaria em seu próprio quarto com a dele também aberta. Mamãe passaria a noite comigo em meu quarto. Eu poderia deixar a minha porta aberta ou fechada. A decisão era minha. Assim que ele saiu, ouvi o dr. Navidson sussurrar para o papai sobre o fato de me deixar escolher como forma de me fortalecer, me dar senso de controle sobre a situação.

Mamãe havia terminado uma terceira taça de vinho na hora em que fui mandada ao banheiro para me aprontar para dormir. Quando cheguei em meu quarto, ela já estava na minha cama, ainda vestida, mas sob as cobertas. Mamãe não me contou histórias. Disse estar muito cansada e que eu tinha que dormir logo. Não pediu desculpas por ter xingado na minha frente e nem por atirar a taça na cozinha.

Fiquei parada na entrada do quarto, indecisa sobre deixar ou não a porta aberta. Encarei aquilo como uma escolha importante, que deveria ser levada a sério.

— Se eu fechar a porta, então não seremos capazes de ouvir nada, você sabe, caso precisemos — falei mais para mim mesma do que para ela. — Mas se deixá-la aberta, acho que vai ficar claro demais aqui dentro para dormir e barulhento também. Mas eu meio que quero deixar a porta aberta, porque a de todo mundo está assim. Mas se eu fechá-la — abri e fechei a porta como se fosse um fole —, poderemos dormir até mais tarde que os demais sem querer e eu me atrasarei para a escola. E se eu deixar aberta, pode ser que não durma e fique cansada demais para ir à aula. Se deixar fechada...

— Merry. Basta. Apague a luz. Venha para a cama. Agora.

Deixei a porta entreaberta, o que considerei uma boa escolha. Tirei meus óculos, os deixei fechados sobre a cômoda e me arrastei por cima da mamãe. Ela estava na beirada e eu, entre seu corpo e a parede do quarto. Suas costas estavam viradas para mim. Dei um beijo desajeitado em sua orelha e desejei "Boa noite, Orelha". Mamãe não virou a cabeça e apenas jogou um beijo vazio de volta para mim.

Eu estava agitada, inquieta, soltando risinhos e sons aleatórios. Tentei dar um dos meus suspiros de fim de dia, aquele que sinalizava ser de fato hora de dormir. Não funcionou. Toquei de brincadeira as panturrilhas desnudas da mamãe com meus pés gelados. Ela mal se encolheu e me disse de algum lugar muito distante para dormir.

Fiquei deitada de barriga para cima, com as mãos cruzadas sobre o peito, tentando lembrar e recontar tudo que fora dito no quarto de Marjorie. Eu sabia que os adultos fuçariam o vídeo e seriam capazes de desmembrar o que dissera e encontrar significados e segredos em potencial. Sabia que, para eles, palavras significavam coisas muito diferentes. Fiquei preocupada com a possibilidade de descobrirem que Marjorie não tinha um demônio de verdade dentro dela, que estava fingindo, e então cancelarem o programa e nossa família voltar a ter problemas com dinheiro. Mas então pensei sobre seus arranhões e como ela estava assustada, e me perguntei se seria possível estar possuída por um demônio e fingir ao mesmo tempo. E, em seguida, a preocupação passou a ser sobre ter um demônio preso dentro de mim, e sobre aquilo acontecer com meus pais... o que faríamos então? Rolei a palavra *demônio* pela boca, apertando-a com minha língua, saboreando-a, deixando-a estalar na parte de trás dos meus dentes, repetindo-a mentalmente até que as sílabas não fizessem sentido e parecessem estranhas e indecifráveis, assim como o nome estranho do demônio que Marjorie dera a eles.

Acordei mais tarde durante aquela noite e mamãe roncava profundamente. Eu não precisava fazer xixi de verdade, mas quis ir ao banheiro de qualquer jeito. Deixei a porta aberta e meu xixi era tão alto que ri, encabulada, mas também ri de quem quer que estivesse preso assistindo e ouvindo à fita das câmeras do corredor.

Saí de fininho do banheiro sem lavar as mãos e fiquei parada no corredor. Estava bem frio, embora o vapor assobiasse ao sair de nossos aquecedores velhos e eu pudesse sentir o cheiro do calor, o que imaginei ser o odor de poeira queimada. A porta do papai ainda estava aberta. Ele dormiu bem na ponta da cama que dava para o corredor. Sua boca estava aberta e seus lábios pendiam como os de um daqueles cachorros bobos com pele flácida.

A porta de Marjorie também continuava aberta. Levantar para fazer xixi quando não precisava de verdade era como uma menina de oito anos mentia para si mesma: é claro, apenas levantei para usar o banheiro, não para ver o que minha irmã estava fazendo.

Observei meu pai dormindo enquanto eu entrava no quarto dela. Sem meus óculos, tudo parecia um pouco confuso. Assim como ele, Marjorie deitava de lado, de frente para a porta. Mas estava completamente acordada.

— Você me ouviu fazendo xixi?

— Passei a noite toda vigiando o papai. Estou preocupada — sussurrou Marjorie. — Acho que pode ser ele quem está possuído. Sem brincadeira. Seu rosto se contorce como se sentisse dor. Ele não tem agido de maneira muito estranha? Tão exageradamente religioso agora e sempre tão raivoso? Tenho medo. Acho que ele pensa em fazer coisas ruins, muito ruins, como na história que contei a você sobre as coisas que crescem.

Dei de ombros e pensei em contar a ela que mamãe também estava nervosa.

— Acho que ele está bem.

— Ele passou mais de uma hora lendo a Bíblia. Acho que lia a mesma passagem sem parar, porque não virava página alguma.

— Marjorie...

— Shhh.

Eu tinha me esquecido de sussurrar.

— Perdão. Você ainda está fingindo?

— O que acha?

— Acho que sim.

— Então estou. Não se preocupe, macaquinha.

— Por que você disse todas aquelas coisas? Por que se arranharia daquele jeito?

— Tive que fazer aquilo. Para que eles acreditassem.

— Mamãe não acreditou.

— Ela só diz que não, mas acredita. Dá para ver. Sempre que ela me olha agora, é como se estivesse assistindo a um filme de terror.

— Os arranhões doeram?

Marjorie não respondeu minha pergunta imediatamente.

— Esteja preparada. Ficará pior — disse ela. — Mamãe e papai ficarão piores. Mas essa é a única saída agora. Temos que mostrar a eles.

— Mostrar o quê?

— Os arranhões machucam, sim. Mas isso não é nada. Terei que fazer algo pior, bem pior, uma hora ou outra. Volte para a cama. Eles acordarão em breve.

Saí de seu quarto na ponta dos pés, quase acreditando que, se eu fosse sorrateira o suficiente, se pisasse leve o suficiente, a câmera do corredor não me veria, ou quem quer que estivesse assistindo à filmagem pensaria que eu teria acabado de sair do banheiro novamente.

É claro que, na manhã seguinte, entrei em apuros. Alguém (sempre me perguntei se teria sido Ken, mas nunca o questionei) deve ter contado ao papai sobre os meus passeios de madrugada assim que ele acordou, porque me atacou durante o café da manhã, no meio na minha tigela de cereal de chocolate, gritando comigo a plenos pulmões pela primeira vez na frente das câmeras. Foi um sermão sério; ficou de pé para que se distinguisse sobre mim sentada, seu rosto ficou vermelho e os olhos saltaram de sua cabeça. Perguntou repetidas vezes se eu achava que aquilo era algum tipo de jogo, se eu achava que todos eles estavam brincando. Chorei e pedi desculpas, disse a ele que estava preocupada e que fui apenas checar se Marjorie estava bem. Mamãe não disse uma palavra sequer e foi para fora fumar enquanto o pão de Marjorie torrava. Ele perguntou se eu sabia o motivo de terem criado novas regras sobre a hora de dormir. Disse que eu não era burra e que era esperta o suficiente para entender, mas de um jeito que me fez me sentir estúpida.

Caso não tenha ficado claro, fui proibida de ir até o quarto da minha irmã ou de estar com ela caso estivesse sozinha até segunda ordem. Se fizesse aquilo de novo, não poderia mais assistir a *Pé-Grande* e *Monstros do Rio*.

Capítulo 20

É CLARO QUE o programa usou material daquela noite no quarto de Marjorie para encher o terceiro e o quarto episódios.

Mostraram a entrevista real com dr. Navidson no quarto em dois ângulos diferentes. Diminuíram o ritmo da filmagem a fim de dar foco às expressões faciais e gestos de Marjorie, e aos 12m37s de entrevista, quando pela primeira vez ela se referiu a si mesma como "nós", havia um quadro (registrado por dois ângulos diferentes) no qual suas íris pareciam vermelhas, como se alguém tivesse tirado uma foto usando flash. O programa entrevistou dois experts em fotografia, que analisaram as películas e não chegaram à conclusão alguma sobre a fonte do brilho vermelho em seus olhos. Também diminuíram o ritmo da entrevista para comentar sobre uma brincadeira com sombras que apareceu na parede atrás de Marjorie, à sua direita, e para os espectadores, à sua esquerda. Em três momentos diferentes, apareciam sombras compridas, tubulares, tremulando e se contorcendo ao fundo. Novamente, os experts em fotografia foram consultados e, mais uma vez, não chegaram a nenhuma conclusão e, mesmo sem mostrar evidências, de imediato, desconsideraram Photoshop, truques de edição e outras formas de alterar fisicamente a filmagem como possível causa.

Especialistas em som e voz examinaram o áudio de Marjorie. Dissecaram as partes em que sua voz mudava, padrões de discurso e ondas de frequência, e fizeram leituras do seu estado emocional usando Análise de Voz em Camadas. Um deles alegou que as outras vozes que ela usou tinham biometrias vocais totalmente diferentes (o que reflete tanto a anatomia de quem fala — o tamanho e formato da boca e garganta — e seus padrões/estilos de discurso comportamental/regional) e não teriam como vir da mesma pessoa.

Checaram todos os fatos mencionados por Marjorie, verificando as fontes que citou, e investigaram e examinaram brevemente suas alegações sobre o Papa ter realizado um exorcismo na Praça de São Pedro. Mostraram um clipe do Papa Francisco pondo as mãos em um homem que estava numa cadeira de rodas e convulsionava e desmoronava enquanto o Papa rezava. Mostraram a declaração escrita do Vaticano; uma negação que não era uma negação de que ele realizara um exorcismo em público. Citaram um livro que ele escrevera quando era um arcebispo, chamado *Sobre o Céu e a Terra*, destacando o segundo capítulo (intitulado *Sobre o Diabo*) e seus fragmentos nefastos sobre Satã e sua terrível influência. Fizeram uma entrevista breve com o Bispo de Madri, que tinha de fato peticionado ao Vaticano para treinar mais de seus padres para o exorcismo.

Resumiram rapidamente uma biografia do autor H.P. Lovecraft. Detalharam uma bibliografia e o renascimento recente de suas ideias e influência na atual cultura literária e popular, mencionando o novo volume de seu trabalho publicado pela Library of America. Explicaram o mito de seus Deuses Antigos/Cthulhu e onde o demônio Yidhra se encaixava, e tentaram posicioná-lo dentro de um contexto mais amplo na história dos demônios/espíritos em meio ao folclore e à religião.

Entre os diversos segmentos da dissecação da entrevista de Marjorie, exibiram entrevistas mostrando a reação de todos os envolvidos. Havia múltiplas cenas de mamãe e papai expressando seus pensamentos e opiniões. Papai era sempre filmado sob uma luz clara, normalmente na varanda de trás, com seu peito inflado, de pé, resoluto, como se estivesse pronto para fazer o que quer que devesse fazer. Não se parecia muito com ele, não com aquele homem do qual me recordo. Seus olhos eram luminosos como o sol e ele sorria com exagero, mostrando todos os dentes. E também não soava como me lembro. Não falava com a câmera. Fazia um discurso. Tinha conversas motivacionais sobre como nossa família superaria os obstáculos. Ele se utilizava de proselitismos, trabalhando com referências bíblicas e "Que Deus abençoe nossa família" sempre que possível.

As entrevistas com a mamãe foram feitas com ela sentada na cozinha, com iluminação fraca, quase em tom de sépia, e um rastro de fumaça de cigarro em um cinzeiro na maioria das vezes. Eles a pintaram como a Dúvida de Tomé da família, o que de fato era. Porém, também a fizeram dar a impressão de estar à beira de um ataque de nervos, o que mais uma vez era verdade, mas papai também estava. Estou certa de que utilizaram mais do que uma pequena edição criativa em suas entrevistas. No programa, ela se tornou a personagem que inarticuladamente negava a realidade; a realidade do nosso reality show. O entrevistador que não aparecia a pedia para explicar as sombras no vídeo ou os olhos vermelhos de Marjorie (algo que não fizeram com papai, ou se fizeram, não exibiram), ou algumas das coisas que minha irmã dissera e, então, cortavam para mamãe dando de ombros, gaguejando, afundando em sua cadeira e murmurando "eu não sei" ou "não tenho certeza".

O dr. Navidson foi filmado falando em algum lugar da casa e nem mesmo eu conseguia dizer onde exatamente ele estava quando foi entrevistado, já que estava de pé em frente a uma parede branca (Cozinha? Sala? Um dos corredores? Piso da escada? Quarto de hóspedes?), e sua cabeça tomava conta do quadro inteiro. Ele gaguejava e parecia muito desconfortável cara a cara com uma câmera. Recusou comentar sobre detalhes específicos do caso, mencionando a confidencialidade da relação paciente-cliente, mas admitiu que, de fato, tinha recomendado ao bispo que o caso de Marjorie era extraordinário, um que estava além da ciência.

Executaram uma entrevista no estilo "conheça melhor" com o padre Wanderly, com ele sentado em um banco dentro de sua igreja. Ele detalhou sua experiência como jesuíta, seus diplomas do College of the Holy Cross, falou amavelmente sobre seu cachorro, Milo, um cocker spaniel mestiço que vivera com ele no presbitério por dezesseis anos. O entrevistador que não aparecia perguntou se sabia alguma piada. Padre Wanderly pareceu genuinamente sem graça, disse que não conhecia muitas, mas que contaria uma: "Você soube sobre o momento terrível que o diabo está tendo com a nossa economia atual? As taxas subiram dez por cento de maneira *pecaminosa*."

Em uma das entrevistas que mostravam a reação do padre Wanderly (conduzida na antessala, com o padre de pé em frente às escadas, luz natural entrando por uma das janelas às suas costas e à sua direita), ele estava bem mais comunicativo do que o dr. Navidson estivera esboçando os motivos pelos quais tinha certeza de que Marjorie de fato estava possuída por um espírito maligno.

Eles fizeram até uma entrevista com um dos manifestantes do lado de fora, em frente à nossa casa, o que surpreendentemente se mostrou um erro terrível. Acho que Barry e companhia limitada sabiam que fazer aquilo com um dos doidos que carregavam um cartaz encorajaria mais manifestantes, e um maior número deles significava maior cobertura midiática (grátis!). Porém, por mais que ele resmungasse, fosse desonesto e tão obviamente despreocupado com o bem-estar de nossa família, não acho que tenha convocado de propósito um ônibus lotado de malucos batistas que odiavam a igreja católica para a entrada de nossa casa, o que obviamente foi o que aconteceu.

Fizeram uma única entrevista sobre a minha reação. Foi muito breve. Ken estava atrás das câmeras. Fez as perguntas enquanto eu estava sentada em minha cama. Durante a gravação, que aconteceu depois da minha volta para casa de um dia especialmente horroroso na escola, conversamos por quase uma hora. Na maior parte do tempo, falamos sobre a noite anterior no quarto de Marjorie. Parte foi sobre como era viver com as câmeras e como ser eu no geral. Levaram ao ar apenas três perguntas e respostas, um fragmento usado como o último segmento do quarto episódio:

Ken: Você ama a sua irmã?

Eu: Ah, sim. Muito. É minha melhor amiga. Quero ser como Marjorie e faria qualquer coisa por ela.

Ken: Quando o padre Wanderly e o dr. Navidson a fizeram perguntas na noite passada, você estava com medo?

Eu (depois de uma longa pausa durante a qual mudei de posição em minha cama, de pernas esticadas para pernas cruzadas): Sim, um pouco. Mas não tive medo de Marjorie. Tive medo do que o padre Wanderly disse que está acontecendo com ela.

Ken: Qual foi a parte mais assustadora?

Eu: Bem... ver os arranhões por todo seu torso. Não achei que ela faria aquilo consigo mesma.

Eles encheram dois episódios com material relacionado àquela noite, porque podiam. Mas também porque deviam.

Dois dias depois da noite no quarto de Marjorie, o padre Wanderly nos informou que o bispo que comandava a região pastoral norte da Arquidiocese de Boston (que era composta por sessenta e quatro paróquias no sul do Condado de Essex) deu sua permissão e bênção para realizar um exorcismo em Marjorie. Padre Wanderly, depois de se consultar rapidamente com Barry, também nos disse que precisaria de oito dias para estar totalmente preparado. Ninguém questionou isso.

Durante aqueles oito dias, o mundo externo à nossa casa se tornou progressivamente caótico. A escola ficou insuportável. Crianças implicavam comigo com mais frequência e mais abertamente. Dadas as leis recentes sobre bullying em Massachusetts, que garantia uma culpabilidade considerável à escola caso incidentes não fossem reportados, os professores e a administração estavam dando chiliques, e mamãe era chamada para reuniões com regularidade. Os adultos não pareciam saber o que fazer, mas mamãe não me deixava ficar em casa em vez de ir para a escola. Tudo que eu sabia era que o garoto que me chamara de "Irmã Satã" e beliscara meus braços com força suficiente para deixar hematomas por três dias seguidos não aparecera na escola nos dois dias que seguiram, e quando voltou, não tinha permissão para chegar perto de mim.

Marjorie já havia parado de frequentar a escola, mas um grupo de seus antigos colegas de classe criaram uma conta no Instagram com seu nome e postou fotos de cenas do programa... tanto dela quanto da atriz que fazia seu papel. Anos mais tarde, descobri que aquelas fotos tinham legendas violentas ou brutalmente sexuais. Havia uma da atriz que interpretava Marjorie se masturbando no corredor com os seguintes dizeres: "Rebole para Satã! Foda meu rabo, Jesus!" O criador da página e outros cinco alunos foram suspensos por uma semana.

Apesar do frio de meados de novembro, o número de manifestantes em frente à nossa casa aumentou tanto que a rua era quase fechada para tráfego. Dois policiais foram designados para evitar que as pessoas violassem a propriedade e fizessem contato conosco ou com a equipe. A polícia tinha que substituir a fita amarela diariamente e com frequência enxotava os manifestantes que se aglomeravam na entrada da nossa garagem sempre que um carro saía ou entrava.

Mamãe tirou uma licença do trabalho. Ela não me contou, mas eu a ouvi dizendo ao papai que tinha sido ideia do banco. Passou a fazer compras em cidades que ficavam a trinta minutos ou mais de distância. Passava as noites no telefone com seus pais (meus únicos avós vivos), que viviam na

Califórnia. Eles não compreendiam o que estávamos fazendo no programa. Mamãe me disse que depois que tudo terminasse, talvez os visitássemos.

— Oba! Por quanto tempo? — perguntei.

— Eu... eu não sei. Talvez por bastante tempo — respondeu.

Papai passava a maior parte de suas manhãs na paróquia do padre Wanderly, assistindo às duas missas matinais e aparentemente até servindo como ministro da eucaristia. Ele me disse que era a melhor forma de começar o dia. Lembro-me de ele dizendo que "ir lá me enche de esperança, e todas as orações e apoio dos meus companheiros paroquianos são amparadores, como raios de sol para um belo girassol". Eu queria dizer que aquilo, tudo aquilo, não era sobre ele, mas me acovardei. Passava a maior parte de suas tardes discutindo e tentando intimidar os manifestantes. Dia após dia, ele se tornava cada vez mais assustador.

Então, enquanto o nosso lugar ou status na comunidade continuava a se deteriorar, os acontecimentos dentro da nossa casa se tornaram relativamente calmos. Agora que tínhamos uma data marcada na qual se tentaria um exorcismo, o comportamento bizarro de Marjorie entrou em um tipo de remissão. Ela não falava muito e ainda usava seus fones de ouvido na maior parte do tempo, e eu a pegava conversando consigo mesma, rindo por conta de nada, mas de bom grado ela saía de seu quarto e ia para o primeiro andar para jantar conosco na cozinha.

Por sete dias não houve nenhum acontecimento dentro de casa que fosse dramático ou digno de ser mostrado no programa. Sei disso porque Barry passou a maioria dos dias da semana andando de um lado para outro, indo de cômodo em cômodo como se esperasse que ele mesmo fosse encontrar demônios defecando nos cantos escuros, paredes sangrando ou algo igualmente interessante. Sem sorte. Reclamava com os membros da equipe, principalmente com Ken, uma vez dizendo: "Você tem que encontrar alguma coisa. Precisamos filmar *algo*."

O "algo a ser filmado" acabou sendo uma cena pós-jantar da família. Foi na noite anterior à realização do exorcismo, e estávamos todos na sala de estar vendo TV. Papai sintonizou um programa no qual um sobrevivente é jogado no meio da selva e come seiva de árvore, insetos e roedores por dez dias. Nesse episódio, o cara estava em algum lugar denso de uma floresta de coníferas. Eu estava assistindo, mas não de verdade. Fiz piruetas pela sala e dei cambalhotas no sofá, pedindo ao papai que as classificasse com um polegar para cima ou para baixo. Mamãe pediu com indiferença para que eu parasse, então não parei. Ela não prestava muita atenção de qualquer jeito e estava com o nariz enfiado em seu smartphone.

Marjorie desceu as escadas e perguntou:

— Olá. Tudo bem se eu assistir TV também?

Todos nós gaguejamos e falamos ao mesmo tempo "sim", "claro" e "venha". Marjorie se deitou no chão em frente à TV, de barriga para baixo, com a cabeça apoiadas nas mãos. Nós a assistimos assistir TV. Havia uma sensação estranha no cômodo. Estávamos nervosos com a possibilidade de algo acontecer, mas ao mesmo tempo, felizes por ela estar ali.

De repente, Barry e Ken apareceram na antessala. Duas câmeras, uma em cada ponta da sala, estavam focadas na gente. Barry anunciou que queria gravar uma cena de todos nós juntos tentando manter a normalidade de nossa vida em família. Ele realmente disse "normalidade da vida em família" para nós. Falou aos sussurros com Ken, leu algumas de suas anotações e então nos deu algumas ordens.

— Certo, por que não começamos com vocês conversando um pouco sobre o que estão assistindo? — sugeriu Barry.

Todos nos entreolhamos sem saber o que dizer.

— Isso é muito idiota — comentou mamãe.

Papai olhou para ela com raiva e foi rápido em repreendê-la.

— Vamos. Podemos fazer isso. Será que agir como uma família é tão difícil assim?

Mamãe estava mais do que pronta para responder à altura.

— Tudo bem. Crianças, aproximem-se do papai para que todos possamos dar as mãos e cantar "Kumbaya".

Rapidamente fiz um rolamento de costas do braço do sofá, aterrissando com força no chão.

— Pai! Pai! A classificação! Você disse que avaliaria minhas aterrissagens.

Esperei que tivesse falado alto o suficiente para abafar o começo de mais uma briga.

Papai colocou o polegar para cima e disse "Uau", mas não ficou entusiasmado com a minha performance.

Antes que pudessem voltar a brigar um com o outro, apontei para a TV e disse:

— Talvez eles finalmente encontrem o Pé-Grande dessa vez.

— Esse não é o programa do Pé-Grande, macaquinha — disse Marjorie.

Estávamos contentes e em choque por ver minha irmã interagindo casualmente conosco. Barry fez aquele movimento com a mão para começar a gravar, esperando desesperadamente que um de nós respondesse e continuasse com a conversa.

— Certo. É... hmm... se chama *Survivorman* — disse papai.

— Sim, eu sei — falei. — Mas ele está sozinho na floresta fechada. É lá que o Pé-Grande mora, então talvez veja um.

— Tac. Acho que não, querida.

Papai estava atuando de maneira muito forçada. Tinha aquele sorriso falso em seu rosto, aquele que parecia doer.

— Aposto que ele ouviu um, mas não sabia que era um Pé-Grande fazendo aquele barulho, pois não é um especialista — comentei.

Pontuei minha fala com uma cambalhota de uma mão.

— É claro que ele é um especialista — contrariou papai.

— Não, ele não é especialista em Pé-Grande.

Olhei para Barry e então para Ken em busca de algum sinal de aprovação; de que estávamos fazendo e falando as coisas certas do jeito certo.

Houve um momento de calmaria.

— O que acha, Sarah? — perguntou Barry. — Esse cara é especialista em Pé-Grande?

Mamãe respondeu "O quê? Ah, desculpe", então colocou seu telefone sobre a mesinha e cruzou seus braços.

— Ele não é um expert em Pé-Grande. É só, hmm, como se diz, um *sobrevivente*?

— Parece o nome de um super-herói. Ele precisa de uma capa — falei.

Mamãe me lançou um sorriso triste, como se tivesse acabado de lembrar que eu estava ali e por um bom tempo. Ela disse "Nada de capas!" como o personagem de um dos meus filmes favoritos, *Os Incríveis*.

Ao mesmo tempo, Marjorie disse "Uma capa que ele fez com musgo e galhos", mas murmurou. Não foi um murmúrio de alguém estranho, assustador e possuído, mas o seu normal, do tipo não-estou-nem-um-pouco-interessada-no-que-você-está-falando. Eu a ouvi e entendi. Mamãe também, porque riu.

— E uma cueca apertada de super-herói feita de pele de esquilo.
— É onde ele guarda suas nozes — brincou mamãe.
— Mãe! — gritei, e todos, com exceção do papai, riram.

A sala ficou silenciosa novamente. Barry e Ken sussurraram um para o outro mais algumas coisas e consultaram suas anotações outra vez. Apoiei-me no braço do sofá como se fosse a sela de um cavalo e subi e desci com as pontas dos dedos dos pés. Assistimos ao sobrevivente construir um abrigo e montar armadilhas para pegar animais pequenos.

— Eca, será que realmente vai esmagar a cabeça dos animais com aquelas pedras? Não quero ver isso. Troca de canal.

Marjorie se virou, fechou um dos olhos e olhou para mim através dos dedos em formato de pinça.

— Consigo esmagar a sua cabeça. — Ela pressionou seu polegar e indicador juntos. — Esmaga, esmaga, esmaga...

Soltei um gemido fingindo morrer e caí de costas no sofá, chutando o ar até rolar e cair de cara no colo do papai.

— Ah, que droga! — exclamou ele, me empurrando para fora de seu colo. — Você acabou de atingir as minhas...

Ele olhou para as câmeras e não terminou sua frase.

— Você bateu na pele de esquilo dele — disse Marjorie.

Ela riu, então ri também. Mamãe fez o mesmo.

Ken sugeriu que colocássemos um de nossos DVDs, algo a que todos nós gostássemos de assistir. Alguma coisa engraçada para comentarmos. Gritei "*Os Incríveis*", mas Marjorie disse que não. Mamãe foi até o armário de mídia e examinou a pequena filmoteca. Sugeriu outros títulos e, para cada um, um de nós dizia que não. Não houve consenso.

— Esqueça então. John, apenas encontre algo a que todos possamos assistir.

— *Bob Esponja*.

— Não...

Papai trocou de canal para um jogo de hóquei e todos resmungaram, então voltou para *Survivorman*.

Marjorie começou a se levantar.

— Aonde vai? — perguntou papai.

— Ahn, para o meu quarto? Tudo bem?

— Sim, claro. Você... está bem?

Ela não respondeu.

— Se ela pode ir para o quarto, posso ver *Os Incríveis*? Ken, você pode ver comigo.

Barry entrou na sala, erguendo as mãos como um policial guiando o trânsito.

— Pessoal, vocês estão indo muito bem. Marjorie, se estiver se sentindo bem, poderia por favor apenas nos dar mais alguns minutos juntos? Seria de grande ajuda.

Seus lábios se moveram, mas nenhuma palavra saiu. Eu não tinha ideia do que ela faria. Então fiquei muito surpresa quando, silenciosamente, obedeceu e se sentou no chão.

— Certo — disse Barry. Ele bateu palmas uma vez. — E se vocês conversassem um pouco sobre amanhã?

— O que quer que falemos? — perguntou mamãe.

— O que quiserem. Estão nervosos, com medo, animados, aliviados? O que vai acontecer é o motivo pelo qual todos estamos fazendo isso, não é mesmo? Há alguma coisa que queiram dizer uns para os outros ou para as câmeras, para alguém que esteja assistindo? Só nos deem alguma coisa, qualquer coisa.

Ken agarrou gentilmente o braço de Barry, disse a ele para relaxar e o puxou de volta para a antessala.

— Certo, certo. Eis o que penso: vá se foder, Barry. Falei com bastante clareza? Quer que eu repita para os microfones?

O rosto da mamãe estava em um tom vermelho intenso, seus lábios repuxados para trás mostrando os dentes como em um rosnado.

— Não precisa — respondeu Barry. — Acho que pegamos, obrigado.

Papai se sentou com a cabeça entre as mãos, debruçado para a frente, como se alguém o tivesse tirado da tomada.

— Amanhã. Amanhã é o dia de Deus. Todo dia é — disse ele.

Quando levantou a cabeça, seus olhos estavam fechados. Sussurrou uma oração enquanto respirava.

— Bem, eu certamente espero que amanhã seja o dia de Marjorie — rebateu mamãe. — Deus pode ficar com todos os outros.

Marjorie se levantou, desligou a televisão, foi até mamãe e se sentou em seu colo. As duas tinham a mesma altura e minha irmã se encaixava perfeitamente, como se tivesse sido desenhada no colo da mamãe com papel pontilhado. Ela a envolveu pela cintura.

— Quero dizer a vocês, pessoal, como é a sensação quando... quando eu não sou eu. Posso falar sobre isso?

— Sim, é claro que pode — concordou mamãe.

Marjorie estava quieta e eu não achei que fosse contar coisa alguma, mas então ela começou.

— Na noite passada, acordei de madrugada para fazer xixi. Então abri a janelinha do lado da pia, porque do nada senti que estava pegando fogo, como se tivesse uma febre de mil graus, e subi no parapeito. Levei um tempão para chegar lá e apertei meu corpo contra o batente. Quase caí. Tentei gritar por ajuda, mas não conseguia mexer minha boca ou respirar e tudo em mim começou a se esvair, escorrer, como se meu botão de volume fosse diminuído lentamente. Eu sabia que estava morrendo, que era assim a sensação de morte, e que a pior parte era que aquela sensação horrível, terrível que duraria para sempre. Eu nunca escorreria por completo, então aquilo não pararia jamais. E é isso. Saí da janela e voltei para o meu quarto, coloquei os fones de ouvido e fui para a cama, mas aquela sensação de morte ainda estava comigo.

— Isso parece horrível, Marjorie — disse mamãe, com a voz embargada.

— Veja, preciso pedir um favor a vocês, pessoal — anunciou. — Será que poderiam estar em meu quarto comigo amanhã quando tudo acontecer? Quero que estejam lá.

Ela parecia assustada e como se estivesse prestes a começar a chorar. Estava silencioso o suficiente na sala para que eu conseguisse ouvir o zumbido das câmeras.

— É claro que estaremos lá. Seu pai e eu a amamos e sempre estaremos ao seu lado.

Papai murmurou algo sobre Deus a amá-la também.

— Obrigada — disse Marjorie. — Mas Merry também tem que estar presente.

— Não sei se é uma boa ideia — discordou papai. — Sua mãe e eu estávamos conversando sobre mandá-la para a casa da tia Erin para passar a noite, não é mesmo, Sarah?

Foi a primeira vez que ouvi falar sobre o plano da tia Erin.

— Não, não pode fazer isso. Não vai dar certo. Se Merry não estiver lá... — disse Marjorie, fazendo uma pausa logo em seguida e se repetindo. — Se Merry não estiver lá, alguém irá se machucar. Muito mesmo. E essa pessoa sentirá o que eu senti na noite passada e para todo o sempre.

— O que quer dizer com isso?

— Alguém no quarto, poderia ser qualquer um, não sei quem, mas tenho certeza, estou certa de que o exorcismo não funcionará e então alguém irá se machucar. A não ser que Merry esteja presente.

Papai ficou de pé e deu dois passos na direção de Marjorie para que se avultasse sobre ela como uma árvore enorme.

— Por acaso é o demônio quem está falando?

— Não. Sou eu.

— Como sabe que isso vai acontecer?

— Como já disse antes, eu apenas sei dessas coisas. Todas essas ideias e imagens que vejo brotam em minha cabeça.

Papai esfregou o rosto com força, como se tentasse arrancá-lo. Olhou para o teto e disse:

— Queria que padre Wanderly estivesse aqui. Ele me disse, repetidas vezes, que não posso confiar no que ela diz, porque o demônio mente. — Então ele olhou para Marjorie. — Desculpe-me, querida, mas não sei no que acreditar.

— Padre Wanderly, Barry e os demais queriam da última vez que Merry estivesse no quarto, certo? — questionou ela. — Então qual é a diferença? De qualquer forma, estou certa de que irão querer sua presença de novo. É bom para o programa, não é?

— Não foi por isso que queriam que Merry estivesse lá — discordou papai.

Marjorie riu.

— Ah, então eles *realmente* a queriam no quarto? Foi apenas um palpite meu. Por que iriam querê-la presente, hein? Somente em nome de seu amor e apoio, certo?

Marjorie lutou para sair do abraço e do colo da mamãe. Foi para trás da cadeira da mamãe, se enrolou na cortina branca de renda e, então girou, formando um casulo em torno de si. Foi como a noite em que ela estava com o cobertor dentro da casa de papelão, só que eu ainda conseguia ver o contorno de seu rosto, se não suas feições, através da cortina.

— Marjorie, não faça isso. Saia daí — ordenou papai.

Mamãe não se moveu. Ficou sentada e, quando falou, foi como se estivesse falando para o centro da sala.

— Sei que já conversamos com padre Wanderly e Barry sobre amanhã, mas realmente não me importo mais com o que dizem ou querem. Não quero que Merry esteja presente para o exorcismo de verdade. Não quero que ela veja pelo que você terá que passar. Não quero que veja pelo que você tem sido obrigada a passar. Não quero que ela a veja assim, Marjorie. Eu me preocupo com o que isso tem causado à Merry tanto quanto com o que tem causado a você.

Ainda enrolada na cortina, Marjorie disse:

— Isso irá me ajudar, mãe, e ajudará também a nossa família. Você vai ver. Mas só se Merry estive presente. Se não estiver, não irei cooperar. Não irei aonde você quer que eu vá e não farei o que quer que eu faça. Cobrirei minhas orelhas e meus olhos quando o padre Wanderly ler seu ritual. Tirarei minhas roupas para que não possa ser filmada. Se isso não funcionar, destruirei as câmeras. As coisas ficarão ruins para todo mundo.

— Marjorie... — Papai estava falando mais alto.

Ela se apoiou na parede próxima à janela.

— Se você me amarrar na cama, gritarei, berrarei, xingarei e direi tantas blasfêmias por cima de tudo que padre Wanderly disser que o áudio ficará essencialmente inutilizável. E então alguém se machucará.

Papai começou a desenrolar Marjorie da cortina com força, gritando com o demônio sujo que estava dentro de sua filha. Mamãe começou a gritar também, dizendo para que ele parasse, que estava machucando-a, agarrou seu braço e tentou afastá-lo para longe. Ele rosnou para mamãe e arrancou seu braço do puxão. Ela lutou com mais força, bateu e arranhou os braços do papai. Barry e Ken foram até eles e tentaram interromper a briga.

Eu me lembro de tudo acontecendo em câmera lenta, por mais clichê que soe. Minha vida era uma parte de uma fita de vídeo cuja velocidade fora diminuída e friamente dissecada. Ou talvez seja como se minha memória fosse um computador com uma velocidade de processamento muito lenta para todas as informações, e o único modo de evitar que trave, para analisar qualquer parte, fosse artificialmente diminuir tudo.

Os quatro adultos gritantes se empurraram e se puxaram, e no meio disso tudo, as cortinas giravam e dançavam ao redor de Marjorie como chamas de oxigênio bêbadas. Ela sorria, mostrando seus dentes através da renda fina da cortina antes de o tecido ser afastado de seu rosto e totalmente arrancada do batente da janela.

— Me escutem de uma vez por todas! — gritou Marjorie. — Não sei se posso, mas estou tentando salvar a todos vocês também. Merry irá me ajudar!

Estive dizendo o tempo todo que queria estar lá no momento do exorcismo, mas ninguém me ouvia. Finalmente atingi meu ponto de ebulição, comecei a chorar e a gritar para que todos parassem. E, então, eu estava gritando o mais alto e agudo que podia, e não conseguia parar.

Os adultos finalmente me ouviram e pararam o que estavam fazendo. Eu chorava tanto que não conseguia respirar. Mamãe gritou comigo para parar e me disse que eu estava bem, e papai chorava também, pedindo desculpas. Marjorie se sentou no chão, sem expressão alguma, pegou uma ponta da cortina e colocou dentro da boca. Barry e Ken se afastaram para fora do quadro das câmeras, de volta à antessala.

Mamãe me pegou no colo, me levou correndo ao banheiro e me sentou no vaso sanitário de cabeça baixa. Molhou uma toalha de rosto em água gelada e a colocou sobre minha nuca. Em algum lugar da sala de estar, papai rezava, recitando as palavras tão rápido e sem pausas no final das frases ou de qualquer coisa, que eu não conseguia entender nenhuma palavra em específico. Tudo apenas fluía junto com a água gelada pingando pelas minhas costas.

Capítulo 21

NA MANHÃ do exorcismo, fiquei em casa em vez de ir à aula. Não fui informada de que aquilo aconteceria. Ninguém me disse que eu não iria para a escola. Ninguém perguntou se eu queria ficar em casa. Ninguém nem sequer me acordou na hora, mesmo que eu quisesse.

Quando acordei, já havia passado de nove da manhã. De início, fiquei nervosa, como se tivesse feito algo errado. Mamãe ainda dormia ao meu lado. Ela não se remexeu quando eu deslizei para fora da cama, vestindo calças e casaco de moletom, e saí escondida.

Marjorie dormia em seu quarto, de lado, de costas para a porta. Dei uma olhada do corredor e papai não estava lá. Fui até o solário, afastei o pano preto que cobria a janela para poder ver o exterior da frente da casa. Seu carro não estava lá.

Desci para tomar café da manhã e encontrei Ken sentado à mesa da cozinha sozinho com seu café, um laptop e seu caderno.

— Bom dia, Merry — disse ele.

— Oi.

— Precisa de alguma ajuda? Quer que eu prepare algo?

— Não.

Agi como se estivesse brava com ele, embora não soubesse exatamente por que estaria. Preparei cereal, derramando um pouco de leite, mas limpei tudo sozinha. Sentei do lado oposto ao de Ken e mastiguei os cereais crocantes com sabor de frutas.

— Não vai à escola hoje?
— Não. Hoje é o grande dia, você sabe.
— Sei que é. Tome cuidado, viu?
— Você estará aqui amanhã? Depois?
— Não sei. Depende.
— Depende do quê?
— De como as coisas acontecerão hoje. Não estou totalmente certo de qual seja o plano. Barry está se reunindo com a produtora e os representantes do canal nesse exato momento. Penso que estaremos aqui amanhã, mas nunca se sabe. Talvez vamos embora amanhã e, então, voltemos umas semanas depois para algumas entrevistas complementares e coisas do gênero.
— Mas você é o roteirista, certo? Pode escrever que vai ficar aqui por mais uns dias.
— Quem me dera que roteiristas tivessem esse poder — desejou Ken.
Terminei meu café da manhã e me servi um copo de suco de laranja. Bebi, observando Ken lendo algo em seu laptop e fazendo anotações.
— Vou lá para fora jogar um pouco de futebol — falei.
Não perguntei se ele queria ir também. Ele não perguntou se eu queria que ele fosse junto.
Ken guardou suas coisas enquanto eu amarrava meus tênis.
— Está muito frio lá fora. Acho que esse moletom não será quente o suficiente — disse ele.
Dei de ombros e saí com a minha bola do mesmo jeito.
Ele estava certo. Do lado de fora estava frio demais. Minha bola instantaneamente ficou dura como uma pedra e não tinha graça chutá-la. Além disso, as folhas estavam úmidas e congeladas, e grudavam em minha bola. Mamãe e papai ainda não as tinham varrido para os fundos. Ela tinha falado que estavam ocupados demais. Ele disse que parecia cinematográfico e garantia às filmagens um ar de outono em New England. Todos reviramos os olhos para ele quando dissera aquilo, até mesmo o operador de câmera que nos filmava.
Eu não queria voltar para dentro de casa e admitir para Ken que estava certo ao dizer que fazia muito frio do lado de fora. Continuei no jardim, abrindo caminhos entre as folhas até que minhas bochechas ficassem rachadas e meus dedos, molhados e dormentes como nós apertados dentro dos tênis.

Enquanto jogava futebol sozinha no *gulag* que eu mesma criei, havia um coro de vozes, com volume gradualmente crescente, vindo da frente da casa. Tinha certeza de que eram os manifestantes, que se tornaram tão onipresentes que eram como um papel de parede, que você não notava até que decidisse analisá-lo de boa vontade e seguir o padrão. Eu estava entediada com futebol no gelo, então decidi ir até lá e olhar para o papel de parede.

Papai devia ter acabado de estacionar na entrada da garagem, pois seu carro estava torto, ainda ligado e a porta do motorista, aberta. Ele gritava e apontava para os manifestantes. Dois policiais estavam de pé à sua frente e pareciam estar fisicamente impedindo papai de avançar.

Estacionado na rua em frente à nossa casa se encontrava um micro--ônibus desocupado. Um novo grupo de manifestantes rodeou o veículo. Estavam afastados e deslocados da multidão de sempre, claramente infeliz com os novos integrantes. As placas dos recém-chegados eram coloridas com intensidade, com amarelos e verdes fluorescentes, bastante ironicamente, parecendo camisetas hippies de paz e amor grudadas em cartazes. Porém, as letras eram grossas, feias e pretas. Elas diziam: DEUS ODEIA OS VEADOS. VOCÊS IRÃO PARA O INFERNO. DEUS ODEIA PADRES CATÓLICOS VEADOS. DEUS ODEIA MARJORIE BARRETT.

Acho que eu não sabia o significado da palavra *veado* na época. Senti-me nauseada, porque sabia que estava vendo algo que não deveria ver.

Os novos manifestantes eram homens em sua maioria, mas havia algumas mulheres e uma menininha com idade próxima à minha, segurando alegremente a placa que dizia VOCÊS IRÃO PARA O INFERNO. Eu queria gritar com eles, dizer que Marjorie era minha irmã e que ninguém a odiava. Não conseguia entender por que alguém a odiaria, pois, conforme mamãe dissera, ela não estava bem.

Não tive coragem suficiente para gritar com os novos e assustadores manifestantes, então corri em direção à porta da frente.

Houve uma explosão de gritos raivosos por parte da multidão, tanto que pensei que tivessem me visto correr e agora vinham atrás de mim. Tropecei na escada de tijolos, me virei e aterrissei com o bumbum nos degraus. Esperei ver os novos manifestantes invadindo o gramado em minha direção com suas placas em riste, dentes à mostra e mãos esticadas. Mas todo mundo gritava como louco por causa do papai.

Ele se embrenhou no círculo dos recém-chegados e rasgou todas as placas referentes à Marjorie que conseguiu. Eu o incentivei: "Vai, pai!"

Os policiais correram até a multidão, mas ainda se encontravam a alguns passos do papai. Um manifestante, que segurava sua placa atrás do corpo tentando protegê-la, disse algo para o papai. Não consegui ouvi-lo, mas vi sua bota mexendo e vi o grande sorriso de *eu duvido* em seguida.

Papai perdeu a cabeça. Cuspiu no rosto do outro homem e começou a gritar, xingar, socar e chutar. O manifestante não retribuiu, mas, em vez disso, se esquivou e se protegeu. O círculo de pessoas rapidamente se desfez e parecia que todos tinham seus smartphones ligados e apontados para a cena. Eles riam, torciam e encorajavam a luta de um lado só. Os policiais finalmente alcançaram o papai e se atiraram ao redor de seu peito e costas. Papai estava fora de controle, gritando e socando, batendo com a parte de trás da cabeça no peito do policial, tentando se livrar.

Parei de torcer por ele e um grito de "Deixe meu pai em paz" morreu em minha garganta. Eu estava com medo e queria que a polícia o contivesse, o acalmasse, o fizesse parar.

Os dois policiais resistiram e finalmente o levaram ao chão.

Eu não sabia o que fazer. Não havia nada a ser feito. Abri a porta da frente. Ken passou correndo por mim. E eu passei correndo por ele em direção às escadas. Marjorie estava acordada e sentada na beirada da cama. Não parei na sua porta; continuei a correr até o final do corredor.

— Falei que há algo de muito errado com o papai — gritou ela assim que passei. — Talvez seja ele quem está possuído, certo?

Corri para o meu quarto e me escondi debaixo das cobertas ao lado da mamãe, que ainda dormia.

MAMÃE TEVE QUE IR até a delegacia para libertar o papai. Por acaso a ouvi gritando no telefone, usando aquela frase. Sabia o suficiente para entender o que ela queria dizer.

Passei a tarde assistindo TV com Ken. Meus programas de sempre não estavam passando, então ficamos praticamente presos assistindo a desenhos que eu já tinha visto. Não falamos muito um com o outro. Perguntei a ele se os novos manifestantes ainda estavam lá fora. Na verdade, Ken disse "Sim, aquelas pessoas horríveis ainda estão lá". Eu cochilei e acordei, tentando ouvir o som do carro da mamãe, vigiando a porta de entrada. Marjorie estava sozinha no andar de cima. Eu a ouvi andando pelo segundo andar, assombrando nossos quartos, abrindo e fechando portas. Perguntei a mim mesma se ela já olhara para fora, vira os novos manifestantes e lera suas placas sobre ela.

Mamãe e papai finalmente voltaram por volta das seis da noite. Mamãe telefonara com antecedência, avisando-nos que retornariam com o jantar, então Marjorie e eu fomos nos sentar à mesa da cozinha para esperá-los quando chegassem. Enquanto entravam, Marjorie sussurrou para mim, dizendo novamente que papai era a pessoa que estava possuída.

Meus pais não estavam se falando. Nos cumprimentaram brevemente. Tentei não olhar para eles diretamente, embora quase tivesse certeza de que nenhum dos dois sabia que eu vira o papai socando o manifestante. Eu também não queria olhar para o papai porque tinha medo de ele parecer diferente, mudado.

Mamãe carregava uma bolsa grande e marrom de comida chinesa. Eles arrumaram a mesa com pratos de papel e nos servimos com o que queríamos das caixas de papelão branco. Papai deu as graças. Durou mais do que o que se tornara habitual e ele alternou entre quase lágrimas e raiva de ranger os dentes. Educadamente, ouvimos e esperamos que ele terminasse. Tony, Jenn e suas câmeras entraram na cozinha como os observadores não percebidos que haviam se tornado.

O prato de Marjorie era mais colorido que o meu, mas ela não comeu muito. Comi um montinho de arroz e palitinhos de frango com muito molho de laranja. Associo tanto o gosto ácido e adocicado do molho com aquela noite que, já adulta, evito comer comida chinesa. É engraçado que tenha conseguido assistir a todos os episódios de nosso programa sem nunca sentir que estou revivendo o trauma, mas molho de laranja no arroz branco é capaz de me tirar do sério e instantaneamente trazer de volta toda a ansiedade e o medo da noite do exorcismo.

Quando terminamos de comer, mamãe perguntou se queríamos nossos biscoitos da sorte. Abri o meu, quebrando-o em cacos que pareciam de vidro. A sorte era um aforismo alegre do qual não me recordo mais. Lembro mesmo é da lição de "Aprenda a falar chinês" impressa no verso da tira de papel. *Shui* quer dizer água. Ninguém mais queria biscoito, então comi um segundo, mas amassei a tirinha sem lê-la, porque Marjorie uma vez me disse que ler duas sortes traria azar.

Papai limpou a mesa e empilhou as caixas brancas de papelão com as sobras na geladeira. De costas para nós, anunciou que o padre Wanderly chegaria em breve para realizar o exorcismo e que deveríamos nos aprontar. Eu não sabia como exatamente me aprontar, então fui até o pequeno lavabo que tinha na cozinha e lavei minhas mãos melecadas. Quando saí, mamãe e papai estavam sentados, cabisbaixos. Fui até Marjorie e dei um abraço em seu pescoço, por trás, de modo que, caso quisesse, ela poderia se levantar e me carregar como se eu fosse sua mochila.

— Você vai se sair bem, Marjorie — sussurrei diretamente em seu ouvido.

— Você também, macaquinha — disse ela.

Mamãe se levantou e disse:

— Vamos, Marjorie. Subirei e esperarei com você.

Papai se levantou também, parecendo confuso.

— Ah, certo, sim, boa ideia — concordou. — Merry e eu conversaremos com padre Wanderly quando ele chegar aqui e então iremos...

Ele parou abruptamente e nunca terminou a frase.

Eu não queria que nenhum deles saísse. Queria que ela ficasse na cozinha comigo.

— Não, vamos todos ficar aqui juntos — falei.

Não soltei o pescoço de Marjorie.

Ela balançou a cabeça e seu cabelo resvalou em meu rosto.

— Quero voltar para o meu quarto. Não me sinto muito bem — disse ela.

— Posso ir lá para cima com elas também?

— Não. Você precisa ficar aqui embaixo — respondeu papai.

Ele se sentou novamente. Colocou as mãos sobre a mesa, então em seu colo e de novo sobre a mesa. Aquelas mãos grandes não sabiam o que fazer.

Apertei Marjorie com meu abraço e protestei:

— Não quero.

Mamãe olhou diretamente para o papai e gritou:

— Merry pode ir lá para cima conosco se quiser!

Tony, o operador de câmera, se encolheu e bateu com um dos ombros no batente da porta.

— Ei, fique calma. Só estou dizendo que ela deveria ficar aqui embaixo comigo. Eu... quero dizer, *nós* não tivemos chance de prepará-la de fato para hoje à noite, certo? Como queríamos. — Ele fez uma pausa. — Veja — continuou, como se mamãe tivesse respondido ou interrompido, o que não aconteceu. —, quero conversar com ela de novo sobre o que irá acontecer e quero a ajuda do padre Wanderly.

— Você não sabe o que irá acontecer — disse ela.

— Precisamos rezar.

— Mais tarde já haverá bastante reza. Ela quer ficar com a irmã, deixe que ela fique com a irmã.

— Certo, porque as duas juntas têm dado muito certo.

— Eu também estarei lá.

— Isso não faz sentido. Concordamos em ter outra reunião para prepará-la hoje de tarde...

— Sim, bem, outra coisa aconteceu hoje de tarde, não foi? Talvez devêssemos ter tido outra reunião em sua maldita cela!

Papai se levantou com pressa e fez com que a cadeira da cozinha caísse no chão. Olhou para trás e esticou uma das mãos para a cadeira, como se não fosse sua intenção.

— Jenn, Tony, ei, poderiam nos deixar sozinhos, por favor? É sério, parem de filmar. Só nos deem alguns segundos.

Eu não conseguia ver o rosto de Marjorie. Ela ainda estava envolvida em meus braços. Senti sua respiração. Era lenta e estável. Meus olhos se encheram de lágrimas e eu recuei.

— Parem de gritar um com o outro. Eu ficarei, ficarei aqui embaixo — falei por trás da cabeça da minha irmã.

Mamãe me calou e disse:

— Ah claro, *agora* o sr. Confessionário quer se livrar das câmeras.

Eu não sabia onde Ken e Barry estavam ou se assistiam. Chamei por Ken silenciosamente em minha cabeça, querendo que ele aparecesse e acalmasse papai, acalmasse todo mundo. Os dois operadores de câmera não responderam o pedido do papai e não pararam do filmar também.

— Merry e eu ficaremos aqui embaixo, rezaremos e conversaremos sobre como ela poderá se proteger — disse papai.

Sua voz ficou cada vez mais alta, mais louca e, de acordo com a minha memória, seu tamanho também aumentou.

Sussurrei o mais baixo que pude:

— Vai, por favor, Marjorie, só levanta e vai. Fuja. Para longe deles. Eu aguentarei. Podemos ir?

Senti-me muito impotente e queria ficar longe dos meus pais para sempre.

— Mais tarde — sussurrou de volta. — Prometo.

— Ela e eu vamos conversar. E estarei lá para proteger Merry — disse mamãe.

— Pelo amor de deus, Sarah. Será que não consegue admitir que, pelo menos uma vez, você está perdendo a razão?

— Não sou eu quem de repente acha ter o poder de magicamente rezar e fazer com que tudo melhore!

— O que pode fazer para proteger Merry? É sério, me diz. O que pode fazer que ainda não tenha tentado? Quer dizer, você também não está preocupada com a alma de Merry?

— Estou preocupada com tudo! Com o que tudo isso está fazendo com ela. E se você está tão apreensivo com a alma da sua filha, diga ao padre Wanderly para subir com um feitiço que a proteja. Vamos, meninas. Agora.

— Isso não vai funcionar se não acreditarmos.

— Jesus, John, é sério isso? Você fala como se estivesse num filme da Disney. Não se preocupe, acreditarei quando tiver que acreditar.

— Me carrega, Marjorie — pedi. Eu estava com muito medo de soltá-la. Mamãe gritou comigo.

— Merry, dá para largar a sua irmã? Você ouviu quando ela disse que não está se sentindo bem.

Mamãe me deu uma explicação apressada do que esperar, do que poderia acontecer. Não ouvi palavra alguma. Andei ansiosamente de um lado a outro no quarto de Marjorie.

— Merry, por favor. Está me deixando louca — disse mamãe.

— Perdão.

Fui até a escrivaninha de Marjorie e me sentei. Eu odiava sua cadeira de madeira. Era desconfortável e fazia com que minhas pernas ficassem dormentes caso ficasse ali por tempo demais, e então me garantia uma bronca por ter que pisar com força para me livrar do formigamento.

Minha irmã estava em sua cama, deitada de lado e de frente para a porta fechada. Mamãe, sentada ao seu lado na cama, afagava seus cabelos.

Mamãe parecia prestes a romper em lágrimas, mas disse com sua voz mais calma:

— Quer conversar, Marjorie? Quer que eu dê um basta nessa coisa toda? Eu darei. É só me dizer. Cancelarei tudo.

— Já é um tanto tarde para isso, não é, mãe? — respondeu.

— Não. Não é. Eu... não sei. É como se, há alguns meses, quando seu pai falou sobre isso pela primeira vez, eu fosse uma pessoa completamente diferente. Eu tinha que ser, porque não entendo no que aquela outra mulher estava pensando. Não compreendo como ela pôde ter considerado isso uma boa ideia. E estou puta da vida com ela. Por que não disse não quando...

A campainha tocou. Dois tempos. Uma nota aguda seguida por outra mais grave.

Mamãe ainda estava divagando quando Marjorie disse:

— Tudo bem, mãe. Pare com isso. É isso que quero agora. Irá ajudar, prometo.

De acordo com as minhas lembranças, passos pesados e apressados subiram as escadas logo após a campainha tocar e, em seguida, houve sussurros no corredor e batidas na porta do quarto de Marjorie.

— Olá? Podemos entrar?

— Não! Vão embora! — gritei.

Queria que todos simplesmente deixassem mamãe, Marjorie e eu em paz. Nos deixassem ficar no quarto daquele jeito para sempre.

— Sim, podem entrar — permitiu mamãe.

Era Barry, com Jenn e Tony, os operadores de câmera, e um pequeno exército de técnicos amontoados atrás deles no corredor. Barry consultou a prancheta que levava, olhou para nós e disse:

— Oi, só algumas coisinhas. Apenas queria me certificar de que Marjorie ainda concorda com o exorcismo acontecer em seu quarto, conforme combinamos mais cedo.

Marjorie confirmou.

— Ótimo. Você é uma estrela, garota.

Então, desajeitadamente, ele explicou que teriam de fazer algumas instalações de última hora.

Mamãe resmungou e disse alguma coisa sobre eles terem tido o dia inteiro para fazer aquilo.

A legião de Barry entrou no quarto com mais equipamentos de luz e som. Um cara tinha em seus braços velas brancas e candelabros ornados de metal, outro carregava um crucifixo grande de peltre e um terceiro trazia estatuetas da Virgem Maria. Barry gritou para a equipe de montagem que tudo deveria estar pronto havia cinco minutos.

— Caramba, deveríamos sair por um momento ou algo do tipo? — perguntou mamãe, depois de um homem quase atingir sua cabeça com o suporte para um microfone boom.

— Não, não há necessidade. Mas, esperem, se quiserem, sim. Tudo bem também. Talvez?

— Acho que vou vomitar — anunciou Marjorie.

Mamãe gritou para que todos saíssem da frente para abrir caminho e conduziu minha irmã para o banheiro.

Fui atrás, mas mamãe fechou a porta do banheiro na minha cara. Esperei do lado de fora, no corredor, e ouvi Marjorie tossindo. Quando tudo se acalmou e ouvi a torneira aberta, passei pelo quarto cheio da minha irmã e fui até o corrimão que permitia ver de cima as escadas. Sentei no chão e apoiei o rosto entre dois balaústres. Costumava fazer aquilo nas manhãs de Natal quando acordava antes de todo mundo e só ficava observando o final das escadas e a antessala, que era iluminada pelo brilho suave das luzes da árvore de Natal na sala.

Papai e padre Wanderly estavam lá embaixo, na sala de estar. Eu os ouvi conversando. A antessala estava acesa com uma luz branca irritante que vinha da câmera de alguém, ou talvez tivessem instalado um holofote para uma entrevista pré-exorcismo.

Barry guiou seus técnicos para fora do quarto de Marjorie e eles foram para o primeiro andar.

— Estamos prontos para você, padre — anunciou Barry.

Mamãe e Marjorie ainda estavam no banheiro. Continuei sentada e com minha cabeça apoiada contra os balaústres. Tony, o operador, ficou do meu lado, se debruçou parcialmente sobre o corrimão e apontou a câmera para baixo, filmando o primeiro andar. Falei a ele para não se encostar no corrimão, porque poderia quebrar. Papai sempre costumava dizer aquilo para mim.

Padre Wanderly foi o primeiro a subir as escadas. Usava uma túnica branca e bufante sobre um robe preto. Ele parecia muito maior, muito mais volumoso se comparado a quando usava sua camisa e calças pretas de sempre. A túnica tinha decoração de renda na barra na altura dos tornozelos e próximo ao colarinho, mas o restante era liso. Suas mãos estavam perdidas dentro das mangas gigantescas da túnica. Usava também uma estola comprida e roxa, que pendia de sua nuca e se estendia até os joelhos.

Havia outro padre, o mesmo que fora à nossa casa no dia em que fui apresentada para o padre Wanderly: padre Gavin, o jovem baixinho, com olhos pequenos e brilhantes, e muito suor na testa. Estava vestido de maneira similar, com uma túnica branca e estola roxa, carregava o livro de capa de couro vermelha do padre Wanderly e aquela coisa chamada aspersório, que é uma varinha longa com uma bola de metal na ponta, cheia de água benta.

Papai subiu as escadas em seguida. Caminhou com suas mãos entrelaçadas e cabeça baixa. O topo de sua cabeça, que eu normalmente não conseguia ver de um ponto tão favorável, tinha uma nova parte careca, como se fosse um círculo em uma plantação. Com tudo acontecendo, ainda fiquei chocada com a quantidade de cabelos que ele havia perdido.

Padre Wanderly veio até mim e me estendeu a mão.

— Por favor, fique comigo, pequena e corajosa Meredith — disse ele.

Adultos compreendiam o poder sagrado dos nomes. Tive que pegar sua mão e ficar ao seu lado mesmo que quisesse permanecer com meu rosto pressionado contra a balaustrada.

Papai perguntou o que eu estava fazendo ali. Eu me encolhi e disse que sentia muito. Quando disse isso, quis dizer que sentia muito por não ter escolhido ficar com ele, mesmo que tivesse subido com Marjorie e mamãe caso me fossem dadas novamente as mesmas opções. Papai não me olhou nos olhos, mas encarou um espaço vazio bem acima da minha cabeça. Perguntou onde mamãe e Marjorie estavam. Respondi que tinham ido ao banheiro. Ele foi até lá e bateu na porta.

— Marjorie? Sarah? Vocês estão bem? Padre Wanderly está aqui e está pronto para começar.

— Encontraremos vocês no quarto de Marjorie — respondeu mamãe. — Nos dê mais alguns minutos.

Papai suspirou, ergueu os braços e os deixou cair, molengas, nas laterais do corpo.

— Será que Sarah não deveria ouvir as instruções de novo, padre? — perguntou ele. — Sinto que ela está depositando tudo isso em mim quando ambos decidimos que essa seria a melhor escolha.

— Tudo ficará bem, John. Você é um pilar de força — retrucou. — É um cristão exemplar.

— Não, não sou. Hoje eu falhei. Não sou um bom...

— Não diga bobagens. Você tropeçou. E se reergueu, ficando novamente ao lado de Cristo. — Ele pegou a mão do papai e a minha mais uma vez. — O que preciso de vocês dois, e Marjorie também precisa, é que acreditem no poder do amor de Deus.

Papai sussurrou um obrigado ao padre Wanderly. No entanto, faltava convicção, soando como quando eu era lembrada ou cutucada para dizer por favor.

A porta do banheiro se abriu e Marjorie olhou com timidez do batente; uma jogadora de esconde-esconde tentando não ser encontrada. Seu rosto e cabelos estavam úmidos. Mamãe preencheu a entrada atrás dela.

— Devo entrar primeiro no quarto? — perguntou Marjorie. Ela estava com uma das mãos sobre o estômago. — Eu me sinto... esquisita. Alguma coisa não está certa.

— Sarah, por favor, ajude Marjorie a se deitar na cama — pediu padre Wanderly. — Estaremos bem atrás de vocês.

A porta do quarto de Marjorie estava fechada. O corredor estava cheio de câmeras, padres e pessoas. Era demais para mim, então apenas encarei a porta com vontade, olhando para as rachaduras na madeira, e as segui em direção ao teto e ao chão até que mamãe finalmente passou na minha frente como um eclipse e abriu a porta.

Capítulo 22

Tony, o operador de câmera, abriu caminho entre nós para entrar em seguida no quarto de Marjorie. Jenn já estava lá dentro.

Mamãe ficou no meio do quarto e gritou para o restante que ainda estava no corredor.

— Está um gelo aqui dentro. A janela está aberta? Vocês não disseram que a janela estaria aberta.

Padre Wanderly disse que eles precisavam que fosse "o lado mais fresco" do quarto. Não ofereceu nenhuma explicação. Soltou minha mão e a do papai, e então entrou. O restante de nós o seguiu.

O quarto de Marjorie não era mais seu. Pedestais de iluminação, microfones boom e castiçais marcavam o perímetro. Sua escrivaninha foi coberta com um pano branco, velas protegidas, imagens religiosas e estatuetas. Crucifixos estavam pendurados em cada parede. O maior de todos era feito de peltre, e estava na parte de gesso branco onde Marjorie fizera buracos com socos. Meus olhos foram atraídos por aquele crucifixo e a profunda agonia entalhada no rosto de Jesus.

Mamãe tinha razão. Estava um gelo o quarto. Encolhi meu queixo, abracei o peito e lutei contra ondas de tremor.

Murmúrios baixos de discussão tomavam conta do quarto. Barry estava lá — eu não o vi entrar —, e falava sobre iluminação e ângulos com Jenn e Tony. Papai permanecia de longe na porta, de pé como uma vareta, a cabeça baixa, mãos entrelaçadas à sua frente com os nós dos dedos esbranquiçados.

Marjorie estava sentada na cama — o edredom e os lençóis haviam sido retirados —, e olhava para o nada. Mamãe permaneceu ao seu lado e, de repente, falou mais alto que todos no quarto.

— Sei que conversamos sobre isso, mas realmente temos que amarrá-la, John?

Tiras de couro haviam sido amarradas na armação da cama de Marjorie. Pareciam línguas negras.

— Sim. Conforme discutimos, as contenções são necessárias para manter Marjorie a salvo — respondeu padre Wanderly. — Impedirão que ela machuque acidentalmente a si mesma ou qualquer outro que esteja no quarto.

Todos ficaram de pé em um semicírculo e assistiram a Marjorie se deitar na cama. Voluntariamente, ela esticou seus braços para cima da cabeça, em direção à cabeceira da cama, e disse:

— Mamãe, amarre você. Pode vir. Amarre.

Lentamente, ela se ajoelhou com uma das pernas em frente à cama e afivelou as tiras ao redor dos punhos e tornozelos de Marjorie. Mamãe sussurrou algo para ela que não pude ouvir. Minha irmã apenas olhava para o teto. Quando terminou, mamãe beijou sua mão e a pressionou na testa de Marjorie. Marjorie expirou e estava frio o suficiente para que eu pudesse ver a fumaça branca de sua respiração.

Mamãe chorava. Afastou-se devagar e parou ao meu lado.

— Mamãe, o que disse para ela? — perguntei.

— Ela ficará bem — respondeu, depois de se abaixar.

Assenti, mesmo que minha irmã não parecesse que iria ficar bem. Vestia um casaco de capuz de moletom cinza e calças esportivas pretas, seus braços e pernas estavam arqueados e amarrados na cama. Suas pernas e pés se contraíram, bem rápido, como piscadas, e seus lábios se contorceram, criando palavras sem som. Tentei lê-los.

Rajadas de vento sacudiram as janelas velhas e abertas em suas molduras. Velas queimavam e a cera chiava. As paredes, as estátuas de Maria na escrivaninha e o rosto de Marjorie brilhavam estranhamente em um tom alaranjado à luz das velas. Todos no quarto se ajeitaram e ficaram quietos. Fiquei parada entre os meus pais. Cada um tinha uma das mãos sobre os meus ombros. Estavam frias e pesadas.

Padre Wanderly foi até o centro do quarto e simplesmente disse:

— Vamos dar início ao ritual sagrado.

Lentamente caminhou até a cama e fez o sinal da cruz sobre o corpo de Marjorie; sua mão oscilante pairava a apenas quinze centímetros mais ou menos sobre ela, como se a delineasse no ar.

— Ele está fingindo me cortar em quatro pedaços. Isso dói. Divida e conquiste. Ele fará o mesmo com todos vocês.

Ela parecia cansada, desinteressada, como se estivesse com pressa para terminar tudo aquilo, o que quer que fosse.

Padre Wanderly fez o sinal da cruz em si mesmo, em seguida o repetiu para todo mundo no quarto, incluindo os operadores de câmera. Quando se virou para mim, se abaixou e gesticulou com a mão em direção à minha cabeça, peito, esquerda, direita e rosto. Eu a segui com meus olhos como se fosse um daqueles testes de visão nos quais falhava rotineiramente sem meus óculos.

Quando terminou, o outro padre deu a ele o aspersório e padre Wanderly salpicou água benta em todos nós. Eu me curvei e uma única gota gelada caiu no topo da minha cabeça como a ponta de um dedo. Ele fez o mesmo em Marjorie, de cima a baixo, gesticulando loucamente com a mão, como se batesse em um assaltante invisível. Encharcou Marjorie com tanta água que círculos molhados de tamanhos consideráveis manchavam seu casaco cinza. Marjorie não se mexeu nem disse nada. Apenas piscou quando as gotas atingiram seu rosto.

Padre Wanderly se virou para mamãe, papai e eu, e estendeu as mãos com as palmas para cima.

— A todos presentes...

— A todos aqueles que acompanham de casa, ele irá se ajoelhar ao lado de minha cama e recitar a Litania dos Santos — disse Marjorie, olhando para o teto. — Essa será a parte mais chata. Ele tem que dizer o nome de, tipo, todos os santos que existem.

Padre Wanderly repetiu suas instruções.

— A todos presentes, por favor respondam com "Senhor, tende piedade de nós".

— Mas depois, quando ele invocar o nome de um santo, vocês devem dizer "rogai por nós" depois de cada um — interrompeu Marjorie. — Merry, se não fizer isso corretamente, terá um demônio dentro de você, um que tem escamas pontiagudas e chifres afiados, e então você estará no inferno, como eu.

Mamãe e papai respiravam rápido, o ar sibilando por entre seus dentes cerrados.

— No meu inferno, meus pais são chaleiras.

Ela riu, forçadamente. Eu sabia. Ela estava com medo. Eu não tinha noção se seu medo era por conta de não saber o que iria acontecer ou porque ela já havia decidido o que aconteceria. Até mesmo agora, não tenho certeza. Acho que foi um pouco dos dois.

Padre Wanderly disse:

— Barretts, vocês devem ignorar o que ela diz. Lembrem-se de que essa não é a real Marjorie falando coisas tão vis.

— Sou eu. Sempre fui eu.

Padre Wanderly se ajoelhou ao lado da cama da minha irmã e sua estola roxa e sua túnica se aglomeraram ao redor de seus joelhos, dando a ilusão de que ele estava desaparecendo, derretendo em suas vestes. Ele abriu seu livro de capa de couro vermelha e disse:

— Senhor, tende piedade de nós.

Papai e padre Gavin foram os únicos no quarto a responderem.

— Senhor, tende piedade de nós.

— Cristo, tende piedade — pediu padre Wanderly.

Tentei responder como deveria, mas errei. Falei "Senhor" em vez de "Cristo". Aconteceu de novo com a minha próxima resposta, que foi completamente errada quando disseram "Cristo, ouça-nos com bondade".

Mamãe apertou meu ombro. Ela não estava participando. Sussurrou em meu ouvido que eu poderia apenas responder mentalmente se quisesse.

Balancei a cabeça em negativa, porque, se eu não fizesse minha parte, aquilo não funcionaria e estaríamos todos presos no inferno de Marjorie para sempre. Marjorie me dissera estar fingindo, fazendo tudo de propósito, e eu acreditei, mas só em caso de não estar, se de fato houvesse um demônio dentro dela, eu faria o que padre Wanderly pediu. Mesmo que não acreditasse nele ou em seu Deus, quis acreditar que o que iria dizer faria com que ela melhorasse, voltando a ser quem era antes.

Por fim, não importava no que acreditava, pois Marjorie queria que eu estivesse lá por algum motivo. Eu não sabia qual e até que soubesse o que fazer, cumpriria as expectativas; cumpriria o papel da irmãzinha assustada que ela e todos os demais queriam que eu cumprisse.

— Tende piedade de nós.
— E lá vem a litania — anunciou Marjorie.
— Santa Maria, rogai por nós — pediu padre Wanderly.

Padre Gavin ecoou: "Rogai por nós." Padre Wanderly aguardou até que o resto de nós tivesse feito o mesmo. Mamãe também sussurrou as palavras.

— Ele vai mencionar cinquenta santos — disse ela. — Tente contar, Merry.

Padre Wanderly leu a litania. Eu deveria dizer "Rogai por nós" depois de cada nome e assim o fiz, mas também não pude evitar contar os santos. Usei meus dedos para ajudar, fechando-os um por um, então começando novamente com a mão aberta. Ela acertou o número.

— Ó, Senhor, livrai-nos de todo o mal — orou padre Wanderly e esperou.
— Agora a resposta é "Livrai-nos, Senhor" — disse Marjorie. — Vamos logo, tentem acompanhar. Ninguém mais fez o dever de casa?
— De todos os pecados...
— Livrai-nos, Senhor.

Padre Wanderly continuou a rezar, como se lesse uma lista de supermercado, e respondemos em coro. Marjorie começou a falar ao mesmo tempo que o padre. Ele tentou projetar sua voz mais alto, mas ela igualava em frequência e decibéis. Suas vozes eram ondas de som sincronizadas e padre Gavin e meus pais não acompanhavam com suas respostas, como se não conseguissem distinguir quem dizia o quê. Mantive meu foco em Marjorie, a observei falar e, em minhas lembranças, sua voz era tão clara como se estivesse falando dentro da minha cabeça.

— Ele pedirá que nos livre de uma morte desprovida e nos livre dos terremotos e tempestades e pragas e fome e guerra. Essas orações nunca funcionaram, nunca impediram que essas coisas acontecessem. Não deixarão de acontecer agora e jamais deixarão. E não vejo como qualquer uma dessas preces pode me ajudar. Elas foram designadas a você, Merry. Para fazê-la pensar que o Deus dele controla todas as coisas, principalmente você.

Em um determinado momento, a resposta mudou para "Rogamos para que nos ouça". Papai estava quase berrando.

Padre Wanderly ficou de pé tremulamente e respirava com intensidade, com o ar gélido saindo de sua boca como se fosse uma chaminé. O jovem padre Gavin correu para o seu lado.

— Estou bem — disse padre Wanderly. — É só o meu joelho ruim se comportando mal.

Ele se recompôs, recitou o Pai-Nosso e leu o Salmo 54: "Ele recompensará com o mal os meus inimigos. Destrói-os em tua verdade."

Assim que terminou o salmo, emendou direto em uma oração isolada que, pela primeira vez, foi direcionada ao espírito maligno dentro de Marjorie. A prece parecia durar uma eternidade e ninguém disse nada, incluindo ela. Ele se referia a um Deus que era misericordioso e piedoso, e disse algo sobre um apóstolo tirano, um demônio do meio-dia que destruía o vinhedo de Deus. No final de sua oração, ele finalmente disse o nome de Marjorie e a chamou de serva de Deus.

— Amém — disseram todos.

O padre jovem entregou um pano branco ao padre Wanderly. Ele limpou o rosto.

De repente, Marjorie se tornou animada, como se um interruptor tivesse sido ligado. Ela se contorceu e puxou suas contenções. Seus lábios estavam azulados e seus dentes se batiam.

Padre Wanderly falou diretamente com o demônio.

— Eu ordeno-te, espírito impuro...

— Espere. Por favor, espere. Sou eu. Pensei que pudesse suportar o frio, mas não. Estou congelando. Por favor, padre. Estou fazendo o melhor que posso, mas estou ensopada de água benta e ao lado da janela, o ar gélido sopra diretamente em mim. Meus poderes demoníacos não me mantêm aquecida, sabia? Brincadeirinha. Mas é sério, alguém pode fechar as janelas ou me cobrir?

Mamãe deu um passo à frente e papai segurou seu braço.

— Não. Não até que padre Wanderly diga que sim.

— Me solte.

— Pai, por favor. Estou com muito frio — disse Marjorie ao mesmo tempo.

Padre Wanderly parou sua leitura.

— Membros da família não podem entrar em contato com ela agora que começamos o ritual, principalmente quando diretamente falo com o demônio. Não é seguro. Sua súplica pode ser um truque.

— Sim, fiz com que meus lábios ficassem azulados, que os pelos do meu corpo se eriçassem e estou tremendo de fingimento. Assim como todas aquelas mulheres que a igreja afogou e queimou como bruxas tentavam enganar os fiéis com seus gritos.

— Vou cobri-la com o cobertor.

— Por favor — disse padre Wanderly, erguendo uma das mãos para impedi-la. — Deixe-nos fazer isso. Nós a cobriremos, certo?

Ele pediu ao padre jovem para puxar o cobertor.

Padre Gavin deu um passo à frente ao mesmo tempo em que mamãe voltou para mim. Eu também estava com frio. Queria um cobertor, mas não pediria um. Ele hesitou aos pés da cama.

— Cubro com tudo ou apenas o edredom?

Padre Wanderly não o respondeu de fato. Apenas disse:

— Rápido, agora, por favor.

Padre Gavin lutou com os lençóis virados, deixando-os de lado e amontoados nos pés da cama, por fim escolhendo puxar o edredom branco e fofo lentamente sobre Marjorie. Ele estava bastante nervoso e evitou qualquer contato, tanto visual quanto físico.

Ela o observava; observava com intensidade suficiente para abrir no padre um buraco.

— Por favor, cubra até o mais próximo possível do meu queixo e o máximo dos meus braços. Muito obrigada.

Padre Gavin fez o que lhe foi pedido e cuidadosamente moldou a coberta grossa o máximo possível sobre os braços esticados de Marjorie sem que cobrisse seu rosto.

— Agora está bem melhor.

Marjorie estremeceu e seu corpo se agitou debaixo da coberta. Padre Gavin se afastou depressa da cama como um coelho correndo em um campo aberto.

Padre Wanderly recomeçou, ordenando o espírito impuro a anunciar seu nome e obedecê-lo.

— É sério? Temos que passar por tudo isso de novo? Tudo bem. Eu sei o que você quer que eu seja: posso ser Azazel, a serpente, o demônio caído.

Padre Wanderly aguentou firme. Colocou suas mãos na testa de Marjorie e rezou por sua cura.

— Estou exagerando um pouco minha posição cósmica. E se eu for somente o Azazel velho e sem graça, como descrito na Bíblia hebraica? Sou apenas o bode expiatório, o pária enviado ao deserto.

Marjorie havia se recuperado. Sua voz era sua novamente; calma, prática, tingida com aquela propensão inegável de rejeição adolescente e desdém.

Padre Wanderly leu a primeira das três lições evangélicas.

— Talvez devêssemos apimentar um pouco, e como Ken é tão fã de H. P. Lovecraft, posso ser Azathoth: o demônio sultão, núcleo do infinito. Ninguém ousa dizer meu nome em voz alta e me alimento nas impenetráveis câmaras escuras que vão além do tempo e espaço. *Rawr!* — Ela se debateu e se contorceu em suas contenções, e o edredom cuidadosamente colocado deslizou para baixo, para longe de seus braços e queixo, acumulando-se em sua cintura. — Eu sou o sonhador morto, mais antigo que o pecado, mais velho que a humanidade. Sou a sombra sob tudo. Sou a bela coisa que espera por todos nós.

"Ei, Merry, isso me lembrou uma coisa. Sinto saudade dos seus livros. Você não os traz mais. Sinto falta de escrever e inventar histórias para você. Sente falta delas?"

Eu queria responder, embora soubesse que não deveria interagir com ela de maneira alguma. Marjorie olhou para mim e seu rosto refletiu a decepção quando não falei nada. Então assenti, só um pouco, apenas para que ela visse.

Padre Wanderly não se dirigiu a ela, mas continuou a ler seus evangelhos. Falava com a voz monótona, sem alterações no tom ou timbre. Eu não sabia dizer se ele estava ouvindo ou não. Sua cabeça e pescoço cintilavam com suor.

— Estou com frio de novo. Pode puxar o cobertor mais uma vez? Desculpe, tentarei não me mexer muito.

Padre Gavin não esperou por permissão. Foi até ela e puxou o cobertor, dessa vez enrolando e dobrando as bordas sob o braços e ombros de Marjorie.

Dedos se estalaram em algum lugar atrás de mim e, então, Jenn, a operadora de câmera, se esgueirou para frente da mamãe, papai e eu, e foi em direção à cabeceira da cama para uma tomada fechada.

Padre Wanderly fez o sinal da cruz em si mesmo e sobre Marjorie novamente, de maneira lenta e deliberada. Pegou uma das pontas de sua estola roxa e a dobrou sobre o pescoço de Marjorie. Ela se esforçou para olhar para a estola. Ele colocou sua outra mão em sua testa e gentilmente empurrou a cabeça da minha irmã para trás no travesseiro.

Marjorie sorriu e disse:

— Sua mão está quente. Certifique-se de dizer o resto de maneira enfática, com confiança e fé, conforme diz em seu livro.

Padre Wanderly quase gritava suas orações e papai berrava enfaticamente suas respostas. Não me virei, mas ele deveria estar de joelhos, porque berrava em minhas orelhas. Eu as cobri com as mãos e dedos que doíam de tão gelados. Queria sair daquele quarto, daquela casa, e tive uma breve fantasia na qual fugia para a Califórnia, onde nunca estive, para onde todos os Pés Grandes estavam, desaparecia na floresta e vivia sozinha, me tornando um rumor, uma visão ocasional e borrada.

Padre Wanderly se satisfez e gritou:

— Oremos.

Em seguida, tremendo, com a voz falhando, pediu para que "fosse concedida ajuda contra o espírito imundo que agora atormentava aquela criatura de Deus". Ele fez o sinal da cruz três vezes na testa de Marjorie.

— Eu não sou uma criatura — disse ela. — Eu sou... sou Marjorie, uma garota de quatorze anos, com medo de tudo, que não sabe o motivo de ouvir vozes que lhe dizem coisas confusas. E tento e tento ser boa. Tento não ouvi-las.

Ela pausava em momentos em que não deveria haver pausas e tropeçava nas palavras como se tivesse esquecido suas falas por não ter tido tempo suficiente para memorizá-las. Marjorie de repente não convencia. Ao contrário de quando padre Wanderly e dr. Navidson a entrevistaram, não parecia que ela estava em perigo e que fosse um perigo para a gente.

Um encorajado padre Wanderly disse que Marjorie estava "presa nas ameaças medonhas de um inimigo antigo do homem, um adversário jurado de nossa raça, que estonteia e entorpece a mente humana, a lança em terror, a domina com medo e pânico".

— Você está assustado e confuso como eu? — perguntou Marjorie. Sua voz era fraca como eu jamais ouvira. — Acho que secretamente todos são como eu.

Padre Wanderly pediu para que aquela serva fosse protegida em mente e corpo. Afastou o cobertor e fez o sinal da cruz no peito de Marjorie, na direção de seu coração.

— O que está fazendo? Por que ele está me tocando aí?

Marjorie se contorceu e arqueou suas costas contra as contenções, tentando evitar o toque do padre. O restante do cobertor caiu pela lateral da cama.

Jenn deu alguns passos para trás, se afastando da cabeceira, em direção da parede recém-engessada com seu pesado crucifixo de peltre. Jesus espiava por cima de seu ombro e ela mantinha a câmera apontada para Marjorie como se fosse uma arma.

Padre Wanderly fez o sinal da cruz sobre o peito de Marjorie mais duas vezes e disse:

— Tome conta das partes mais recônditas de seu coração; governe suas emoções; fortaleça sua vontade. Permita desaparecer de sua alma as tentações do poderoso adversário.

Marjorie se virou e olhou para mamãe com um olhar que dizia: Você vai permitir que ele faça *isso* comigo? Mamãe não retribuiu.

Padre Wanderly fez uma pausa para beber um pouco da água de uma garrafa que deixara na escrivaninha de Marjorie.

— Isso não está funcionando — disse ela, parecendo tão distante, tão perdida em si mesma. — Sabe, pensei que poderia acompanhar e que isso não iria doer, mas você está tornando tudo pior. — Sua voz falhou e ela voltou a tremer.

Olhei para os meus pés, me sentindo culpada, mas não estava certa daquilo. Acho que tive de me culpar para ter algo a que me prender.

Mamãe deve ter se sentido da mesma forma.

— Desculpe-me, querida — disse ela. — Isso tudo é culpa minha.

Papai sussurrou uma prece.

Padre Wanderly bebeu uma boa parte da água da garrafa. Quando a colocou de volta na escrivaninha, a gaveta do meio abriu de repente. Ainda coberta pelo pano branco, a língua fantasmagórica do móvel se projetou para dentro do quarto, em direção ao padre Wanderly, e então se fechou com brutalidade.

— O que foi isso? — gritou Marjorie. — Não fui eu! Não fui eu! Não fiz isso! O que está acontecendo?

Ela tentou se sentar e girou sua cabeça com força para esquerda, direita e esquerda novamente, olhando de maneira acusatória para todos.

O vento soprou do lado de fora, assobiando pela moldura da janela, fazendo tremular as cortinas e as chamas das velas. A gaveta da escrivaninha continuava a abrir e fechar tão regularmente quanto os tiques de um metrônomo.

— Agora ele se debate com Seus divinos flagelos! — gritou padre Wanderly.

— O que quer dizer com isso? Eu não fiz nada. Não me culpe por isso. Mamãe, papai, me ajudem! Eu não sei o que está acontecendo!

Mamãe e papai agora gritavam também. Papai berrava o nome de Jesus Cristo; mamãe gritava o nome de Marjorie. Ela me puxou para perto, me abraçou em sua frente como se eu fosse um escudo.

Padre Wanderly disse:

— Ele, em cuja visão você e suas legiões uma vez gritaram "O que nós temos a ver com você, Jesus, Filho do Deus Mais Poderoso? Você vem para nos torturar antes do tempo?".

Houve o som alto de uma batida que veio de debaixo da cama de Marjorie, como se algo tentasse sair do chão.

Marjorie gritou e meus pais se aquietaram.

— Quem está fazendo isso? Pare! — ordenou ela. — O que estou fazendo e dizendo não é o suficiente para vocês? Tudo que fiz não é suficiente? Tenho medo e frio e quero parar. Pare! Pare! Pare!

Padre Wanderly continuou.

— Agora Ele está levando-o de volta para a chama eterna.

Padre Gavin rapidamente correu até a cama e se abaixou aos pés do padre Wanderly para pegar o cobertor.

Marjorie chorava histericamente, seu peito arquejava.

— Estou com tanto frio. Por favor, pare de bater. Por favor, padre. Estou com muito frio. Podemos parar? Fazer uma pausa? Eu pararei também. Faça-os parar. Faça-os parar...

Padre Gavin reajustou o cobertor às pressas e o puxou até o queixo de Marjorie novamente.

Padre Wanderly:

— Vá embora, agora! Vá embora, sedutor! Seu lugar é na solidão...

Marjorie atirou a cabeça para frente e mordeu com força o punho carnudo e peludo do padre Gavin. Ele soltou um grito tão alto que fez meus joelhos vacilarem. Tentou se livrar levantando o braço sobre a cabeça, mas só conseguiu erguê-lo por metade do caminho. Marjorie ainda o abocanhava. As largas mangas de sua túnica deslizaram até passar o cotovelo. Sangue escorria pela lateral da boca de Marjorie e descia pelo braço do padre. Ele gritava para que Deus o ajudasse. Papai passou correndo por mim e, junto com padre Wanderly, intercedeu e tentou separar Marjorie e o jovem padre, e assim o fizeram, mas lentamente. Papai puxou minha irmã para trás e sua boca cheia de carne ainda estava presa ao braço do padre Gavin por uma tira fina de pele que se esticava como bala puxa-puxa. Padre Wanderly empurrou o jovem para longe da cama e aquele fiapo de espaguete rasgou por toda a extensão de seu braço até o cotovelo.

Papai e padre Wanderly caíram por cima do padre Gavin, que se debatia no chão como se tivesse uma convulsão. Padre Wanderly foi atirado para trás e rolou até meus tornozelos. Ele segurou seu ombro esquerdo com a mão direita, trêmula, e seus olhos estavam fechados de tanta dor.

Papai se esforçava para conter o jovem padre, para que Jenn, que havia abandonado sua câmera, conseguisse enrolar o braço ensanguentado do homem na manga bufante de sua túnica. A manga rapidamente se tornou vermelha-escura, quase roxa. E sei que provavelmente é uma lembrança cruzada ou errada, mas papai estava com os olhos arregalados, seus dentes à mostra; tinha no rosto a mesma expressão de quando atacara o manifestante.

Marjorie deslizou o mais próximo que pôde da beira da cama. Sua boca estava vermelha e cheia. Respirava rapidamente pelo nariz, e eu sabia que ela iria cuspir, então me virei. Não quis ver o que sairia. No entanto, ouvi um som molhado atingir o piso de madeira de lei e meu estômago se embrulhou. Quando olhei novamente, Marjorie se sentou e pulou da cama como se as contenções estivessem soltas, desamarradas, não existissem.

Ela correu até a escrivaninha e puxou a ponta do pano branco sacramental, enviando as estátuas de Maria e um candelabro, com suas velas em chamas, ao chão. Abriu com força a gaveta teimosa da escrivaninha e a jogou no chão também, espalhando seu conteúdo para todos os cantos. Ela se abaixou e pegou algo preto e metálico que parecia um tipo de grampeador aberto, mas não consegui ver direito. Segurou o objeto acima da cabeça, o sacudiu e gritou "Viu? Viu? Era *isso*. Não mexi na gaveta", e então o lançou pela janela que estava atrás de si.

— Por que faria isso comigo? Você colocou ali dentro, Merry? Eles a forçaram a colocar aquilo ali enquanto eu não estivesse vendo?

Ela limpou a boca ensanguentada com a parte de trás de sua manga.

— Não! Não fiz nada! Eu... — gritei, mas parei e cobri minha boca.

Vi o sangue em seu rosto, no seu moletom e fiquei com medo, tanto medo de que ela cumprisse sua velha promessa de arrancar minha língua. Lá, naquele quarto que mais parecia um frigorífico com o cheiro ferroso e doce de cera de vela e sangue, seus gritos, gemidos e preces ofegantes ecoando das paredes, tudo no que eu conseguia pensar era em minha língua e que eu seria a próxima, e que todo mundo estava errado sobre tudo.

Mamãe estava atrás de mim, chorando no chão, os nós de seus dedos esbranquiçados de tão apertadas que suas mãos se entrelaçavam.

— Marjorie, você prometeu. Prometeu que ninguém se machucaria caso Merry estivesse presente — disse mamãe.

A porta atrás de nós se abriu e um paramédico entrou para cuidar do padre Gavin.

— Não, não prometi — retrucou Marjorie. — Não foi isso que eu disse. Cheque as gravações.

Sua voz soava esquisita, como se todos os seus dentes estivessem moles, então as palavras escorriam e caíam entre eles.

Papai passou pelo paramédico, por Jenn e padre Wanderly enquanto lentamente ajudavam o padre Gavin a se afastar de Marjorie e chegar à lateral do quarto. Papai envolveu a cintura dela com seus braços. Marjorie pegou a gaveta da escrivaninha do chão e o acertou na cabeça. Papai a soltou e caiu.

Marjorie olhou para mim e disse:

— Falei que alguém se machucaria seriamente se Merry não estivesse aqui. Mas nunca disse o que aconteceria se *estivesse*. Na verdade, acho que já falei a todos vocês que todo mundo iria morrer.

— Pare com isso, sua fingida — gritei. — Você me disse que estava fingindo! Sua mentirosa! Eu te odeio! Te odeio tanto! Queria que você morresse.

Virei-me para sair correndo e esbarrei em Barry. Ele não tentou me parar. Eu o empurrei do caminho, abri a porta e saí. O calor no corredor era atordoante e meus óculos embaçaram na hora, então não conseguia ver para onde ia. Eu os tirei e os coloquei dentro do bolso. Atrás de mim, no quarto de Marjorie, havia mais gritos, batidas e colisões como se tudo lá dentro implodisse, desmoronasse.

Marjorie chamou meu nome e parecia estar no corredor bem atrás de mim. Eu não me virei. Saí pela direita e desci as escadas correndo. Corri rápido demais, tentando pular dois degraus por vez, tropecei, torci meu tornozelo no segundo lance e caí em direção ao próximo, sobre as mãos e os joelhos. Voltei a ficar de pé e desci mancando a última seção em direção à antessala.

Ken estava lá com Tony, o operador de câmera. A filmadora estava apoiada em seu ombro como um pássaro negro e ele se ajoelhou em um joelho só para que ficasse da minha altura e as lentes apontassem para o meu rosto. Ken não olhava para mim, então eu não olhei para ele. Tive uma competição de olhares com a câmera. Respirei pelo nariz e não pisquei.

— Jesus... — disse Ken.

Tony lentamente levantou a filmadora acima da minha cabeça. Eu me virei. Marjorie estava nas escadas, apenas a alguns degraus do segundo andar, se apoiando no corrimão.

Ela havia soltado o cabelo, deixando-o cair sobre seu rosto. Mexia a cabeça para frente e para trás, balançando os cabelos escuros como o pêndulo de um relógio. Eu conseguia ver seus olhos. Lembro de vê-los e também o que viam.

Mamãe e papai gritaram por ela. Eles deveriam estar no corredor, talvez a alguns passos de distância. Marjorie não reagiu.

— Fique aí, Merry — disse ela, calmamente. — Já estamos quase terminando.

Marjorie gritou "Espere por mim!", pulou e se balançou no corrimão com as mãos, como se estivesse brincando de carniça. Seus cabelos se afastaram de seu rosto. Sua boca estava aberta, assim como seus olhos, e me lembro de ela estar ali, sobre e além do corrimão, suspensa no ar, no espaço vazio, o tempo congelado como uma fotografia instantânea.

Ela estava *lá* e tem estado lá em minha mente desde então. *Lá* é no ar, além do corrimão e acima da antessala.

Eu me virei e cobri os olhos com minhas mãos geladas. Tive medo de vê-la cair e tive medo de ver que não caía, que de fato estivesse suspensa.

Gritei, gritei e gritei até que finalmente a ouvi aterrissar atrás de mim.

Parte Três

Capítulo 23

A ÚLTIMA FINALISTA

Sim, isso é somente um BLOG! (Que retrô!) Ou será A ÚLTIMA FINALISTA o melhor blog de todos os tempos!?!? Explorando tudo que é repulsivo e horripilante. Livros! Quadrinhos! Videogames! TV! Filmes! ~~Ensino médio!~~ Das histórias violentas e ensanguentadas mais clichês às mais intelectuais, pomposas e cult. Cuidado com os *spoilers*. EU VOU ACABAR COM VOCÊS!!!!!

BIO: Karen Brissette
Sexta-feira, 18 de novembro de 20_ _ .

A *Possessão*, Quinze Anos Depois: Episódio Final

Eu sei, eu sei, você ficou preocupado, depois de assistir à prévia dos episódios quatro e cinco, que *A Possessão* estivesse perdendo o fôlego. Ei, não o culpo e não o julgo. Quer dizer, podemos apenas assistir e dissecar a mesma entrevista muitas vezes. E os exorcismos noruegueses e os vídeos do Papa realizando o exorcismo na rua ficam velhos. Já entendemos: o Papa usa uma cruz bem grande, não é mesmo?

Mas se não tivermos aprendido nada demais, pelo menos aprendemos o seguinte: confie na excelência e audácia de um programa que se baseia em filmagens encontradas feitas pela irmã de oito anos de idade!

Em vez da abertura normal, o episódio final abre com a câmera em primeira pessoa percorrendo a casa, começando pelo porão. É uma escolha brilhante abdicar da histeria e do exagero costumeiros do programa. O passeio pela casa é incrivelmente efetivo e assustador. Não há uma voz em off, narração, trilha sonora. Apenas ocasionalmente ouvimos os passos da pessoa que filma e os sussurros de oração e conversa em algum canto da casa. Sabemos que as tomadas prolongadas dos quartos escuros e vazios finalmente se dissolverão ou culminarão no caos do exorcismo, não suportamos a tensão e mal podemos esperar para que ela acabe.

Depois de uma lenta visão panorâmica do porão, subimos as escadas, a câmera escurece antes de chegarmos à porta e, então, estamos na sala de estar. Espere, o quê? Sim, eles estão sacaneando a gente. Mas adoramos isso. Não dá para chegar à sala de estar diretamente do porão. Dá? A porta do porão não fica na sala de jantar? E a sala de jantar fica logo... Hmm. Vamos parar e pensar sobre isso. (*Karen para e coça a cabeça pensativamente. *coça coça coça**)

Há poucas sequências de transição em *A Possessão*. Ao contrário dos programas policiais de TV que não têm graça alguma (o eterno *Lei e Ordem* foi o mais notório em implementar continuamente cenas em que personagens caminham e conversam), nos quais pessoas chegam e saem das cenas de crime, entram em cômodos de apartamentos, corredores, prédios, parques, academias de boxe (tem sempre uma delas em algum episódio de um programa policial) e coisas do tipo, e enquanto ~~caminham pomposamente~~ *perambulam*, os personagens têm conversas importantes em relação à trama, quase caricatas, no estilo jamais-deveríamos--falar-sobre-essa-merda-em-público. Aqueles programas policiais decidiram que seria tedioso demais ter seus oficiais em um mesmo lugar (ou sentados em suas viaturas) fazendo piadas, então, em vez disso, ganhamos um passeio por suas locações internas e externas.

Um contraste a como fomos apresentados a casa dos Barrett: o único corredor que já vimos é o do segundo andar e parece ter mais portas que cômodos. Quer dizer, tem o quarto de Sarah e John, o de Marjorie e o de Merry, mas não há uma porta entre o quarto dos pais e o solário? Ou será do outro lado, adjacente ao solário e a balaustrada do corredor? Será que dá em algum sótão que não conhecemos? E o primeiro andar? É claro que já vimos a sala de estar e a antessala, mas qual é a posição exata da cozinha? E não há uma sala de jantar em algum lugar ali? É uma sala separada ou uma seção da área de estar, à direita da televisão, ou aquilo é só uma continuação do cômodo? Acho que há um lavabo em algum lugar do primeiro andar também. Espere, onde fica mesmo a porta do porão? Na cozinha? Nós, espectadores, não temos certeza. Nunca a vimos. Na verdade, a única porta que já fora realmente objeto de foco profundo e intenso das câmeras foi a porta do quarto de Marjorie, e lá, existe uma superexposição; a câmera estava focada demais, perto demais, então a porta preenche a tela e mostra nada além de... porta. Uma porta fechada.

A Possessão simplesmente não exibe portas abertas; aquelas entradas e saídas. Apenas vemos cômodos fechados. É como se assistíssemos a atores em uma série baseada em *Entre Quatro Paredes* de Sartre, realizada de novo e de novo nos espaços compartimentados dentro da casa. A família Barrett está lá dentro, mas, ao mesmo tempo, não está em lugar algum. Não temos permissão para ver ou nos estender nas conexões entre um cômodo e outro dentro da casa, então nunca há esperança alguma de fuga para Marjorie ou o restante da família. E nós, espectadores, assistimos desse ponto sinistramente liminar e vantajoso. Quer dizer, estamos lá com eles, mas não exatamente lá. Assistimos dos espaços entre seus espaços, e é sempre onde o monstro reside. Reside, eu digo!!!

ASSUSTADOOOORRRR! Quer dizer, caramba, então aqui estamos nos primeiros minutos do episódio final e descobrimos que, na verdade, não sabemos de coisa alguma sobre o layout da casa e AAAHHHHH, NOSSAS CABEEEEEÇAS ESTÃO EXPLODIIIINDOOO!

De qualquer forma, foi durante o incomum passeio pela casa no episódio final que algo me atingiu como uma tonelada de livros da Emily Brontë. *A Possessão* se encaixa perfeitamente na tradição gótica, começando pela residência dos Barrett. A casa é um labirinto. Não podemos saber seu diagrama porque não existe um. A Casa Barrett (não a de verdade, mas a apresentada no programa; quero deixar essa distinção mais clara possível), é tão misteriosa e agourenta quanto os castelos em *O Castelo de Otranto* e *O Morro dos Ventos Uivantes*. A Casa Barrett é tão escura e confusa quanto o Overlook Hotel de *O Iluminado* (cheque o mapa do hotel no estilo Escher no insanamente divertido documentário *O Labirinto de Kubrick*), ou *A Assombração da Casa da Colina*, de Shirley Jackson, ou a casa sempre em expansão de *House of Leaves*, de Mark Danieleweski. A Casa Barrett é um personagem importante de *A Possessão* e também nos conta segredos, se prestarmos atenção. Por exemplo, o passeio pela casa termina com um corte bruto da cozinha para o solário. Sabemos que o solário foi convertido em confessionário. Caso tenhamos esquecido, a câmera desliza ao longo das janelas cobertas por panos pretos, a câmera do confessionário está em seu tripé e há também luminárias. Ouvimos orações e respostas ecoando de onde presumimos ser o quarto de Marjorie, e então a câmera faz uma panorâmica do confessionário e foca o papel de parede amarelo e desgastado (posso fazer um trocadilho sem que todos vocês quebrem seus computadores aos gritos? Posso? Por favor?). A lente desfoca de propósito para que o papel de parede amarelo se amplie como um sol em explosão. Marjorie grita, a câmera volta ao foco bruscamente e o título *A Possessão* aparece sangrando no papel de parede. "O Papel de Parede Amarelo" de Charlotte Perkins Gilman é um dos maiores contos feministas do gênero gótico/horror já escritos. Na história... espere... uma jovem oprimida fica maluquinha da cabeça! Será??? Depois de ter um filho, seu marido a realoca na mansão mais do que assustadora durante o verão. Seu marido/médico controlador e misógino John (sim, John!), prescreve sua "cura de descanso" para a sua "condição nervosa" e "tendência levemente histérica". Ela é proibida de trabalhar, de fazer qualquer coisa, na verdade, até mesmo pensar por si só (o cara não quer nem que ela escreva em seu diário, pois é muito frágil e bonita para estar, você sabe, pensando por si mesma). Ela é confinada em um quarto de criança assustador coberto com papel de parede amarelo vibrante. A jovem lentamente enlouquece, pensando ver uma mulher em quatro apoios rastejando no fundo do papel de parede, e por fim decide que tem de libertar a sra. rastejante assustadora. No final, a jovem circula pelo quarto, arrancando tiras do papel de parede e se arrastando para o corpo (morto? Deus, espero que ele esteja morto) de seu marido.

Estaria a Casa Barrett nos dizendo que nossa Marjorie diabolicamente desafiada e/ou mentalmente doente é a jovem presa no quarto com o papel de parede ou a mulher oprimida e metafórica no papel de parede amarelo que anseia por liberdade? Você decide.

Após a abertura, nos encontramos na quieta sala de estar. Outra decisão brilhante feita pelos produtores do programa foi abster-se do narrador por todo o episódio e deixar a ação e o áudio se desdobrarem diante de nós sem introdução ou interpretação. Cinema real, no estilo de um reality show! Na sala de estar, de mãos dadas e rezando silenciosamente, estão John Barrett, padre Wanderly e o jovem padre Gavin.

(nota 1: padre Gavin está fazendo sua primeira aparição na tela e eles podem também ter dado para ele usar a túnica equivalente a uma camiseta vermelha de *Star Trek*. É muito óbvio que só está ali para ser ~~o cordeiro do sacrifício~~ abatido, e abatido com força.)

A cena escurece e exibe flashbacks de *mais cedo*. Sabemos que é mais cedo porque nos informam com letras enormes e brancas. Elas desaparecem na luz solar brilhante e vemos John caminhando em direção a um mar de manifestantes reunidos em frente à Casa

Barrett. Os manifestantes-batistas-superespeciais-e-babacas-
-que-não-devem-ser-nomeados estão com suas placas em riste. A
maioria delas está borrada, mas as que podemos ler são "Deus
Odeia Marjorie". John as rasga e soca um dos rostos borrados
dos manifestantes. John é levado ao chão pela polícia. Enquanto torcemos por ele, seu interruptor ligado (no modo louco de
violência) vai além de assustador, e assistimos a isso, sua
derrocada, em câmera lenta. Em seguida, somos levados a uma
cena na cozinha. A família Barrett terminando em silêncio
uma refeição de comida chinesa. *Hummm... comida chinesa...* John
diz baixinho "quero conversar com ela de novo sobre o que irá
acontecer e quero a ajuda do padre Wanderly". Sarah perde a cabeça, gritando "Merry pode ir lá para cima conosco se quiser!"
A cena pula para John de pé em frente à câmera, implorando ao
operador que parasse de gravar por alguns segundos. Então corta
abruptamente para uma tela preta, então volta para a cozinha,
e John dizendo "Isso não vai funcionar se não acreditarmos".

(nota 2: Agora, não sou nenhuma expert em edição [bem, se você
insistir em me chamar de "Karen, a expert em todas as coisas
relacionadas a terror e cultura pop", não irei impedi-lo. Nem
ao menos discordarei!], mas está claro que a cena da cozinha
é um trabalho porco, e que qualquer conversa que John e Sarah
realmente tenham tido foi fragmentada, e seus pedaços, editados.)

Recebemos algumas entrevistas com os membros, mas nada novo
ou memorável a ser dito. A entrevista de Sarah só vale a pena
pelo fato de ela estar tão abatida. As olheiras parecem envelopes roxos de chá.

Finalmente, somos levados ao quarto vazio de Marjorie e vemos
o quão assustador eles o tornaram com o pano branco sobre a
escrivaninha, estátuas, candelabros, um crucifixo gigante de
peltre e contenções na cama. Somos agraciados com a imagem de um
membro da equipe segurando um termômetro digital. Ele o mostra
para a câmera: 15 em letras grandes e verdes. O homem nos informa que a temperatura caiu doze graus desde que entraram no
quarto. Ele parece nervoso e nós devemos acreditar que o mal
diminuiu o ar-condicionado.

Certo, crianças. Depois de todos esses posts e milhares de palavras de sabedoria da Karen, finalmente estamos aqui: Marjorie entra no quarto para dar início ao ritual de exorcismo. Continuando com o tema inteligentemente escuro desse episódio final, *A Possessão* não nos provoca para sempre com entradas falsas ou recriações de recriações, e eles não o enfeitam com coros de igreja ou violinos tocando notas menores. Marjorie simplesmente entra em seu quarto e encabeça a procissão estranha que mais parece um casamento de sua família e os dois padres.

Embora eu esteja tentada, não comentarei quadro a quadro do ritual completo de exorcismo, que termina aos trinta e dois minutos e dezesseis segundos de filmagem. Quer dizer, eu poderia escrever um livro sobre aqueles trinta e poucos minutos, mas não irei, pelo menos não aqui. Apenas falarei de alguns pontos altos que vocês, leitores medrosos de blog, podem ou não ter perdido. Assisti a esse episódio quarenta vezes, então, pois é, conheço bem os detalhes.

–Depois de uma breve discussão com padre Wanderly, a Mamãe Barrett amarra sua filha à cama enquanto todos os demais presentes no quarto assistem. Querem chamar de estranho? Desconfortável? Muito errado em níveis estratosféricos? MAS ESPERE UMA DROGA DE MINUTO!!! Assista novamente à cena com atenção. Pode ir, eu espero. (*Karen balança o pé*). Voltou, né? CERTO! Somente conseguimos ver as costas da Mamãe Barrett enquanto ela supostamente coloca os punhos e tornozelos de Marjorie nas felizes-e-divertidas-como-é-que-se-chamam contenções. Quer dizer, caramba, é uma técnica antiga e óbvia realizada por mágicos. Mantenha suas costas viradas para a audiência/câmera e nós, bobinhos e babacas, acreditaremos que Marjorie está amarrada unicamente pelo contexto da cena. Isso (quase) funciona, porque é muito descarado. Vemos closes de praticamente tudo que há no quarto em algum momento durante a cena do exorcismo, mas a câmera nunca dá zoom nos punhos ou pés amarrados de Marjorie. Vinte e sete minutos se passam antes de uma Marjorie ensanguentada se levantar de sua cama com as contenções magicamente dissolvidas. Naquela altura, uma cena na qual a garota morde um padre mantém nossas cabeças girando (viu o que fiz bem aqui?), então entramos em pânico e pensamos *Ah, sim, certo, mamãe a amarrou há muito tempo e AIMEUDEUS, O DIABO A LIBERTOOOOU!!!!* E aposto que alguns de vocês que assistiam se lembram de ver Sarah amarrando os punhos de Marjorie, mesmo que tenha sido falso. Eu sei que o fiz. Os traquinas espertos do programa nos deixaram preencher aqueles detalhes, pois sabiam que, se fôssemos distraídos o suficiente por toda aquela loucura, preencheríamos. ~~Teria funcionado também se não fosse por aquelas crianças intrometidas~~. Ah, mas somos inteligentes demais para eles. Talvez. De qualquer forma, aquilo de que podemos subconscientemente ou inicialmente ter suspeitado de primeira está bem ali na filmagem: Sarah Barrett nunca amarrou sua filha. Apenas fingiu e Marjorie deu continuidade.

Concordam? Que bom. Agora, por que Sarah Barrett faria aquilo? E o que significa?

Talvez os Barrett tenham se negado a de fato amarrar sua filha de quatorze anos, escancarada, na cama e sua contenção de mentirinha tenha sido um improviso incitado pela necessidade. Talvez o orçamento do show para efeitos especiais tenha acabado e/ou estavam preocupados com as contenções parecerem obviamente soltas ou quebradas. Possível, principalmente dada a pobreza dos demais efeitos especiais usados no quarto (falarei mais sobre isso depois). Ou, talvez, Sarah tenha feito tudo por conta própria e trapaceado! Para ser sincera, no entanto, realmente não ligo para os porquês e comos práticos das não contenções. Estou mais interessada no que isso diz sobre Sarah como um personagem. Se permanecermos embarcados com a premissa de que o que acontece no programa é ficção, então podemos analisar o fato de Sarah não amarrar a filha no contexto do desenvolvimento de seu personagem. E é um grande desenvolvimento. Sarah apenas fingindo amarrar Marjorie para que ela possa escapar mais tarde é Grandessíssima Coisa. O programa passou os primeiros cinco episódios se dedicando com afinco para construir Sarah como a descrente passivamente sarcástica, alguém que basicamente cedia às vontades e ao julgamento de seu marido, bebia vinho e se lamentava pela casa. Se os roteiristas queriam isso ou não, a cena das amarras falsas é o momento melancólico de redenção de Sarah. Melancolia, porque sabemos que é tarde demais para que ela realmente ajude sua filha mentalmente debilitada. Cansada de ouvir o que fazer pela camarilha de homens em sua casa, Sarah finalmente se rebela e ajuda na fuga de sua filha, mesmo que seja uma fuga breve e terrível.

-Enquanto torcemos para que Sarah se imponha, nos decepcionamos quando o conhecimento de Marjorie sobre o ritual é *novamente* apresentado a nós como prova positiva de sua possessão. Esse é um dos aspectos mais misóginos do programa: não somente é impossível que uma *menina* boba saiba o que o patriarcado sabe (por exemplo: versos e escrituras cristãs, partes da literatura canônica; tudo escrito por e para homens, é claro), como supostamente devemos temer de fato que ela tenha adquirido tal conhecimento. Aquela temática repulsivamente cristã sobre conhecimento proibido nos atinge na cabeça com tanta força quanto um porrete. Sim, falei um porrete. Marjorie até parece quase entediada com a recitação de ~~tediosas porcarias escritas por homens~~ suas falas.

-A misoginia é tão óbvia e disseminada que é quase tediosa a essa altura. Então vamos voltar ao gótico! (*Karen se veste de preto e coloca para tocar CDs antigos do Morrissey*)

Como várias das mais grandiosas personagens da literatura gótica, Marjorie é uma protagonista amaldiçoada, alguém que espelha os temas do ~~enredo~~ programa. Será que ela está *enlouquecendo* (no linguajar dos góticos!) ou será que forças sobrenaturais estão se divertindo? Marjorie é um ser em transição. É apresentada tanto como um demônio humano quanto animalesco, tanto como heroína quanto vilã. O perigo que representa (o tabu, o conhecimento proibido que de alguma forma adquiriu, o fato de se tornar aquilo que tememos bem em frente aos nossos olhos) é tanto ameaçador quanto sedutor.

A protagonista tendo que lidar com um *pai maluco* é também uma figura de linguagem da literatura e cinema góticos. Sim, eu sei, falei e falei sobre como o programa tenta fazer de John Barrett o herói de seu psicodrama sobre Deus e valores familiares, mas isso não quer dizer que tenha obtido sucesso. Desde o primeiro episódio, a mania inflexível de John brilha por entre as frestas e só piora. Como a representação não-exatamente-sutil de Jack Torrance interpretada por Jack Nicholson em O Iluminado, John Barrett é um doido varrido (adoro essa expressão) desde a primeira cena. Ele só precisava de um catalisador para atingir o nível máximo de maluquice. E não, você não pode considerar isso percepção tardia. John Barrett notoriamente envenenando a si mesmo e a sua família (com apenas a mais nova, Meredith, sobrevivendo) um mês depois de o episódio final ir ao ar sempre estará entrelaçado com a narrativa do programa.

(nota 3: Apesar do meu tom leve/humorado ao longo dessa desconstrução de A Possessão, tenho muita dificuldade em separar um reality show ridículo dos horrores que a família Barrett viveu de verdade. Juntos, eles contribuíram para uma história convincente e importante, uma na qual admito me perder, uma que claramente ainda tento entender. E, não, não me importo em comentar sobre a ironia, o pavor, a sincronia e a coincidência do pai matar sua esposa na história "Coisas que Crescem" que era contada à Merry repetidas vezes por Marjorie, se equiparando ao pai delas de verdade envenenando sua família.)

Outros idiotas já tentaram discutir se é John Barrett, e não Marjorie Barrett, quem se torna a figura trágica de A Possessão, e que o programa é realmente sobre rendição à loucura, sendo ele *possuído* pela feiura do ódio e do fanatismo. A doença de sua filha, a disfunção familiar, seu desemprego e a amada Igreja Católica abandonando-o depois do exorcismo sendo os catalisadores supracitados do seu próprio surto psicótico (veja o *Howard Journal of Criminal Justice* e sua divisão dos quatro tipos de homens que matam suas famílias), e blá, blá, blá. Que se dane toda essa porcaria. A Possessão tentou colocar John Barrett na posição de herói e falhou miseravelmente, e o ato cruel e covarde de envenenar a si mesmo e a sua própria família mais à frente difama a censurável agenda política e social do programa.

Marjorie é nossa heroína amaldiçoada. John Barrett foi e é o pai perverso, o mais terrível dos pais. No entanto, o programa foi bem-sucedido em um aspecto: John, de fato, foi um símbolo do patriarcado decadente.

-A *Possessão*, ao decidir filmar o ritual de exorcismo ao vivo (ou pelo menos filmou de um jeito que dava a impressão de estar sendo exibido ao vivo), tomou a decisão correta, mesmo significando que os efeitos especiais ou práticos que foram aplicados não fossem especiais de forma alguma.

Está tão frio no quarto durante o exorcismo que podemos ver a respiração enevoada de todo mundo. *Assustador, frio, maaaaau!!!* É tudo muito dramático e evoca *O Exorcista* de Friedkin. Recebemos três imagens "ao vivo" de um termômetro cujas temperaturas despencam, chegando a 3,8° C no quarto. Eles nos atingem na cabeça com o maldito termômetro. Não saem do nada e mentem de maneira explícita para nós, mas a pura implicação é de que o quarto está estranhamente frio devido à presença do demônio. Certamente não nos dizem, *ei, é novembro no Norte de Massachusetts, então desligamos os aquecedores e abrimos a janela, porque pessoas expirando ar gelado dentro de uma casa parece assustador*. Analise o vídeo. A janela atrás da cama de Marjorie está coberta por cortinas para que não vejamos se está aberta ou não. Mas em duas cenas (uma quando Sarah finge amarrar os pés de Marjorie, e a outra quando Marjorie se senta ereta na cama), as cortinas sopram e esvoaçam para dentro do quarto. Cortinas não voam sem vento ou, presumidamente, sem Satã! (**Satã cuida das janelas* é o nome da minha banda punk*). É muito mais provável que a culpa seja do vento. Então, sim, a janela está aberta, pessoal, e é por isso que está frio.

A gaveta da escrivaninha que abre e fecha por vontade própria. Histórias e filmes de terror (e parques de diversão por motivos óbvios) há muito tempo têm coisas inanimadas adquirindo vida como uma tática para assustar. Não há o que negar sobre o poder do sabor particular do misterioso, ou *Das Unheimliche* no alemão de Freud (oooh, veja só a Karen se exibindo... *bate no peito*).

Há uma cena em *Uma Noite Alucinante 2*, de Sam Raimi, a brilhante sequência do último filme no estilo cabana-na-floresta, em que um quarto cheio de objetos inanimados adquire vida e ri de Ash, o herói ensanguentado e derrotado; a cabeça de veado, a luminária de casco de tartaruga, gavetas de escrivaninha, estantes, cada um recebe sua voz e risada únicas. É uma paródia hilária, uma cena filmada de um jeito esquisito e frenético de câmera lenta, o qual transmite uma aparência agitada/estroboscópica para que pareça uma animação ou uma revista em quadrinhos. Nada amedrontador, certo? Mas a cena rapidamente se torna profundamente perturbadora à medida que a risada aumenta, se torna louca, nosso próprio sorriso começa a desvanecer e ela começa a parecer longa demais, sim, e gostaríamos que terminasse logo e obrigada, pare a cena antes que piore, antes que vejamos e ouçamos algo que não podemos apagar da memória... E então, junto a Ash (que já está gritando como um maníaco a plenos pulmões), nos sentimos sendo puxados em direção à beira da loucura. Em *A Possessão*, a gaveta da escrivaninha com vida não é feita para rir, mas de fato tira Marjorie do sério: suas repetidas negações dizendo que não era ela a mexer a gaveta, que não estava no controle, pedindo para que alguém fizesse aquilo parar, e então seu estado de agitação culmina de maneira explosiva em seu ataque ao padre Gavin. Ao contrário das contenções-fantasma na cama, das quais nunca temos uma boa visão, a câmera foca repetidas vezes a gaveta. Seu movimento é mecânico, como uma pianola ou a tampa de um caixão de um parque de diversões que se abre e fecha. Contei seis intervalos diferentes entre aberturas e fechamentos da gaveta que são completamente filmados e seu tempo é o mesmo. Ou a entidade maligna que faz com que móveis se mexam sofre de TOC ou há um mecanismo escondido dentro da gaveta. Nunca conseguimos ver seu interior, é claro. Mesmo quando Marjorie a arranca da escrivaninha e a envia ao chão, nunca recebemos imagens do que está ou não dentro dela. A câmera foca as pessoas ajudando o padre Gavin, machucado e ensanguentado. Isso significa o que significa.

E falando do sangrento padre Gavin... a cena do ataque de Marjorie é organizada quase que do mesmo jeito que John Carpenter realizou sua famosa cena assustadora e sanguinária em *A Coisa*.

Nesse filme, Carpenter nos mostra MacReady (Kurt Russell), do mesmo ponto de vista, mergulhando a agulha quente em placas de petri cheias de amostras de sangue de sua equipe. A agulha sibila quietamente em cada uma delas. Mesmo sabendo que algo de ruim acabará acontecendo, fomos treinados de maneira subconsciente para acreditar que a cena repetitiva de Russell mergulhando a agulha quente no sangue é "confiável". Somos expostos de forma contínua às mesmas cenas confiáveis até que, por processo de eliminação literal, somos reduzidos a duas amostras sanguíneas, a dois homens, sendo que um deles *tem* que ser o monstro. MacReady distraidamente discute com o cara que pensa ser a criatura enquanto coloca a agulha quente na amostra do outro cara, e *tchã nã*, o sangue infectado da coisa se esquiva da agulha e nós levamos um baita susto. Na cena de exorcismo de *A Possessão*, padre Gavin cobre Marjorie com o cobertor três vezes (hmm, uma trindade?). Em cada uma delas, nos é mostrado o mesmo ângulo de câmera. É uma perspectiva do centro do quarto para que ambos, Marjorie e ele, apareçam. É uma tomada mais ampla, então podemos ver o comprimento de seu corpo na cama, mas a cabeça de Marjorie e o corpo de padre Gavin estão à esquerda, sutilmente nos dizendo que não há muito a ser visto ali. A segunda vez em que ele puxa o cobertor reafirma isso, tanto que nosso foco é mantido na voz de padre Wanderly, de pé à direita e em primeiro plano, lendo seu livro de capa de couro vermelha. Quando padre Gavin vai puxar o cobertor pela terceira vez, nós o vemos, mas ele se torna parte do plano de fundo, parte do ritmo da cena geral. Todo o nosso foco está naquilo que padre Wanderly e Marjorie estão dizendo um ao outro, então quando ela ataca como uma cobra e morde o punho do padre Gavin, é algo totalmente inesperado e aterrorizante. Seus gritos são tão altos e agudos que se transformam em estática nas caixas de som, e sob tudo isso há um misto de gritos e passos pesados no chão de madeira de lei. A imagem do vídeo está pixelada/borrada em torno do rosto de Marjorie e do braço do padre Gavin. O que está acontecendo é aparentemente muito violento e horrível para que seja exibido. Podemos ver a cor vermelha nos pixels e o estrago que imaginamos sendo bem pior do que poderiam nos ter mostrado. Quando, por fim, Marjorie é afastada, uma parte borrada do antebraço de padre Gavin se alonga e se estica asquerosamente.

(nota 4: Minha tia preferida ama filmes de terror como eu [oi, tia!!!], e com frequência fala com orgulho sobre como assistiu ao filme TUBARÃO cinquenta vezes. Mas quando chega a cena no final do filme, na qual Quint é partido ao meio, ela não consegue assistir. Ela muda de canal ou sai da sala ou cobre os olhos. Estava na quinta série quando vi pela primeira vez. Ver Quint, aquele malandro beberrão de uísque, gritando e jorrando sangue na câmera e, então, a parte inferior de seu corpo desaparecendo para o interior da boca escancarada do tubarão a assustou pela vida inteira. Ela insiste que jamais assistirá à cena da morte de Quint novamente, mesmo que provavelmente pareça artificial por completo e que a adulta talvez faça piadas e repreenda sua versão mais nova por ser tão boba, tão facilmente amedrontada. Mas há outra parte dela que sabe que jamais poderá assistir à cena de novo, porque talvez fazer isso a faria se sentir com tanto medo, nojo e tão perdida quanto assim foi durante a primeira vez. *E se ver de novo a cena agora como uma adulta fosse, de alguma forma, pior?* É assim que me sinto sobre o ataque sofrido por padre Gavin. Já vi milhares de cenas mais nojentas e perturbadoras (em um nível visceral) do que o que acontece em *A Possessão*, mas aquele ataque, cara... quando sua pele pixelada estica para longe de seu braço e Marjorie ainda está claramente grudada à outra extremidade... não consigo lidar com isso. Porém me forcei a rever a cena do padre Gavin pela primeira vez em mais de uma década minutos antes de me sentar para escrever esse post. Foi tão horrível quanto me recordava. Talvez pior. Definitivamente pior. Ver novamente me fez querer desistir de terminar essa série de posts, me fez querer desistir de fazer qualquer coisa além de me enroscar em meu sofá com uma garrafa de vinho, uma lata de amendoins torrados cobertos com mel e, mais tarde, me entorpecer ao brilho dos clássicos episódios de *Simpsons*. Você não faz ideia do que me disponho a fazer por você!!!!!!)

A cena do ataque ao padre Gavin é um penúltimo ato merecedor, até onde sei, de receber o título de um dos finais mais perturbadores de um programa de televisão, antes ou desde então.

−É claro que temos que terminar com o final; finalizar com uma discussão sobre o elefante branco no quarto.

Momentos depois do ataque ao padre Gavin, os personagens maiores estão ou se contorcendo no chão ou gritando por ajuda, uns com os outros, a gaveta da escrivaninha caindo no chão; todas as coisas no ambiente estão em movimentos caóticos com Marjorie ao centro de tudo. O áudio só ganha foco quando Meredith (fora de visão) claramente grita "Eu te odeio! Te odeio tanto! Queria que você morresse". Então a cena recebe um corte.

Pulamos para a antessala vazia. É um ângulo de filmagem amplo e estático, enquadrado de tal maneira que sabemos ser a mesma câmera que nos levou para o passeio fragmentado na casa na abertura do programa. Tudo está quieto, parado, e nosso foco está no lance inicial da escada; as paredes da escadaria e os espelhos dos degraus são brancos, as tábuas horizontais são pretas. Esse ritmo artificial na ação nos é permitido, uma chance dada para que recuperemos nosso fôlego, pelo menos por agora.

Então ouvimos, à distância, os mesmos gritos e berros que ouvimos previamente. É um ponto de vista voyeurístico incomum sem de fato sermos... bem... *voyeurs*. Compreendemos que estamos em um momento Roshomon, revivendo o ataque ao padre Gavin e a fuga de Marjorie através da câmera em primeira pessoa na antessala. Os gritos abafados e passos pesados ressoando no teto são desorientadores, pois, sem vermos o quarto, não temos certeza de quem está gritando o quê, e essa versão do áudio não está exatamente de acordo com o que recordamos ouvir. Finalmente, Meredith grita que odeia sua irmã, que desejava que ela estivesse morta. A câmera permanece focada na escadaria. Temos tanto medo do que veremos que mal assistimos.

De repente, Meredith entra no canto superior direito da cena. Rola escada abaixo; uma bola demolidora em movimento. Há três lances de escada e dois patamares entre o segundo andar e a antessala. Os pés de Meredith se embolam e ela tropeça no meio do lance de degraus e cai com força de joelhos no patamar. Ela se levanta e desce mancando o último lance. Meredith esfrega o joelho direito. Ainda não sabemos disso, mas isso prenuncia os ferimentos de sua irmã Marjorie: tornozelo direito quebrado e uma concussão.

Meredith vê a câmera e olha para ela. A filmadora a encara de volta, preenchendo seu quadro com o rosto da menina, que está coberto de lágrimas. Seus cabelos estão emaranhados e oleosos. Ela não está usando seus óculos. É a única vez no programa que a vemos sem eles e ela parece ser outra pessoa. Poderia ser o espírito incompreendido de Marjorie; abalado, exorcizado/expulso por engano e amaldiçoado. Meredith poderia ser nosso próprio subconsciente coletivo nos julgando silenciosamente, nos repreendendo por nossa cumplicidade sem-vergonha, por não fazermos nada além de assistir à tortura terrível e sistemática de uma adolescente mentalmente doente sob o pretexto de nos divertirmos. Meredith não pisca, assim como nós.

A câmera faz uma panorâmica, colocando a menina no canto inferior esquerdo da tela da nossa TV. Sobre ela, no topo do terceiro lance de degraus e se debruçando sobre o corrimão, está Marjorie. A história começou com as irmãs e terminará com elas.

O áudio desaparece. Foi removido. Não sabemos por que e não sabemos lidar com o silêncio.

Meredith se vira. Vemos somente a parte de trás de sua cabeça. Os cabelos longos e escuros de Marjorie caem sobre o corrimão. Não há som e não conseguimos ver rosto nenhum. Meredith poderia ser Marjorie e Marjorie poderia ser Meredith. Apenas sabemos quem é quem pelo contexto. Seis segundos excruciantes se passam antes que Meredith se vire novamente para encarar a câmera. Durante aqueles seis segundos, suamos, ficamos tensos e entendemos que aquela série inteira foi feita para culminar naquele momento. E com todas as implicações do que já acontecera e o que acontecerá, sabemos da terrível verdade que essa é a história das duas. É a história delas.

Assim que Meredith se vira para encarar a câmera, Marjorie pula por cima do corrimão. Seus movimentos são coreografados, conectados, uma não pode se mover sem a outra. Meredith cobre os olhos com as mãos mesmo que seja tarde demais para ela e para todos nós não vermos o mal. Enquanto aquelas pequenas mãos cobrem seus olhos, Marjorie ainda está se erguendo sobre o corrimão, e seus cabelos se abrem como asas, mas ainda não conseguimos ver seu rosto.

Meredith grita. Não a ouvimos, mas seu berro balança a câmera de tal maneira que as bordas e detalhes na nossa janela de visão se borram e começam a desvanecer. E Marjorie ainda está lá, sobre o corrimão, suspensa no ar por um momento impossível antes de começar a cair e a tela fica preta.

A cena da *levitação* (completa com o escurecimento gradativo no estilo de *The Sopranos*) tem sido contestada por fãs mais raivosos e críticos mais perspicazes do que eu, mas também darei minha humilde opinião (talvez não tão humilde). Um grande número de editores de vídeo tem intercedido na suposta levitação, e para cada editor que afirma insistentemente que as filmagens não foram cortadas ou adulteradas para dar aquela breve ilusão de que Marjorie está de fato flutuando no ar sobre a antessala, há alguém que jura de pés juntos que há claros sinais de efeitos especiais e edição. O vencedor do Oscar e editor de vídeo Ian Rogers alega que *A Possessão* utilizou uma técnica sofisticada de divisão de telas e imagens para criar a cena de levitação, algo que recriara em *Every House is Haunted*, seu curta-metragem financiado, com resultados controversos (para ser bondosa).

Opinião semiprofissional de Karen: A única parte da cena que foi adulterada é a parte da câmera que treme, evidentemente, quando Meredith grita. Todo o resto, em termos de vídeo, é legítimo. Isso não quer dizer que eu pense que Marjorie esteja flutuando mais do que acredito que mágicos de rua no YouTube ou mestres de ioga consigam. Então estou dizendo que a filmagem não foi adulterada e que Marjorie não está levitando. Eu lhe darei três simples motivos. *Um:* em meio à iluminação, a câmera borrada e trêmula e o moletom largo de Marjorie, simplesmente não fica claro no vídeo quando suas mãos não mais estão em contato com o corrimão. Lembre-se, ela se apoia no corrimão, suspende o corpo e se afasta. Não consigo apontar o exato momento em que suas mãos deixam o corrimão, mas ficam ali por um bom tempo. É mais do que provável que quando você pense que ela está flutuando, suas mãos ainda estejam ancoradas no corrimão. *Dois:* o ângulo da câmera. Ela está caindo, só que não parece logo de cara porque está caindo *sobre nós*. *Três:* pelo fato de você não ver sua aterrissagem, é mais fácil acreditar que estava levitando. É como você se lembra. Como escolheu se lembrar. Por fim, acha que ela está flutuando, porque quer acreditar nisso. Admita. Você acredita, apesar de tudo, e mesmo que seja somente por aquele momento, aquela Marjorie está possuída por alguma entidade maligna. Você acredita, porque é mais fácil do que lidar com a ideia de que, por vontade própria, assistiu a uma adolescente problemática e doente intencionalmente escolher pular de um corrimão.

Karen respira fundo

Certo, crianças. Obrigada por entrarem na brincadeira. Tenho que dizer a vocês, foi uma experiência penosa. Tenho escrito e pensado sobre nada além de *A Possessão* por uma semana inteira. Tomei todo o café (é sério, chega, alguém pode me comprar mais?), comi todas as batatinhas e molho mexicano, e sim, comi todos os pacotes de M&M's de amendoim. Quer dizer, todos eles. Não há mais nenhum em _ _ _ _ _ _ _ _ _ (região geográfica redigida). Li todos os livros, artigos e blogs. Assisti e assisti de novo a todos os filmes e, é claro, a todos os episódios. Estou acabada.

Talvez eu acrescente amanhã um ensaio extra ou alguns pensamentos subsequentes, ou talvez não. Talvez não seja capaz de me conter e apenas começarei a assistir ao programa do início. De novo.

Capítulo 24

Tenho evitado Rachel e nossa rodada final de entrevista, já cancelando no último minuto por duas vezes. Agora é início de dezembro e finalmente prometi encontrá-la em uma cafeteria local em South Boston no dia anterior ao seu voo. Rachel tem que viajar para Amsterdã para outro projeto de não ficção que acabou de vender à sua editora. Ao telefone, ela admitiu para mim que nossa colaboração a fez se apaixonar inesperadamente por escrever o gênero. A entrevista e o processo de pesquisa têm sido gratificante de um jeito que a ficção não é, pelo menos não ultimamente.

É meio-dia de uma quinta-feira revigorante e chuvosa. Caminho por cinco quarteirões e ouço os pingos d'água batendo na lona do meu guarda-chuva. Estou vestindo um suéter preto, jeans pretos, botas pretas e meu casaco preferido; um sobretudo vermelho espalhafatoso que não é quente o suficiente.

A cafeteria fica no primeiro andar de uma casa geminada em estilo brownstone. Rachel já está lá dentro sentada a uma mesa para dois. Ela sorri e acena, sem estar chateada por conta do meu atraso, mas aliviada por eu de fato aparecer. Sinto-me culpada por fazê-la se sentir assim, mas ela tem que saber que falaremos sobre algo que não quero e nunca quis realmente falar com ninguém mais. Tive que me preparar para esse momento. Tive que fazer isso por quinze anos.

Está quente como uma sauna do lado de dentro e não há mais nenhum cliente na cafeteria. Depois de pendurar meu sobretudo em um cabideiro esquelético e vacilante perto da janela, damos um rápido abraço, ela aperta minhas mãos e meu coração derrete. Sempre senti falta da minha mãe, mas sinto bastante agora. Não posso evitar imaginar como seria sua aparência como uma mulher graciosa e de meia-idade. Será que teria deixado os cabelos crescerem? Seria que tentaria se livrar do grisalho ou o exibiria com orgulho? Teria ela apoiado meu novo trabalho como escritora? Teria se preocupado por eu não ter uma carreira estável? Teria se amedrontado de vir para a cidade sozinha ou se divertiria durante a viagem? Pediria um descafeinado, pois cafeína a essa hora do dia a manteria acordada de noite? Ou teria dito "Que se dane" e pediria um expresso duplo?

Andamos lado a lado até o balcão de vidro. O chão de madeira range sob nossos passos. Ventiladores de teto pretos parados estão pendurados sobre nossas cabeças como morcegos adormecidos. O atendente é um homem que tem mais ou menos a minha idade. Suas mangas brancas estão dobradas, expondo as tatuagens intrincadas das quais claramente se orgulha. Ele mantém as mãos sempre ocupadas, sempre fazendo algo, mesmo que seja apenas afastando as franjas de sua testa suada. Cheira a cigarro de trevo e algo cítrico, e vai até os fundos da cafeteria depois de anotar nossos pedidos.

De volta à pequena mesa, Rachel e eu conversamos sobre o quão desagradável está lá fora, mas o quão quente está na cafeteria. Falamos sobre sua próxima viagem. Digo que sinto inveja, mesmo que não sinta. Também digo que tenho estado ocupada com meu blog e outros serviços para *Fangoria*.

— Li seu blog, Merry.

Mantenho a minha xícara de café em mãos próxima ao meu corpo.

— É mesmo? O que acha?

Rachel repousa sua xícara, entrelaça as mãos sobre a mesa e, em seguida, sobre seu colo.

— Li a série de textos sobre o programa três vezes até agora. É muito bem escrita, e uma crítica e desconstrução persuasivas, Merry.

— Obrigada.

Ela mexe seu café com um palito plástico, alterando sentido horário e anti-horário.

— Como você encontrou a... a distância para escrever sobre o programa como se de fato não fizesse parte dele? Não tem medo de que ela se estreite?

— A distância é mais fácil do que você pensa e sempre tenho medo. Mas acho que é bom sentir isso. Significa que estou viva.

— Planeja revelar que você é Karen Brissette?

— Não, nunca. E espero que também não revele.

Rachel assente, mas isso não é uma promessa.

— Você é Karen Brissette? O que quero dizer com isso é, você, Merry Barrett, acredita em tudo escrito e creditado à Karen, ou Karen está mais para um personagem que criou?

— Karen é apenas um pseudônimo, nada mais. Não tenho interesse algum em escrever ficção. Sim, acredito em tudo que escrevi, senão não teria escrito.

— Quantas vezes já assistiu a *A Possessão*?

— Mais do que gosto de admitir.

— Fará um blog sobre o que aconteceu depois do programa?

— Não. Tenho certeza de que meu editor e leitores prefeririam que eu continuasse escrevendo sobre ficção.

Fazemos uma pausa, ambas olhamos para a janela e assistimos à implacável chuva cair. Percebo que meu blog a incomodou de um jeito que ela está tendo problemas para articular. Rachel também não sabe como me perguntar o que quer saber em seguida. Não a culpo de forma alguma. Decido ajudá-la, porque agora que estou aqui, sei que é hora de conversarmos sobre o que aconteceu depois do programa.

Eu falo:

— Diga-me tudo que sabe sobre as semanas entre a filmagem do último episódio e o envenenamento. E farei o melhor que posso para preencher as lacunas.

— Ah. Bem... — diz ela e, então, inspeciona sua bolsa e puxa uma pasta de papel manilha, cheia de documentos, e um caderno. Este último item é barato e espiralado, do tipo que se pode comprar em uma papelaria por um trocado. Adoro essa pequena partícula de total despretensão e sinto falta novamente da minha mãe. — Tem certeza? — perguntou. — Quer que eu fale tudo que sei?

— Sim. Acho que será mais fácil assim.

— Bem, tudo bem. Ainda não cheguei a linha do tempo exata de tudo aqui, mas sei que a queda de Marjorie resultou em uma série de lesões, incluindo uma concussão e um tornozelo direito quebrado.

— Sim, mas poderia ter sido pior. Ela usou uma bota imobilizadora por apenas três semanas depois da queda. Desculpe, não a interromperei de novo até que termine.

Rachel faz algumas anotações no caderno.

— Não, não, por favor, interrompa. Certo. Também sei que seu salto das escadas foi reportado à polícia como uma tentativa de suicídio e que ela foi hospitalizada, mantida sob cuidados preventivos durante duas semanas e, então, liberada aos seus pais sob a estipulação de que teria visitas domiciliares de um novo psiquiatra designado pelo estado duas vezes por semana. Está correto?

— Sim, mas tenho que ser sincera. O que me lembro das semanas entre a filmagem do episódio final e, você sabe, do dia do envenenamento, está meio nebuloso e, hmm, solto.

— Solto?

— Solto. Está tudo aqui, acredito, mas é difícil reunir as informações e mantê-las juntas. É como tentar pegar um punhado de moedas e segurar mil moedas em minhas mãos ao mesmo tempo. — Faço uma pausa e rio de mim mesma. — Eca. Não acho que a minha tentativa de metáfora faz sentido.

— Não, faz sim, Merry. Faz.

— Parabéns para mim — falo, e dou a mim mesma uma discreta salva de palmas.

Rachel examina seu caderno.

— Você lembra se Ken ou Barry voltaram à sua casa depois do exorcismo? — pergunta ela. — De acordo com as minhas fontes, eles não fizeram nenhuma entrevista complementar ou pós-ritual, conforme planejavam originalmente. Barry diz que se afastaram não por conta do retrocesso e controvérsia do público em relação ao final que fora ao ar, mas porque seu pai aparentemente ameaçou processar o programa e a arquidiocese por danos físicos e trauma emocional.

— Papai não discutiu seus planos legais comigo na época, mas não me surpreendi por saber mais tarde que ele ameaçara processar. De qualquer forma, não, ninguém do programa voltou à casa. Pelo menos não enquanto eu estava lá. Tenho certeza de que ficaram histéricos com o que aconteceu e acho que esperavam que papai ficasse com raiva, os culpasse por como tudo terminou na antessala, então guardaram todas as suas câmeras e coisas e saíram de lá o mais rápido possível. Na mesma noite, acho. Deixaram o quarto de Marjorie impecável também. Depois que se mandaram, eu me lembro de procurar pelas contenções dos braços e pernas e o que quer que ela tivesse retirado da gaveta da escrivaninha, mas nunca encontrei nada.

"Lembro-me das vans de noticiários e caminhões, repórteres e câmeras tomando o lugar dos manifestantes do lado de fora, mas meus pais nunca permitiram que nenhum deles chegasse perto da casa."

— Por acaso ouviu falar, conversou ou viu Ken desde o programa?

— Não. Nada. Naqueles primeiros dias depois do programa, escrevi para ele algumas cartas, mas acabei não as enviando. Eram bobas, coisas de criancinha. Desenhei algumas bolas de futebol, o jardim de trás cheio de folhas e, então, perguntei o que estava fazendo, se escrevia para um novo programa e, se sim, se daria meu nome a alguém. Perguntei se queria saber o que eu estava fazendo, se ele imaginava se eu estava bem, você sabe, coisas de uma criança totalmente passivo-agressiva, raivosa, triste e confusa. Senti falta dele terrivelmente quando o programa chegou ao fim. E de todas aquelas outras pessoas ao redor, mesmo daquelas de quem não gostava muito. Era como se estivéssemos sozinhos de novo. E não parecia... seguro.

Rachel lança sua próxima leva de informações.

— Dois dias depois de o episódio final ir ao ar, o Departamento de Crianças e Famílias abriu um caso de "Cuidado e Proteção" ou 51A, como chamam, em nome de Marjorie. O relato foi "filtrado", ou seja, seu caso foi arquivado, porque seus pais não foram considerados abusivas ou negligentes de acordo com a lei. A abertura do 51A mais tarde vazou para o público depois da morte de Marjorie e de seus pais.

Rachel para e olha para mim.

— Tudo bem — falo. — Continue.

— Sei que você foi retirada da escola e que seus pais contrataram um professor particular.

— Sim, Stephen Graham Jones. Engraçado eu me lembrar de seu nome completo assim, mas é como me foi apresentado. Ele não me deixava chamá-

-lo de *senhor*, como meus professores normais, e eu gostava de dizer seu nome inteiro em voz alta, sempre que possível. Tornou-se um pequeno tique compulsivo. Eu dizia "Tchau, tchau, Stephen Graham Jones" ou "Não sei o que é um triângulo obtuso, Stephen Graham Jones".

Rachel ri.

— Seu nome realmente flui bem, não é mesmo?

— Sim! Ele era dessa altura, um aluno de faculdade magrelo com olhos enormes e dentes terrivelmente tortos. Uau, não pensava nele havia um bom tempo. Só me lembro de encontrá-lo algumas vezes. Lembro que, para um professor, não era muito bom em matemática. Não faço ideia de onde meus pais o encontraram. — Nós duas sorrimos e bebemos goles amigáveis de nossos cafés. — O que mais você tem?

Rachel vira algumas páginas do seu caderno.

— Tenho os índices de audiência de cada episódio. O último atingiu uma margem formidável de vinte pontos.

— Talvez eu volte e mencione isso em meu blog.

— Tenho uma cópia impressa dos antipsicóticos receitados para Marjorie, que inclui Clozapina e Iloperidona. De quando tinha uma amiga que sabia o que procurar dando uma olhada no relatório policial, no entanto, essas drogas não apareceram no exame toxicológico.

— Não sei se Marjorie estava tomando seus remédios. Acho que mamãe estava tomando seus próprios remédios também. Não, esquece isso. *Sei* que estava. Então, ela não estava lá por inteiro. E papai, ele ainda queria curar minha irmã com orações, é claro. Começou a passar bastante tempo sozinho no porão.

— Talvez nos dias em que o psiquiatra visitava, Marjorie tomava seus remédios, mas nos demais, quem sabe. Naqueles dias em que éramos só nós, todos meio que vagavam pela casa e, apenas ocasionalmente, esbarrávamos uns nos outros. Eu passava muito tempo sozinha do lado de fora. Na maioria das vezes, o jantar era pedido para viagem ou pelo delivery.

Rachel assente.

— Também consta no relatório policial uma impressão de e-mails que seu pai e o pastor daquela igreja batista do Kansas trocaram pelo período de um mês.

— Era o mesmo manifestante em quem papai dera uma surra, certo?
— Sim, e o mesmo cara foi preso três anos atrás por...
Eu a interrompi.
— Você tem esses e-mails aí? Posso vê-los?
Rachel olhou para mim. Fez isso o tempo todo, sim, mas agora olhava para mim como se eu fosse um objeto a ser cuidadosamente observado ou talvez estivesse preocupada de eu desaparecer caso tirasse os olhos de mim.

Ela acha que eu não deveria ler os e-mails. Não a forçarei se houver resistência, mas Rachel não resiste. Desliza na mesa para mim a pasta com as impressões.

Os primeiros e-mails do líder da igreja contavam com os mesmos slogans cheios de ódio que decoravam suas placas de protesto. As respostas iniciais do papai são digitadas todas em maiúsculas, cheias de afrontas e ameaças físicas. Porém conforme os e-mails continuam, há uma mudança sutil e lenta rumo a um diálogo. Papai tenta discutir teologia e escrituras com o outro homem, depois passa a culpar padre Wanderly (que o havia o "abandonado") e a igreja Católica por falhar com ele e abandoná-lo com sua família, passando para papai também culpando os produtores do programa de televisão que o ludibriaram a acreditar que o que faziam era a melhor solução, seguindo para papai xingando seus antigos patrões, políticos, a economia, a sociedade moderna e a cultura americana, o que evoluiu finalmente para papai pedindo ajuda e conselhos para esse outro lunático raivoso que nunca ao menos ofereceu nem uma palavra sequer de amor, conforto ou apoio, e apenas disse que Deus estava infeliz com papai e toda sua família. Enviado três dias antes do envenenamento, o último e-mail do pastor terminava com "John, você sabe o que deve fazer".

— Meu deus — falo.

Devolvo as impressões para ela e minhas mãos estão tremendo. Rachel estica as suas do outro lado da mesa para segurá-las, mas eu as afasto e escondo.

— Desculpe — diz ela. — Deveríamos parar? Precisa de uma pausa? Devemos ir a outro lugar para conversar?

— Não, está tudo bem. Obrigada. Nada pessoal, mas só quero terminar isso logo.

O atendente faz uma breve aparição de detrás do balcão como se sentisse alguma tempestade emocional que clama por um bolinho consolador de sete dólares e um café com leite igualmente caro. Ele pergunta se gostaríamos de algo mais. Dizemos que não, agradecemos, mas então pergunto se pode abaixar o aquecedor. Ele dá de ombros e, enquanto se afasta de nós, diz: "Não consigo controlar o calor nesse lugar maluco. Quisera eu, acredite."

Assim que o rapaz vai embora, digo:

— Então, nunca descobriram onde papai arrumou o cianeto de potássio, certo? Pensaram ter sido de algum joalheiro que era membro daquela igreja batista ou algo do gênero?

— Joalheiros usam cianeto de potássio para laminar e polir. Falei com uma mulher que trabalhou como detetive nesse caso e ela disse que primeiro tentaram todas as joalherias e fornecedores em New England e, quando essas investigações não deram em nada, tentaram fornecedores químicos e representantes de vendas de todo o país. Nada. Havia um monte de lugares online de onde ele poderia ter comprado, mas não encontraram nada relacionado a cianeto no HD do computador da família. Nunca localizaram nenhuma cobrança suspeita em seus cartões de crédito ou conta do PayPal. Tudo que conseguiram foram os e-mails para o líder da igreja. Um dos membros mais altos da igreja era Paul Quentin, que gerenciava uma joalheria em Penobscot, Kansas, mas não encontraram nenhuma evidência de que Quentin fornecera o cianeto de potássio ao seu pai, ou ninguém mais. A detetive me disse que era surpreendentemente fácil conseguir essas coisas na época, então poderia ter vindo de qualquer lugar. Porém, até hoje, ela acha que o pastor em Kansas deu um jeito de enviá-lo ao seu pai.

Minha cabeça começa a se encher de ruído, como se meu cérebro fosse um rádio e o tivessem sintonizado em uma estação morta.

— Pode me dizer o que o relatório diz sobre impressões digitais? — pergunto.

Rachel me olha perplexa.

— Impressões digitais?

Aceno com a mão como se estivesse impacientemente espantando uma mosca.

— Posso ler o relatório? Tem tempo para isso?

— Eu... acho que sim — responde Rachel. — É um tanto longo.

Ela me passa o envelope grosso de papel manilha sobre a mesa.

Não quero ler o relatório naquele momento. Não sei por que pedi para lê-lo. Talvez só quisesse ver qual seria sua reação. Sentada ali na cafeteria com ela esboçando os resultados de sua pesquisa, tenho a sensação de que está escondendo algo de mim. Não sei como isso seria possível.

Ela não estava lá quando tudo aconteceu. E eu estava.

Empurrei o relatório de volta sobre a mesa e falei, como se tentasse convencer a mim mesma de estar dizendo a verdade:

— Lembro do meu último dia com a minha família. Lembro de nosso último dia juntos. É sério. Eu lhe contarei sobre isso o mais rápido possível.

Capítulo 25

Era uma tarde de sábado. Seis dias até o Natal. Prometeram a mim que montaríamos uma árvore, uma de verdade, naquele dia, mas mamãe não saiu da cama até muito tarde e anunciou que compraríamos a árvore no domingo.

Fiquei zangada, tão zangada que fui me esconder em meu quarto. Decidi que não falaria com ninguém pelo resto do dia. Em vez disso, fiz placas. Se mamãe ou papai me perguntassem algo, eu só levantaria minha placa com uma simples mensagem em resposta. Elas não eram nada demais; usei folhas de caderno com linhas e uma caneta azul.

Criei as seguintes placas: NÃO. BOM. O QUE TEM PARA JANTAR? SIM. NÃO SEI. LEIA. LEITE. ÁGUA. BISCOITO? ESTOU BEM. QUANDO TEREMOS UMA ÁRVORE? SÓ ENTÃO FALAREI. ONDE? POSSO IR LÁ FORA? JOGAR FUTEBOL. JÁ LI. NADA. TV? MUITO CEDO. NO MEU QUARTO. NADA DE BANHEIRA. NADA DE CHUVEIRO. NÃO ESTOU CANSADA. POSSO OUVIR VOCÊ(S). POR FAVOR, NÃO GRITE. O PÉ GRANDE ESTÁ PARADO DO LADO DE FORA DA JANELA!

Deitei em minha cama, praticando responder perguntas imaginárias com minhas placas, remexendo na minha pilha de papéis procurando pelas mensagens planejadas. Enquanto tentava construir o que pensava ser um sistema de catalogação de cartas lógico e fácil de lembrar, ouvi umas batidas de aproximação, e outro pedaço de papel, dobrado ao meio, deslizou para dentro do meu quarto por debaixo da porta. Era um recado de Marjorie.

Venha ao meu quarto agora. Preciso mostrar uma coisa para você. Isso é <u>MUITO</u> importante! Tipo, questão de vida ou morte, senhorita Merry.

Desde que tinha retornado do hospital para casa, Marjorie se manteve quieta e normalmente não se metia em problemas. Não gostou de tentar se movimentar com sua bota imobilizadora, e subir e descer escadas era especialmente difícil, então papai colocou uma nova televisão em seu quarto. Ele a pendurou na parede recém-engessada ao lado de sua cama. Sua TV ficava ligada quase o tempo todo. Um zumbido de vozes em volume baixo ecoava pelo corredor até que fosse hora de apagar as luzes, então papai entrava em seu quarto e desligava o aparelho. Tarde da noite, aconteciam acessos ocasionais nos quais ela falava ou até sussurrava alto para si mesma, suas palavras e frases sempre fora de alcance. Não lembro se mamãe ou papai iam ao seu quarto para tentar confortá-la ou acalmá-la, ou se permaneciam em seu próprio quarto, felizes por fingir que estavam ouvindo a televisão de Marjorie. De qualquer forma, os acessos noturnos eram brandos, se comparados ao que costumavam ser, e não duravam muito tempo. Na manhã seguinte, Marjorie ficava tão quieta novamente quanto um quadro.

Li o recado de Marjorie três vezes. Apesar de tudo que passara, que toda a nossa família passara, senti aquela velha animação, aquela palpitação familiar em meu estômago: Marjorie queria passar um tempo *comigo*. Acho que nunca poderia explicar completamente o poder que ela tinha sobre a minha versão de oito anos de idade ou que ainda tem sobre mim.

Dobrei o recado e o enfiei debaixo do meu colchão. Rasguei mais um pedaço de papel do meu caderno e rapidamente fiz outra placa: MAIS HISTÓRIAS?

A porta de seu quarto estava aberta e espiei o interior. A TV estava desligada, ao contrário de seu computador, mas ela não se encontrava em sua escrivaninha ou na cama. Marjorie apareceu por trás da porta, dizendo "Rápido!", e então agarrou meu braço, me puxou para dentro e fechou a porta assim que passei.

Quase pulei para fora dos meus tênis e gani como um filhote que tem a pata acidentalmente pisada, mas não derrubei minhas placas.

— Shh. Desculpe, desculpe, não quis assustar você. Papai está em casa? Ele viu você entrando?

Marjorie se avultou sobre mim e me perguntei se ela havia crescido e eu diminuído de algum jeito. Ela vestia calças roxas de pijama e um moletom preto com capuz. Usava uma pantufa felpuda de coelho azul, a que tinha orelhas flexíveis que ameaçavam fazê-la tropeçar a qualquer momento.

Eu não sabia onde papai estava. Supus que estivesse enfurnado no porão fazendo o que quer que fizesse quando ficava lá embaixo. Eu não tinha voltado ao porão desde a última vez com Marjorie.

Levantei minha placa de NÃO SEI.

— Não está falando?

Satisfeita e vindicada por Marjorie me entender logo de primeira, remexi na pilha de folhas e, então, ergui o SIM.

Marjorie sorriu.

— Tudo bem, macaquinha. Podemos lidar com isso, acho que sim. Ei, você se lembra da minha história sobre as coisas que crescem? Lembra das irmãs na cabana e do pai que matava a mãe e a enterrava no porão?

Levantei o SIM e assenti com tanta vontade que minha cabeça poderia ter caído.

— Falei a você que aquela história era um aviso. Certo? Algo que poderia acontecer de verdade.

Procurei por uma placa apropriada para usar, mas não havia uma. Suspirei. Queria dizer: "Eu sei. Você me disse isso mais de mil vezes." Pensei em mostrar a ela a que dizia "O PÉ-GRANDE ESTÁ DO LADO DE FORA DA JANELA!" para tentar fazê-la rir, mas não achei que fosse o momento apropriado.

— Não estou brincando agora. Preciso que leia mais algumas histórias. Preciso que você pense muito sobre elas. E que entenda. — Marjorie olhou ao redor do quarto para se certificar de que ninguém mais nos observava. — Não são histórias legais, mas são importantes e, eu juro, são reais. Todas elas. Aconteceram de verdade, certo?

Ela me levou até a sua escrivaninha e o seu computador. Clicou no navegador, abriu sua pasta de favoritos e selecionou um dos links. No topo da página, as letras BBC maiúsculas e brancas eram contornadas por um bloco vermelho.

— Aqui — disse ela. — Leia essa história.

Era sobre um homem que, depois de ser demitido pelo seu patrão de longa data, atirou em sua esposa e em seus dois filhos. Em seguida, ateou fogo em si mesmo e em sua casa.

Ergui minha placa de MAIS HISTÓRIAS? porque eu sabia que era o que ela queria.

— Sim. Há mais. Muito mais. Leia essa.

Aquela era sobre outro homem. Sua esposa havia acabado de se divorciar dele. O homem estava em contato com um grupo de manifestantes chamado Pais por justiça. No Dia dos Pais, ele conectou uma mangueira ao cano de escape de sua Land Rover e a passou pela janela de trás. Estacionou no centro de um campo vazio e ele e seus dois filhos morreram por envenenamento por monóxido de carbono.

— Leia.

Li sobre mais um homem que envenenou a si e seus filhos depois que sua esposa o deixou. E, então, li sobre outro homem que pulou de uma ponte com os filhos nos braços. Em seguida, mais um, que dirigiu para dentro de um lago com seus filhos trancados no carro e amarrados em seus assentos.

Havia mais, mais e mais. Marjorie clicava em um novo link toda vez que eu afastava o olhar da tela e o direcionava a ela. Eram tantas histórias que parei de ler e passei a fingir que lia. No entanto, eu não tinha que ler tudo; elas estavam lá, em títulos em negrito e fotos dos pais, suas esposas e crianças sorridentes (sempre sorridentes), suas casas, apartamentos, carros e jardins isolados com fita amarela da polícia. E me lembro de pensar que todas aquelas histórias começaram soando como os antigos contos de fada que mamãe e papai costumavam me contar e, em vez de bruxas colocando crianças em fornos e rainhas más conjurando maçãs envenenadas, os pais e maridos eram os monstros fazendo coisas indescritíveis às suas famílias, e aquelas histórias terminaram todas sem nenhum sobrevivente. Ninguém foi salvo. Eu não podia acreditar que existiam tantas daquele tipo e que pessoas escolhiam lê-las.

Afastei-me do computador. Era demais, demais mesmo. Amassei a placa que pedia por mais histórias e a joguei no chão. Virei a que dizia ESTOU BEM e escrevi POR QUÊ?

Ela me girou e colocou suas mãos nos braços da cadeira da escrivaninha, me prendendo. Seu rosto estava a somente alguns centímetros do meu e parecia tão grande quanto a lua. Calmamente, deu início a um papo longo e incoerente, cuja essência era sobre como lera aquelas histórias depois de encontrar algo chamado *Howard Journal of Criminal Justice*. Depois de conduzir um estudo ao longo de uma década, o livro mostrava o perfil de homens que tinham tendência a matar suas famílias. Todos eles atribuíam a culpa pela derrocada de suas famílias, antes ideais, a algo externo. Alguns culpavam a falta de sucesso econômico e/ou o fato de não serem os provedores do ganha-pão da família (lembro que, quando ela disse "ganha-pão", imaginei papai recebendo um pão de forma gigante como prêmio de algum tipo de concurso). Muitos pais culpavam suas esposas por colocarem suas próprias crianças contra eles. Alguns acreditavam que a família inteira era culpada por não se portar de maneira correta; não seguiam seus tradicionais valores e costumes religiosos. E havia aqueles que pensavam estar de fato salvando ou protegendo a família de alguma ameaça externa.

Marjorie parou e se afastou da cadeira.

Ergui novamente a minha placa de POR QUÊ?

— Não entende? Tudo que falei e que você leu descreve o que está acontecendo com o papai — disse ela. — Ele vai fazer alguma coisa do tipo com a gente, com todos nós.

Com cuidado, dedilhei minhas placas e ergui NÃO.

— Sei que o ama e eu também o amo, de verdade. E sei que é difícil de acreditar, mas há algo de errado com ele — afirmou Marjorie. — Papai está doente. É tão óbvio. Ainda não percebeu? É por causa dele que nos fiz passar por tudo isso, Merry. Eu sabia que estava adoecendo, então primeiro fingi estar doente para que alguém se desse conta de que papai era quem precisava de ajuda.

Marjorie se ajoelhou de frente para a minha cadeira e a bota de plástico duro que estava em seu pé direito bateu no chão. Entrelaçou as mãos sobre meus joelhos e apoiou seu queixo nelas para que eu olhasse para baixo. Balancei a cabeça e levantei minha placa de NÃO. Contou para mim que todas as suas consultas com o dr. Hamilton eram na verdade sobre o papai e sobre o que pensou que ele faria a nós. Tentei erguer novamente a minha placa, mas acidentalmente levantei a que dizia BOM. Ela disse que tentou dizer à mamãe, mas mamãe não lhe dava ouvidos, então fingiu estar além de doente, fingiu estar possuída para que mamãe finalmente a ouvisse e prestasse atenção. Ergui mais placas, aleatórias, qualquer coisa que a fizesse parar de falar. Marjorie disse que quando apareceu a oportunidade inesperada do programa de TV, pensou que certamente todos veriam quem de fato estava doente e quem precisava ser salvo, só que não funcionou daquele jeito. Durante o exorcismo, ela ficou tão assustada e confusa com o que estavam fazendo e tentavam fazer a ela, que não quis mais, quis literalmente sair da família e de toda a situação. Então, ela pulou.

    Marjorie continuou a falar e eu chorava, tentava cobrir meu rosto com minhas placas. Eu estava tão cansada de ela enchendo minha cabeça com suas histórias, com seus fantasmas. Encontrei uma caneta na gaveta de sua escrivaninha e tentei escrever "Não acredito em você" antes que ela a tirasse de minha mão.

    — Merry. Pare. Ouça — pediu. — Esqueça tudo que acabei de dizer. Tenho provas sobre o papai. Mais tarde eu a levarei ao porão se quiser, para que possa ver com seus próprios olhos.

    Ela parou de falar, afastou minhas mãos das placas e as segurou, presas entre as suas.

    — Papai criou um altar enorme e esquisito lá embaixo com panos pendurados dos dois lados da cruz grande de metal que o programa permitiu que ficasse com ele — disse ela. — Lembra daquela coisa horrorosa? Ele tem outras imagens lá embaixo também, encostadas nas paredes, e acho que são religiosas, sabe como é, mostram algumas cenas da Bíblia, mas são medonhas, terríveis, assustadoras, com uns caras barbudos vestidos com um roupão, segurando facas e ovelhas balindo e gritando, e, não sei, só coisas estranhas assim. Ele organizou um altar menor também, usando um antigo banco de madeira. Ouça. Encontrei um pequeno frasco de vidro com tampa de metal em cima do banco. Bem ali à mostra. — Marjorie fez uma pausa, olhou ao redor novamente, e diminuiu o volume de sua voz até virar um sussurro. — Aquele pequeno frasco de vidro, cheio até a borda com um... uma substância branca ou talco. E é... Qual é a palavra? Granulosa. Então, você sabe, parece uma mistura de açúcar e farinha. Sabe como é essa mistura, não é?

    Eu assenti.

    Marjorie ficou de pé e virou lentamente a minha cadeira para que eu ficasse de frente de novo para o computador. Uma foto do pai morto de alguém ainda estava lá e ele olhava com malícia para mim. Marjorie clicou no mecanismo de busca, digitou a frase "cianeto de potássio", selecionou *imagens* e, então, a tela estava cheia de fotos de frascos e bolsas com pó branco.

— É isso — disse ela. — Ele tem isso lá embaixo. É veneno, Merry. Ele vai nos envenenar. E em breve.

Fiquei sentada olhando para a tela. Não sabia mais o que pensar. Então a deixei fazer isso por mim.

Marjorie falava tão rápido que eu mal conseguia acompanhá-la. Sussurrou em meu ouvido, me enchendo com mais histórias. Aquelas eram sobre mamãe e papai, coisas anteriores ao meu nascimento, ou quando era tão pequena que não seria possível me lembrar. Algumas delas eram legais. Outras, nem tanto. Eram as histórias dos primórdios de nossa família. Sobre nossos pais nos levando a parquinhos e nos deixando sentar em seus colos nos balanços e escorregas, sobre passearmos pela fábrica de laticínios para ver as vacas e cabras. Havia histórias graficamente detalhadas sobre eles transando aos gritos em seu quarto e de madrugada no sofá da sala de estar ou no chão em frente à TV. Havia uma em que eles estapeavam, bêbados, o rosto um do outro depois uma noite de encontro dar errado, com mamãe atingindo uma vidraça da porta de trás como o golpe final, e como na semana seguinte passaram dois dias fora por conta da terapia de casal. Havia histórias sobre coisas simples da rotina, como papai brincando conosco de cavalinho e sendo forçado a cantar músicas para nós antes de irmos dormir. Uma delas era sobre a vez em que ele arrancara Marjorie do meu berço, porque ela escrevia no meu rosto com um marcador e ele acidentalmente deslocou seu braço, e também sobre a vez em que mamãe começara a gritar loucamente comigo, aos dois anos de idade, porque eu não queria descobrir as orelhas para colocar remédio. Mesmo que não me lembrasse de nenhuma delas, eu senti como se lembrasse. Parecia que eu estava lá e podia ver tudo.

Marjorie contou suas histórias até o sol se pôr e seu quarto se tornar roxo. Finalmente, parou, colocou uma caneta em minha mão e virou uma das minhas placas.

— Mamãe está adoecendo também — disse. — Você sabe que sim. Ela está se descontrolando e não consegue lidar com isso. Já a vi lá embaixo no porão com ele, rezando, falando e fazendo coisas esquisitas. Temos que fazer alguma coisa antes que seja tarde demais. Temos que ajudá-los, salvá-los. Faremos isso nos salvando primeiro. Se não fizermos nada, papai enterrará todos nós no porão.

Escrevi: *O que vamos fazer?*

Marjorie me disse o que faríamos. E eu criei algumas placas novas.

Entrei na cozinha com a minha placa que dizia O QUE TEM PARA JANTAR? erguida na frente do peito.

Mamãe se sentou à mesa de jantar. Fumava um cigarro e folheava uma revista de entretenimento.

— O que é isso? — perguntou.

Apontei para a placa.

— Você não está falando porque não arrumamos a árvore?

Placa: SIM.

— Então o que quer para jantar? Tem isso escrito em alguma placa?

A próxima foi: ESPAGUETE.

— Podemos fazer isso.

Placa: CERTO.

— Ganho um beijo?

Placa: CERTO.

Voltei para o segundo andar. Ainda não tinha visto o papai e deduzi que estivesse no porão. Esperei com Marjorie em seu quarto. Ela me deixou ficar com uma de suas canetas e um bloquinho de papel que cabia no bolso, um com capa de purpurina amarela, para que pudesse escrever novas placas mais rápido. Ela também ligou sua TV e me deixou assistir a *Bob Esponja*. Era um episódio que tinha um pirata fantasma grande, verde e meio assustador.

Depois de um tempo do desenho, Marjorie ficou de quatro e enfiou seus braços debaixo da cama. Sua bota imobilizadora bateu com força no chão duas vezes. Marjorie surgiu com o frasco de vidro com pó branco sobre a qual havia me contado.

Placa: É ISSO?

— Sim.

Placa: VOCÊ DISSE QUE ESTAVA CHEIA.

O frasco era mais alto e fino do que eu imaginava e só estava um quarto cheio. Marjorie sorriu.

— Você não deixa passar nada, não é, Merry? Estava cheia. Joguei fora a maior parte.

DEIXEI MARJORIE DESCER as escadas primeiro. Sua bota soava como uma bola de boliche rolando pelos degraus.

Quando chegamos à antessala, ela me surpreendeu ao colocar o frasco em minhas mãos. Isso não fazia parte do plano. Balancei a cabeça e tentei devolvê-lo.

— Isso só funcionará se você fizer — sussurrou. — Você me ouviu descendo as escadas, não foi? Só me dei conta agora de que ela me ouvirá andando pela cozinha se eu fizer isso. Não se preocupe. Eu a distrairei. Será fácil.

Marjorie colocou suas duas mãos no centro das minhas costas e me empurrou para dentro da sala de estar. Mancou para dentro da cozinha. A mesa da sala de jantar estava como sempre coberta com roupas limpas.

— Ei, mãe? — chamou Marjorie. — Pode me ajudar a encontrar a parte de cima do meu pijama roxo? Não consigo achar e quero usá-la essa noite. Fica muito frio no meu quarto.

Mamãe saiu da cozinha e disse:

— Espere só um segundo. Não saia mexendo em todas as pilhas. Eu me matei dobrando tudo!

Eu não iria fazer aquilo. Não faria nada. Só ficaria ali parada na sala de estar com o frasco frio de vidro em minhas mãos e esperaria até que alguém o tirasse de mim. Juro, não me lembro de sair da sala de estar, entrar na cozinha e ficar ao lado do fogão, mas lá estava eu.

Não me recordo se tirei a tampa prateada ou se Marjorie fez isso para mim. A chama azul de gás estava baixa na boca do fogão. O molho borbulhava lentamente. Mamãe e Marjorie discutiam na sala de estar. Coloquei o pó branco dentro da panela e rapidamente misturei até que desaparecesse no vermelho, até que parecesse como se eu não tivesse adicionado nada.

Fiz aquilo porque acreditava em Marjorie e acreditava que seu plano funcionaria e ajudaria todos nós.

Saí de fininho da cozinha e ouvi mamãe dizendo à Marjorie com um tom de voz exasperado "Então encontre sozinha".

— Nada de molho, certo, querida? — perguntou mamãe.

Ergui minha placa de sim. Usei um garfo para misturar manteiga ao meu macarrão puro.

Papai perguntou sobre o que se tratavam as placas.

Ergui a que dizia queijo, escrita rapidamente.

Mamãe disse a ele que eu havia decidido que não falaria pelo resto do dia. Não explicou o motivo.

Papai me passou o queijo parmesão.

Não me lembro de que lugar da casa papai surgiu. O que quero dizer é que não me lembro de onde ele estava antes de estarmos todos jantando na cozinha. Apenas me recordo de ele estar lá, à mesa, como se sempre ficasse sentado ali parecendo uma gárgula. Estava curvado e sua barba desgrenhada se arrepiava em pontos aleatórios, seus olhos pareciam dardos sendo lançados pela sala como se sempre procurasse por uma saída de emergência. Papai orou silenciosamente enquanto mamãe se servia de uma tigela de macarrão e o cobria com molho vermelho. A panela de molho era de cor verde-abacate e velha. Fora usada demais. Papai se servia enquanto mamãe terminava.

Marjorie foi a última a se juntar à mesa. Passou um tempão no banheiro do primeiro andar. Fez cócegas em meu pescoço com as mãos recentemente molhadas enquanto passava por mim com pressa e se sentava. Usando seu garfo em vez da concha de madeira, Marjorie espetou um ninho mole de espaguete e o colocou em seu prato. Ele se amontoou e permaneceu unido como uma bola de fios emaranhados.

— Uau, alguém está com fome — disse mamãe.

— Eu poderia comer o mundo. Merry, passe o molho, por favor — pediu Marjorie, piscando para mim. Seus olhos estavam vermelhos, como se tivesse chorado.

Eu não sabia o que fazer ou o que o fato de ela pedir o molho significava. E quando olhei para a mesa, pensei que mamãe e papai me olhavam de maneira mais dura, como se soubessem que eu estava fazendo algo de errado. O frasco de vidro vazio que Marjorie me entregara ainda estava dentro do bolso do meu casaco de moletom. Minha pele formigou de medo ao pensar que ela contara a eles sobre o que fiz com o molho, que tinha contado sobre nosso plano e dito que tudo foi ideia minha, assim como a culpa.

Levantei a minha placa de NÃO.

— Eu passo — respondeu papai.

Ele esticou sua mão grande pela mesa e passou a panela de molho para Marjorie. Ela disse "Obrigada, pai" com seu sotaque britânico falso e derramou o restante de molho em seu macarrão. Enrolou seu garfo no centro da bagunça vermelha e enfiou a gororoba dentro da boca. Mastigou, engoliu e me observou observá-la.

No momento em que vi o molho passando por entre seus lábios, fiquei tão furiosa como nunca fiquei em minha vida. Marjorie havia me enganado novamente. Acreditei nela. Lágrimas encheram meus olhos, então mantive a cabeça baixa, próxima ao meu prato. Ela mentiu para mim, inventou tudo: sua teoria sobre papai, as histórias de família e nosso plano. Nosso plano: fazer com que mamãe nos preparasse espaguete e nós adulteraríamos o molho. Nunca gostei de molho e Marjorie diria que seu estômago doía, então comeria o macarrão como o meu. Colocamos pó suficiente na panela apenas para "nocautear" (palavra dela) nossos pais ou fazê-los ficarem enjoados com a intenção de fugirmos, escaparmos da casa. Levaríamos o frasco de veneno para a polícia como prova do que papai planejava fazer conosco e, então, estaríamos a salvo. Papai seria preso, sim, mas também receberia a ajuda necessária e talvez, um dia, estivesse bem o suficiente para voltar para casa e para nós, assim como todas as vezes que Marjorie fora afastada e retornara para a gente. Aquilo fazia sentido para minha versão de oito anos de idade. As pessoas iam embora, voltavam e continuariam a voltar, pois já o fizeram tantas vezes antes.

Então estava claro que Marjorie havia me enganado ao colocar uma mistura de açúcar e farinha no molho. Eu era a boba de novo. Certo? Quer dizer, por que então ela o comeria também?

Levantei para ela a minha placa de POR QUÊ?

— Esse é o melhor molho do mundo — disse ela. — Você deveria comer um pouquinho, macaquinha.

Ela ria de mim por trás de seu sorriso grande e vermelho. Eu a odiava tanto naquele momento. Sussurrei isso enquanto mastigava meu macarrão puro para que ninguém mais pudesse me ouvir. Mas sussurrei "Eu odeio você. Queria que morresse".

— Você come pizza com molho. Você ama pizza! — exclamou Marjorie. — Não entendo o motivo de não comer com seu espaguete. É loucura. Não é mesmo, pai?

— Tanto faz — respondeu ele. — Já desisti há muito tempo de entender as pessoas.

— Deixe ela em paz — disse mamãe. — Comerá molho quando quiser.

Minha irmã e meus pais falando sobre eu não comer molho vermelho foram suas últimas palavras. Sem explicações, realizações, arrependimentos ou pedidos de perdão. Sem despedidas.

E aconteceu rápido. Ainda não consigo acreditar na velocidade com que aconteceu. O barulho metálico e agudo dos garfos passando pelos pratos de cerâmica parou. Respirações se tornaram pesadas, altas e infrequentes como esguichos de uma baleia. Cadeiras chiaram, deslizaram para trás. Mãos soltaram garfos e bateram nos pratos. Copos foram derrubados. Minha pilha de placas caiu no chão. Cotovelos bateram na mesa. Pernas se debateram. Olhos piscaram e fecharam. Cabeças caíram. Corpos perderam a postura e relaxaram.

Fiquei de pé e me afastei da mesa bem devagar, inicialmente com medo de que um movimento brusco pudesse fazer a cena implodir mais ainda, com a mesa, as cadeiras e todo mundo escorregando e afundando em direção ao porão. As cabeças de mamãe e papai estavam sobre a mesa como se fossem crianças na escola dormindo em suas escrivaninhas. Tentei cutucar mamãe no ombro e seu braço caiu de cima da mesa. Dei um pulo para trás, batendo no balcão e na prateleira de pratos atrás de mim, e ninguém reagiu, ninguém se mexeu. Gritei o mais alto que pude e saí do cômodo.

A cabeça de Marjorie estava caída para trás, com o rosto virado para o teto. Seus cabelos haviam se soltado do rabo de cavalo e pendiam atrás dela como uma cortina entreaberta. Saliva vermelha borbulhava de sua boca e escorria por todo o seu pescoço, branco e longo. Seus olhos estavam quase fechados. Fiquei ao seu lado na ponta dos pés e a encarei.

Chamei seu nome três vezes. Não usei minhas placas. Perguntei o que deveríamos fazer agora. Seus olhos estavam escuros e refletiam a luz sobre ela. Sua pele se transformou em giz.

Perguntei a ela quanto tempo levaria para passar o efeito do pó. Perguntei quanto tempo até acordarem.

Falei a ela que foi uma ideia ruim, que não tinha que comer o molho como eles. Falei que precisava dela e que não achava que conseguiria ir à polícia sozinha, pois não sabia onde ficava.

Coloquei o frasco de vidro na mão de Marjorie, fechei seus dedos ao redor, tentei fazê-la segurá-lo como deveria, mas o recipiente ficava caindo, então o peguei novamente.

Sentei na minha cadeira e esperei. Nenhum deles respirava. Fiquei de pé, cobri meus olhos e disse a mamãe e papai que havia me arrependido por ter pregado neles uma peça tão má e que era tudo culpa de Marjorie. Comecei a chorar.

Fui até o porão. Estava aterrorizada, mas tinha que ver o que havia lá embaixo, ver se alguma das coisas que Marjorie me contara era verdade. Desci correndo pelos degraus. Queria levar iluminação extra, então carreguei duas lanternas enormes, e os raios de luz dançavam e ricocheteavam nas paredes de pedra da fundação.

Não havia nenhum santuário com tapeçarias, imagens e altares. Não havia nada daquilo. Contra a parede dos fundos do porão, ao lado das prateleiras de comida, estava o crucifixo enorme de peltre que fora pendurado por pouco tempo na parede do quarto de Marjorie. Um trapo sujo cobria a cabeça de Jesus. Seu corpo estava manchado e sujo de poeira.

Sentei no chão do porão e esperei pelas coisas que crescem da história de Marjorie surgirem, me enrolarem em seus tentáculos verdes e me arrastarem para debaixo da casa ou me destroçarem, pedaço por pedaço, partícula por partícula, até que todas fossem destruídas.

Depois do porão, tudo ficou confuso.

Capítulo 26

— Do que me lembro é de ir ao segundo andar e deixar a porta de todo mundo aberta caso quisessem subir. Deixei a minha também para que pudessem me achar. Tinha comigo meu livro de Richard Scarry e o frasco vazio de veneno. Fiquei em meu quarto por três dias até que minha tia Erin apareceu e me encontrou. Nos encontrou.
— Merry... — diz Rachel, erguendo sua mão a fim de me parar. Mas eu não tinha terminado. Ainda não.
— Mas aparentemente essa última parte não aconteceu. Eu sei que meio que insinuei antes que não havia lido o relatório policial. Mas li. Então sei que o psiquiatra de Marjorie veio para sua consulta, encontrou carros na garagem, uma casa trancada e chamou a polícia depois de ninguém atender a porta ou o telefone. Sei que os policiais invadiram a casa e me encontraram na cozinha com a minha família. Sei que eu estava debaixo da mesa. E que estava sentada na imundície de cadáveres de três dias e sei que me encontrava aos pés da minha mãe, encostada em suas pernas, com meu dedão na boca.
Finalmente paro de falar, parecendo ser a primeira vez em dias, e inspiro profunda e gananciosamente. Não estou chorando, mas tremendo. Minhas mãos se mexem no meu colo como peixes moribundos. Estou com frio e pego meu casaco.
— Sou eu ou agora está frio demais aqui dentro? — pergunto.
Rachel se levanta e desliza sua cadeira para perto de mim para que possa passar um braço ao redor dos meus ombros e me abraçar. Eu me recosto nela.

Está quente e confortável. Fecho meus olhos e ficamos sentadas daquele jeito até que ela me solta. Rachel seca seus olhos com um guardanapo da mesa.

— Aquela memória da tia Erin entrando no meu quarto, me salvando, me levando para baixo até seu carro, tem enfraquecido um pouco, mas ainda está aqui. Só foi transferida ou jogada para ser parte de memória mais apropriada dos anos que passei morando com minha tia maravilhosa. Talvez não seja o mesmo que de fato lembrar, mas consigo ver agora o que o relatório de polícia descreve como tendo acontecido em detalhes terríveis, e posso quase sentir.

— Eu queria saber o que dizer, Merry — lamentou Rachel.

— Nunca contei a ninguém o que admiti para você. À polícia, psicólogos, minha tia; a ninguém. Imagino se haverá uma tempestade gigante de merda por conta disso quando o livro sair, mas acho que estou pronta para isso. Estou pronta para conviver com a verdade, de qualquer forma.

Rachel escreve algo em seu caderno e solta um suspiro bem longo.

— Uau, Merry — disse ela. — Você parte meu coração e eu... eu não sei o que fazer agora.

— O que quer dizer com isso?

Rachel veste seu casaco e diz:

— Esfriou aqui dentro, não é mesmo? — Ela abre e fecha seu caderno duas vezes. — Qual é a verdade, Merry? E, por favor, não quero soar acusatória ou insensível de maneira alguma frente ao horror que viveu, que vive. É só que dado o que sei, ou que pensava saber ao entrar nisso, e o que li, pesquisei e agora ouço de você, não estou realmente certa do que aconteceu.

— Há dias em que tudo parece ser algo que aconteceu com outra pessoa e, de certa forma, essa é uma verdade. Não sou aquela senhorita Merry há muito, muito tempo. Há dias em que quero acreditar que tudo foi parte de algum filme de terror que assisti repetidas vezes, e, naquele filme, um demônio dentro de Marjorie fez com que magicamente o veneno aparecesse debaixo da cama e foi o demônio quem enganou uma criança inocente e a fez matar sua família. Há outros em que quero acreditar que papai só adquiriu o cianeto de potássio porque estava desesperado para polir aquela cruz de peltre feiosa no porão. E aqueles em que gosto de pensar que Marjorie estava certa e que de fato acreditava no plano que arquitetou comigo, mas por engano pensou que a quantidade supostamente menor de veneno no frasco não seria suficiente para matá-los.

"Na maioria dos dias, realmente não sei o que pensar ou no que acreditar. Tudo que de fato sei com cem por cento de certeza é que Marjorie e talvez meus pais estivessem muito doentes, nossa família inteira foi colocada sob estresses e tensões impossíveis, fomos todos manipulados e éramos irracionais, talvez até mesmo de forma deliberada. E quando eu tinha oito anos de idade, fui manipulada a envenenar minha irmã e meus pais."

Ficamos sentadas em silêncio. Um casal jovem e risonho entra na cafeteria, batendo a porta da frente ao fechá-la. O sino toca raivoso. Ambos soltam barulhos que significam *brrr, estamos congelando* enquanto caminham até o balcão. O atendente reaparece. Esfrega suas mãos e braços com vontade, tentando mantê-los aquecidos. Ele me vê observando, pisca e diz:

— O aquecedor desligou, mas não foi minha culpa.

Rachel começa a perguntar sobre o relatório policial, sobre ter algumas inconsistências em relação à minha história e evidências coletadas, incluindo o frasco de veneno. Diz que a maioria das digitais nele contidas estava borrada e ilegível e que a única parcial que conseguiram pertencia ao meu pai.

— Sim, li isso sobre as digitais, mas não sei mais o que dizer sobre o frasco. Contei tudo que sei e que me lembro. Qualquer outra coisa seria especulação ou trabalho precário de investigação feito por mim mesma. Eu lhe dei tudo que podia em relação à minha história. O resto é por sua conta. Queria minha história. Agora a tem e eu a confio a você. — Fico de pé lentamente. — Perdão, eu não quis parecer impaciente ou grosseira, mas digo a verdade quando falo sobre confiança. Se alguém irá escrevê-la, fico muito feliz por ser você, Rachel.

Ela sorri, fica de pé e diz:

— Merry...

Eu interrompo.

— Estou exausta e, de repente, não estou me sentindo tão bem. Acho que preciso ir para casa agora e me deitar. Tudo bem?

— Sim, claro! Precisa cuidar de si mesma, Merry.

Nós nos abraçamos por um longo tempo e nos declaramos amigas. Rachel se oferece para me dar uma carona para casa. Recuso educadamente e aperto o cinto do meu sobretudo vermelho.

Rachel coloca suas luvas e um lenço ao redor do pescoço. Promete entrar em contato comigo quando voltar de Amsterdã. Diz que deveríamos jantar ou almoçar juntas algum dia e não conversar de maneira alguma sobre o livro. Digo que gostaria muito disso, mas duvido que aconteceria um almoço/jantar só por diversão. Ela estará ocupada demais escrevendo nosso livro e com entrevistas e atribuições para o seu novo título. E, apesar do quão amigável e maternal ela esteja sendo, a forma com que me olha agora é diferente.

De trás do balcão, o atendente está ao telefone com alguém e resmungando sobre o aquecedor não funcionar. Eu me viro e vou na direção da porta da frente, pensando que ela não deve ter fechado completamente depois que o casal entrou, pois agora está muito frio dentro da cafeteria.

Rachel me grita.

— Merry! Não esqueça seu guarda-chuva.

Ela o entrega para mim e ainda está molhado. Agradeço. Depois de um silêncio embaraçoso e de nos despedirmos novamente, está frio o suficiente para que minha respiração se torne uma névoa visível.

Agradecimentos

ANTES DE MAIS NADA, agradeço a Lisa, Cole, Emma e todos os demais da minha família que me amam, apoiam e suportam. Minha esposa, Lisa, fez o inimaginável sendo uma leitora-teste e seu estímulo não teve preço. E minha irmã Erin, por me permitir romancear sua casa.

Muito obrigado ao outro leitor-teste desse livro, o talentoso John Mantooth. Acho que foi Louis Maistros quem disse uma vez: "Receber o pedido para ler o rascunho de outro autor é o equivalente literário a ser pedido para ajudar um amigo a mover um sofá para um novo lugar." Ele tem toda a razão, e aprecio demais a força que John me deu com este livro.

Mais agradecimentos ao meu agente, Stephen "Eles estão vindo pegar você" Barbara, por sua amizade, conselho e apoio. Sou muito sortudo por tê-lo ao meu lado.

Mil e um agradecimentos à minha maravilhosa editora, Jennifer Brehl. Ela ajudou a fazer deste livro o melhor que poderia ser. Eu jamais seria capaz de explicar totalmente o quanto sua fé em mim e neste livro significa. (Pessoal, larguem o livro e batam palmas para Jen, por favor.)

Muito obrigado, Kelly O'Connor, Andrea Molitor e a todos na William Morrow pelo apoio e trabalho árduo.

Agradeço a dois dos meus melhores amigos e coconspiradores, John Langan e Laird Barron, por ouvirem minhas lamentações, inquietudes, reclamações, imposições e aborrecimentos durante a produção deste livro, uma vez por semana ao telefone (e às vezes pessoalmente também).

Obrigado aos amigos e colegas que têm me apoiado, inspirado e ajudado a me manter são: Karen Brissette (a verdadeira!), Ken Cornwell, Brett Cox, JoAnn Cox, Ellen Datlow, Kurt Dinan, Steve Eller, Andy Falkous e Future of the Left, Geoffrey Goodwin, Brett Gurewitz e Bad Religion, Page Hamilton, Jack Haringa, John Harvey, Stephen Graham Jones, Sandra Kasturi, Matt Kressel, Sarah Langan, Jennifer Levesque, Stewart O'Nan, Brett Savory, Mark Haslell Smith, Simon Strantzas, Dave Zeltserman e Seu Lindo Nome.

Este livro foi composto na tipografia Minion Pro, em corpo 11/16, e impresso em papel ff-white no Sistema Digital Instant Duplex da Divisão Gráfica da Distribuidora Record.